btb
Aus Freude am Lesen

btb

Buch

Hamburg in den wilden Zwanzigern: Günther Andreas Johannes Dirks wächst unter der Obhut eines karibischen Kindermädchens auf, das auch dem Vater zu Diensten ist. Günther wird Koch in einem Nobelhotel, gelangt mit der Feldküche an die Ostfront, gründet eine Familie und feiert auf Barbados Erfolge als Küchenchef. Doch seit seiner Jugend beherrscht ihn, der selbst missbraucht wurde, der Zwang, zum Äußersten zu gehen. Auch vor seinen Kindern macht er nicht Halt.

Als er in der Karibik stirbt, reist seine Tochter dorthin, um ihn zu beerdigen und ihn endgültig loszuwerden. Ein sinnliches, exotisches und ungeheuer lebendiges Buch, in dem eine der profiliertesten deutschen Autorinnen der Gegenwart auf ungewöhnliche Weise mit ihrem Vater abrechnet.

»Die fulminant erzählte, romanhafte Biographie eines ebenso abstoßenden wie faszinierenden, ebenso gebrochenen wie destruktiven Charakters, der dazu verflucht war, über die Welt zu ziehen, wie ein Schiff, ein Geisterschiff, das dort, wo es auftaucht, Verderben bringt und Tod.«
Klaus Modick, Frankfurter Rundschau

Autorin

Liane Dirks, geboren 1955 in Hamburg, ist seit 1985 freie Schriftstellerin. Sei erhielt zahlreiche Preise und Auszeichnungen, darunter das Rolf-Dieter-Brinkmann-Stipendium der Stadt Köln und den Märkischen Literaturpreis. Sie lebt mit ihren zwei Töchtern in Köln.

Liane Dirks

Vier Arten meinen Vater zu beerdigen

Roman

btb

Umwelthinweis:
Alle bedruckten Materialien dieses Taschenbuches sind chlorfrei und umweltschonend.

Der btb-Verlag ist ein Unternehmen der Verlagsgruppe Random House.

1. Auflage
Genehmigte Taschenbuchausgabe April 2004

Umschlaggestaltung: Design Team München
Umschlagfoto: Photonica/Shusa
Satz: IBV Satz- und Datentechnik GmbH, Berlin
SR · Herstellung: Augustin Wiesbeck
Made in Germany
ISBN 3-442-73023-6
www.btb-verlag.de

FÜR VOLKER

Am 3. September 1922 wurde in Hamburg ein Junge geboren, und zwar just in dem Moment, als im Kaiserspeicher der Zeitball fiel, drei Meter tief und laut, sodass die Hamburger wussten: es ist Punkt Mittag. Es war ein Sonntag. Unten im Salon kehrte das Mädchen Nune die feinen Nackenhärchen des Kindsvaters weg, der ihr im Spiegel zusah dabei, gerührt von ihrem Stolz und ihrer Anmut, ihrer wunderlichen Größe und der schlanken Figur, und oben im Boudoir bat die Kindsmutter die Hebamme um ein Eau de Cologne, denn jetzt, wo es vollbracht war, wollte sie den süßlichen Geruch des Fruchtwassers und den des Blutes sofort und unmittelbar und heftig überdecken. Und abgetupft werden und gewaschen werden und am besten aufstehen, sich herrichten, um wieder ansehnlich zu sein, schön und straff. Die Geburt war leicht gewesen. Wie ein Fisch war er herausgeflutscht, der kleine Sohn, erst der Kopf, dann der Rumpf, die Beinchen, zwischen ihnen das dicke kleine Geschlecht.

Die Hebamme, eine junge Person mit modernen Ansichten, wollte der Kindsmutter den Jungen an die Brust legen. Diese jedoch lehnte empört ab. Die Amme wartete bereits im Vorzimmer, über den Erhalt einer ästhetischen Brustform hatte die Kindsmutter rigoros eigene Ansichten. Der Name des Jungen stand bereits fest: Günther Andreas Johannes – wie der Großvater und wie der Vater. Ein Mädchen hätte sie

Isadora genannt, nach der Duncan, die sie hatte tanzen sehen und die sie bewunderte, nicht zuletzt wegen der leichten Fülle, der Üppigkeit des Körpers, der dem ihren ähnlich war.

Die Hitze hatte nachgelassen an diesem Sonntag, das Fremdenblatt meldete 16,3° Celsius acht Uhr morgens, Dunstspannung 11,6; für den Abend Sprühregen, Windstärke 3 Nordwest. Die Heriot aus England war bereits eingelaufen, die Orient lief ein, ebenso die Erna aus Amsterdam. Auslaufendes Schiff war die General San Martin.

Das Kind wurde gebadet, in ein Baumwolljäckchen mit rosafarbenem Kreuzstich gesteckt, gewickelt, nicht in einen Puck, sondern mit den Beinen breit, so wie es die Engländerinnen taten und die Französinnen. Endlich wurde es von der Amme genährt. Die Kindsmutter ließ nach der Waschung das Grammophon anstellen, um wahlweise Tangomusik oder Richard Tauber zu hören, und begann mit Anspannungsübungen für die Bauchmuskulatur. Ein paar Stunden darauf stieß sie liegend im Bett mit dem Kindsvater an, der nicht lächelte, sie ebenso wenig, und Mine, das Mädchen, wechselte dem kleinen Günther zum ersten Mal die Windeln. Das Tuch mit dem grünschwarzen Kindspech rollte sie zusammen und steckte es in ihrem Zimmer weg. Als sie daraufhin das Kind in den Armen hielt, schlief es, angekommen auf der Welt jenseits der Mutter, zum ersten Mal ein.

Bereits zwei Wochen später stand Luise Dirks, die Kindsmutter, wieder in ihrem Salon und begrüßte ihre Kundschaft. Strich mit den Händen die Haare in den Nacken der Damen oder über die zarten Finger der handelnden Herren, die zur Maniküre kamen oder zur Rasur, zur Teilmassage oder zur Gesichtspflege. Einige hingen der Freikörperkultur an, so wie Luise und ihr Gatte auch. Sanft gebräunt waren sie in der Regel, schwärmten von der Leichtigkeit des Körpers durch gesunde Kost und Sonnenkraft und redeten sodann über den Butterpreis und den Theaterpreis. 28 Mark kostete das Pfund in diesen Tagen, genauso viel wie ein Logenplatz, wobei der Preis sich ständig änderte, taumelnd nach oben stieg. Man tauschte Nachrichten über die Familien aus, redete über Kunst und Kino und lachte über das Deutschlandlied. Die Deutschen hatten seit neuestem eine Hymne. Richtige Sorgen hatte keiner in diesem Salon. Man zahlte mit Dollars oder Schmuck und hatte noch immer genügend Brillanten zum Tauschen.

Das Mädchen Nune trug eine Art Turban, aus dessen Mitte sie ihr schwarz glänzendes lockiges Haar fallen ließ. Sie war leicht geschminkt und lächelte bei allem, was sie tat. Sie tat jetzt alles gleichzeitig, die Arbeit im Salon, die Beaufsichtigung des Kleinen, Erledigungen für den Haushalt, sie war schließlich ein Alleinmädchen. Von Luise ließ sie sich dabei mit Blicken lenken. Johannes lenkte sie nicht. Er war ihr verfallen.

Am 9.9. meldete Johannes Dirks seinen zweiten Sohn standesamtlich an. Er wurde eingetragen in das mit rotem Leder eingebundene Buch mit dem Familienwappen: drei schwarze Merletten auf silbrigem Grund mit gegittertem Querbalken, ein schlichtes Emblem. Die Farben Silber und Schwarz, Symbol für Reue und Rache, mit Gefieder drum herum.

Als erster Sohn war Heinz eingetragen, das Kind ging in einen Reformkindergarten. Reformkindergärten und -schulen liebten die Hamburger schon immer. Die Konfession wurde mit protestantisch-lutherisch angegeben. Kurz darauf kam ein Mohel ins Haus und nahm die Beschneidung vor. Luise Dirks, geborene Berg, ursprünglich ein Spross Altonaer Juden, die vor mehr als hundert Jahren konvertiert waren zum Protestantismus oder zum Freidenkertum – sie hatte ihre Herkunft nicht vergessen. Die Beschneidung allerdings war für sie eine gesundheitliche, eine ästhetische

Frage. An Religion lag ihr nichts, und wenn, dann hatte sie ihre eigene.

Mag sein, dass dies den Mohel ein wenig gestört hatte und auch dass es kein Fest gab. Er schnitt die Vorhaut jedenfalls – ob Absicht oder nicht – nur schräg zur Hälfte ab, weshalb den Jungen fortan eine Kerbe zierte oder verunstaltete, je nachdem wie man es sah.

Dies war am achten Tag nach der Geburt geschehen, am neunten konvertierte der Kleine, erst jetzt wurde er protestantisch getauft. Zwar vergaß Luise Dirks, geborene Berg, ihre Herkunft nicht, hörte aber auch gut zu bei den Gesprächen in ihrem Salon. Was unter dem Taufkleid war, interessierte den Geistlichen nicht.

Nune fügte dem Tuch mit dem Kindspech jenes mit dem Blut und dem winzigen Stück Vorhaut hinzu. Sie sah dem Kind in die wasserblauen Säuglingsaugen, von denen in Wahrheit niemand weiß, was sie erkennen und wie, und schrieb seit langem ihren Verwandten daheim einen Brief. Sie müsse noch ein paar Jahre bleiben, schrieb sie. So sei es. Wie immer bat sie ihre ältere Schwester Emily um eine weitere Lieferung. »In love« schrieb sie darunter. Im Postskriptum gab sie ebenfalls wie immer die Adresse noch einmal an, die für die Ware: Brook 9 L. Warnke & Cons. Hamburg Hafen.

Den Brief brachte sie zur Post, danach nahm sie sich wieder des Kleinen an. Sie zog ihn aus, wusch ihn ab, noch immer war es sehr warm. Vom Hof her hörte sie ein Schiffshorn. Mit ein paar Tropfen Öl rieb sie den Körper des Kleinen ein, im Besonderen das Geschlecht. Dann das Leuchten.

Das Mädchen Nune war eine Bajan. Sie hatte 1920 gemeinsam mit ihrem Bruder in Trinidad, wohin sie sich eingeschifft hatten, einen Dampfer der Hamburg-Amerikanischen-Packetfahrt-Actien-Gesellschaft bestiegen, der sie ins Mutterland, nach England, bringen sollte zum Arbeiten. Sie hatten jeder ein Zeugnis und eine Empfehlung dabei gehabt als Hausangestellte: a maid and a servant. Ausgestellt von ihrer verstorbenen Mam, die eine Lady war und ganz im Sinne ihrer Herkunft Sorge getragen hatte für ihre Angestellten, wie früher für ihre Sklaven. Nach dem Tod der Lady waren die beiden frei, das hätte Armut bedeutet. Das Geschwisterpaar war zu gut für Armut.

Aber das Schiff der Hapag, die Confidence, war nicht Cardiff, sondern Hamburg als ersten Hafen angelaufen. Und weil dort alle Englisch sprachen mit den Caribbeans und an Land gingen, waren die beiden ebenfalls an Land gegangen, und als man den Irrtum entdeckte hatte, waren sie schon in Quarantäne, schließlich waren sie Farbige, Mischlinge, braun, nicht schwarz. Und das Schiff war ohne sie weitergefahren.

14 Wochen hatte es gedauert, in denen die beiden abmagerten, auf Läuse, Wanzen, Flöhe und Milben untersucht und gegen selbige behandelt wurden, obwohl sich keines der Tiere bei ihnen fand, in denen man ihnen mehrfach Blut entnahm zu Forschungszwecken, dann kam die Stellenvermittlung. Herr Warnke, ein kleiner Kontorist, stellte Nunes Bruder Adam ein und Luise Dirks Nune, die eigentlich Esther hieß, aber als Erstes das hamburgsche »Nu« nachahmte, dann das »Ne«, so entstand Nune. Eine Anekdote, die sich erstaunlicherweise erhalten hat.

Sie muss Johannes sehr gefallen haben.

»Hymenocallis caribaae« steht auf einer Karte, die vorn das alte Hamburg zeigt und hintendrauf seine Schrift in schwarzer Tinte. Nur das: Hymenocallis caribaae. Karibisches Schönhäutchen. Eine Amaryllisart. Darunter das Jahr ihrer Ankunft: 1920.

Johannes kam aus Eckernförde, wo seine Eltern ein Friseurgeschäft hatten. Er hatte dort gelernt, später geheiratet und sich kurz darauf wieder scheiden lassen. Was für die Eckernförder ungewöhnlich gewesen sein muss. Danach war er nach Hamburg gegangen. Er trank viel, spielte gern, was damals viele taten, und er liebte Frauen.

Wegen eines lahmen Beines, Folge jahrelanger Kinderlähmung, brauchte Johannes Dirks nicht in den Weltkrieg zu ziehen, das Schlachten der Menschen nicht zu sehen, das Stöhnen der Sterbenden nicht zu hören, weder an Ruhm zu glauben, noch an Niederlagen zu verzweifeln. Ein Teil von ihm wurde deshalb immer weicher.

Luise, einem Friseurgeschäft entstammend wie er und zum Zeitpunkt ihres Kennenlernens bereits Inhaberin des Meisterbriefes, begegnete er beim Künstlerfest im Curiohaus. Es war das erste Kostümfest nach dem Krieg, das Thema war »Vulkanausbruch«, nicht mehr – wie noch 1913 – die Zukunft, Futur, »Futurumbumbum«.

Ganz Anhängerin des absoluten Tanzes, ahmte Luise selbigen auf einem Tisch nach. Vielleicht war es die Tatsache, dass sie im Gegensatz zu den anderen Frauen fast vollständig verhüllt war – im Curiohaus tanzte man ab Mitternacht schon öfter einmal nackt –, um ihren Körper hingegen hing eine Gardine, im Gesicht stand Entrückung, jener einzigartige selbstverliebte Wunsch nach Ausdruck, den man ebenso schnell wie man ihn bewundern auch verachten kann, vielleicht war es aber auch ihr auffallend markantes Profil, die leichte Gedunsenheit der Wangen, die womöglich von schlechter Ernährung oder vom Hunger kam, er beschloss jedenfalls sofort, die Kordel, die die Taille hielt, vom Leib zu ziehen und diese Frau zu schwängern.

Hätte er sie nicht schwängern wollen und es wäre dennoch geschehen, so hätte sie abtreiben müssen.

Johannes Dirks hatte beschlossen, dass es von ihm nur eheliche Abkömmlinge geben sollte. In Hamburg fanden sich genug Adressen, die Liste der durch Johannes entstandenen und auf seinen Wunsch hin vernichteten Föten war lang. Denn so weich er auf der einen Seite war, so hart war er auf der anderen.

Luise und Johannes heirateten, legten ihr Geld zusammen, von Luise kam das ausbezahlte Erbe der Familie hinzu, von der sie sich losgesagt hatte, schon vor Jahren, völlig und ganz.

Als Heinz, das erste Kind, geboren wurde, hatten sie bereits ihren ersten Salon. Er hieß nach ihm, und das war gut so: »Salon Dirks – Schönheits-, Haar- und Ganzkörperpflege«.

Das Geschäft lag hinterm Ballindamm, der damals noch Alsterdamm hieß, mitten im Herzen Hamburgs, wo die Alster roch, die Elbe und das Meer, der Wind des Nordens, man konnte die Schiffssirenen hören, die Glocken von St. Petri, St. Nikolai, und, wenn man genau hinhörte, sogar die von St. Michaelis. Im Inneren schmauchelten die Lockenstäbe.

An der Brust war der Kleine heftig. Es machte Nune Lust, ihn ebenfalls anzulegen. Bevor die Amme kam. Er zog dann so stark, dass sie fühlte, wie die Brust anschwoll, die Warzen dick wurden. Sogar etwas Flüssigkeit, meinte sie zu spüren, trat aus. Weil er auch biss, platzten sie. Und diese geplatzten Warzen wiederum zeigte sie ihm, Johannes, dem Eckernförder, als er ins Zimmer kam und sie fragte, was sie da mache. Und sie ihn ansah, sie lachte dabei. Sie lachte. Ihr Körper war ein Spiel. Sie spielte mit ihm wie ein Kind. Ernsthaft. Aber sie war kein Kind mehr. Nune war eine Frau, und die Gesetze kannte sie. Die Gesetze waren die der Herrschaften. Herrschaften konnten auch weiblich sein, so wie ihre Mam.

Sie hatte ein Sklavenstammbuch, das auch nach der Befreiung sorgfältig weitergeführt worden war. Ein kleines pappbraunes Heft. Es standen drei Muttergenerationen mit den zugehörigen Kindern darin, ohne Vater, aber die Ururgroßmutter hatte einen Vater, bei ihm stand der Preis daneben: 33 Pfund 6 Schilling, er war mit der Juba in die Karibik gekommen und 402 lebenden und 49 toten Sklaven. Wie er wirklich hieß, stand nicht drin, nur der Preis in Tinte auf einer Linie mit dem neuen Namen:

Adam. Colour: Black. Age: 13.

Weil der Ururgroßvater Adam hieß, hießen alle seine männlichen Abkömmlinge zumindest mit einem Namen ebenfalls Adam. Sie waren allesamt wie sie sein sollten, sie hatten gesunde Zähne, kräftige Knochen, dickes Haar und wenig Angst. Wovor auch.

Die Chance der Erniedrigung ist die der Überwindung.

Sie blitzte gelegentlich in den Augen auf oder war zu hören in einem Lachen, das kein privates war, sondern ein öffentliches. Eins mit Nachhall, der stehen blieb, leer, unendlich leer, wie das Bewusstsein des Todes oder das des Alls.

So lachte auch Nune. Sie lachte auf dem schmalen Grad zwischen Unschuld und Verführung. Sah Johannes in die Augen dabei, und für einen kurzen Moment hatte er Angst vor ihr. Sehr kurz war der Moment, dann kam die Lust, er schob das Kind weg und biss selbst in ihre Brust. Und malte sich aus, was er noch alles mit ihr tun würde und in der Folge auch tat. Enthemmt, es war der Blick, es war das Lachen, er war enthemmt. Dem im Schreien begriffenen Kind hielt er den Mund zu und packte es so, dass es nur zappeln konnte.

Es war gut, dass das Kind dabei war. Es war wirklich gut. Das kleine, weiße Speckknäuel.

Luise studierte derweil die Frisuren von Gloria Swanson: Lockenstabtechnik, Fritzi Massary: Hochsteckfrisur, Wasserwellen bei Asta Nielsen und Greta Garbo, und der neue Schnitt kam auf, der Pagenkopf, das Kurze.

Die Beine der Mistinguett waren versichert worden, sie wurden täglich mit Creme bestrichen und massiert, es gab Kundinnen, die verlangten dasselbe. Hochwertige Ölgrundlagen für die Cremes waren allerdings nach wie vor rar. Luise verlängerte unerlaubt manchmal etwas mit Talg. Sie war stolz darauf, dass ihre Kundschaft immer besser wurde, und dachte bereits an einen Umbau. Es ging nicht länger an, dass die Pedikürkabinen nur durch einen Vorhang abgetrennt waren. Wenn erst die Lage wieder stabiler wäre, würde sie mit Herrn John darüber sprechen. Man würde expandieren, wie es sich gehörte. Vorerst musste man noch warten, die Kommunisten machten Schwierigkeiten, aber die Schiffe fuhren schon wieder, die Ballin-Klasse, Hamburg-New York. Und auf die Kommunisten ließen sich die Hamburger ja doch nicht ein.

Sie würde die Kopfmassage einführen. Mit Öl. Die Grünteepackung entwickeln. Eine Kombination aus Ent- und Anspannung für das Gesicht. Wobei die oberen Schichten ent-, die unteren hingegen angespannt würden, was dem Gesicht gelassene Frische verlieh. Man sollte das Schaufenster anders dekorieren, eine Puppe müsste her, eine schöne Puppe. In den Colonnaden trugen sie auch immer dicker auf, trotz der Inflation. Sollte das Pfund Butter ruhig 60, 100, 200 Milliarden Mark kosten, die harten Zeiten hatten schon so manchen reich gemacht. Wenn man sein Ziel nur ernst nahm. Ernst und wichtig. Tief atmen. Ein und aus. Den Körper strecken, den Brustkorb weiten. Coué. Der Mann hatte Recht. Émile Coué. Ihr Gott.

»Ich liebe mich.« »Mit jedem Tag geht es mir in jeder Hinsicht immer besser und besser.«

Es ist anzunehmen, dass Luise ihren Sohn im ersten Jahr kaum je berührt hat. Einmal kam sie in seinem Zimmer hinzu, als Nune ihn gerade ölte.

Was tust du da? herrschte sie das Mädchen an.

Ich creme ihn ein, Frau Dirks, antwortete diese.

Du ölst ihn ein!

Ja, Frau Dirks.

Glaubst du, dass seine junge zarte Haut das braucht?

Nein, Frau Dirks.

Warum tust du es dann? Und was ist das für Öl?

Ich hab es von Adam, meinem Bruder, Frau Dirks.

Vom Hafen?

Dann ist es womöglich Tran?

Nein, Frau Dirks. Es ist kostbar. Meine family schickt es mir.

So. Deine »family«. Egal. Ich wünsche nicht, dass mein Sohn eingeölt wird. Verstanden? Und wenn, dann mach ich es selbst. Schau ihn dir an!

Sie packte das nackte Kind und stellte es auf den Wickeltisch. Es flutschte ihr durch die Finger, weshalb sie fester unter seine Armbeugen griff. Die Zehen tippten auf die Platte, noch konnte der Kleine nicht alleine stehen. Er hielt ihr die Arme entgegen, sie trat zurück. Die krummen Beine streckten sich.

Wie er glänzt, sagte sie. Und sah dabei im Spiegel, der hinter dem Tisch hing, seinen Rücken, den Po, den kahlen Kopf, den Nacken, alles ölig. Man kann ihn ja gar nicht mehr anfassen!

Sie schaute Nune im Spiegelbild an und verzog angeekelt den Mund. Die sah zurück. Das Öl trat goldgelb zäh zwischen Luises Fingern aus.

Baden! schrie sie. Sofort baden!

Die Tür ging auf, und Johannes stand im Rahmen. Er hatte den Friseurkittel an.

Was ist? fragte Luise. Ich sagte baden. Weiter nichts als baden. Und hinlegen, sie wandte sich dem Mädchen zu. Trat, so weit es möglich war, zurück, streckte ihre Arme, betrachtete das Kind, das noch immer auf den Zehen wippte, ernst.

Er ist zu dick, sagte sie. Was isst er?

Bananen, Mam.

Woher hast du die Bananen?

Von meinem Bruder, Mam.

Gibt es bei ihm alles?

Nicht alles, Mam.

Fang jetzt bloß nicht wieder mit diesem Mam an. Sag Frau Dirks. Frau Dirks, immer, richtig, ja?

Ja, Frau Dirks.

Hier nimm ihn. Bring ihn weg, ich will das nicht noch einmal sehen.

Kundschaft, Luise, bemerkte Johannes kühl, blickte den beiden Frauen dabei abwechselnd in die Augen. Luise setzte das Kind hin, wischte sich die Hände an einem Mulltuch ab. Nune nahm ein Handtuch, umwickelte es und nahm es auf den Arm. Schloss die Tür hinter den beiden Friseuren, die hinabgingen, ohne sich noch etwas zu sagen.

Später am Abend rief Luise Nune zu sich.

Ich will ihn sehen, deinen Bruder, sagte sie.

Jawohl, Frau Dirks, antwortete das Mädchen.

Danach ging Luise die Kinderzimmer ab. Schaute auf ihre schlafenden Söhne, den schlanken Heinz, der den Tag über aushäusig erzogen wurde, und das große dicke Baby. Dann stieg sie hinab in den Salon. Und ließ sich von Johannes, ihrem Mann, die Locken neu aufdrehen. Mit der Brennschere. Akkurat und nah an der Kopfhaut. Sie sah ihm anerkennend zu dabei. Im Spiegel. Luise sah alles im Spiegel.

Sie muss sich wohl erschrocken haben, als Adam ein paar Tage später vor ihr stand. Er war groß. Mindestens drei Köpfe größer als sie. Ein schöner, stattlicher, schwarzer Mann, mit glatter, fast samtig aussehender Gesichtshaut. Er trug einen Tweedanzug mit Knickerbockerhosen, ein weißes Hemd und einen Schlips. Was ihn auch skurril wirken ließ, ein Neger mit Kniestrümpfen. Eine Kappe hielt er in der Hand und machte einen Diener. Äußerlich eine Art »Bully-Imitat«, Bully aber, damals ein berühmter Komiker, sah aus wie ein Ire. Luise hatte zum Tee gebeten. Die Verabredung hatte sie so gelegt, dass Johannes nicht da war. Das hatte sie sich angewöhnt. Pläne, die das Geschäft betrafen, hielt sie von ihm fern. Der Tee stand bereits auf dem Tisch. Adam setzte sich, neben ihn Nune. Die ihren freien Tag hatte, deshalb keinen Turban trug, sondern eine Hochsteckfrisur, und auch keinen Kittel mit Gürtel, sondern ein Straßenkleid von C & A. Luise schenkte selbst ein. Sie war sich der Befremdlichkeit ihres Vorgehens durchaus bewusst. Hatte sich aber fest vorgenommen, sich diesen Adam einfach einmal anzusehen. Ebenso fest, wie sie sich vorgenommen hatte, gewisse, ihr anerzogene Grenzen des Anstands zu überschreiten, sobald dies geboten schien. Sich zu verwirklichen, wie Coué es nannte. Und dass in ihr Anlagen nicht nur länger schlummerten, sondern zum Ausdruck kamen, sich Bahn brachen, für etwas, das höher war als sie selbst, Schönheit, das ließ Luise sicher sein in allem, was sie tat. Auch jetzt, da sie den beiden Schwarzen gegenübersaß. Von der einen profitierte sie bereits, die Exotin war gut für ihren Salon, von dem anderen gedachte sie zu profitieren. Luise wollte das Öl.

Aber aus irgendeinem Grund heraus verlief das Gespräch anders, als sie es geplant hatte. Man könnte auch sagen, es verlief nicht. Die beiden schwiegen. In perfekter Dienermanier. Von der Sitzfläche der kleinen Armlehnsessel, die Luise ihnen angeboten hatte, hatten sie exakt ein Drittel eingenommen, sie hielten ihre Rücken gestreckt, den Kopf gerade und sahen Luise in das Gesicht. Oder besser gesagt auf die Fläche, wo Luises Gesicht saß. Nicht in die Augen, aber auch nicht an ihnen vorbei. Das hatten sie gelernt, die beiden. Dies war kein menschlicher Kontakt. Sie saßen figurengleich und ermöglichten somit alles. Man konnte sie betrachten, man konnte es auch sein lassen. Wollte man sie ansprechen, so antworteten sie. Sprach man sie nicht an – sie schwiegen. Kein Blick verriet sie. Kein Zugang zu ihrem Inneren. Sie hatten keins. Sie saßen oder sie standen, um sie herum eine Aura von Nichts. Dort konnte man hineinbefehlen. Nur das, was Luise wollte, das konnte man nicht. Vielleicht wusste sie selbst auch noch zu wenig, was sie wirklich wollte, möglich war es. Sie hob ihre Teetasse, die beiden taten es ihr nach. Als Adam das zarte Porzellan an seine Lippen setzte, fragte sie: Schmeckt er Ihnen? Er schlug die Augen auf, sah sie über den Tassenrand hinweg kurz an, kostete ohne zu schlürfen – der Tee war heiß –, er setzte ab und sagte: Danke. Als die Tassen geleert waren, erhob sich Luise. Das war alles, man verabschiedete sich. Die Haustür schloss sich, und mit ihrem Bruder entwich Nune.

»Nehmen wir an, wir legen ein zehn Meter langes und 25 Zentimeter breites Brett auf den Boden. Jeder kann mühelos darüber gehen, ohne daneben zu treten. Ändern wir jedoch die Bedingungen dieses Experiments und nehmen wir an, das Brett verbinde als Steg zwei Türme einer Kathedrale. Wer ist dann noch fähig, auch nur einen Meter auf diesem schmalen Steg zurückzulegen?«

Émile Coué.

Manchmal saßen die beiden auf einer Bank am Hafen. Die Arbeiter fuhren in den Barkassen zu den Docks in die Spät- oder in die Nachtschicht. Fuhren hin, kehrten heim. Kleine Schleppschiffe kreuzten, die seit eh und je beliebten Rundfahrtkähne. An den Landungsbrücken machten die Dampfer fest: die Horn-Linie, die Stinnes-Linie, die Hamburg-Amerika. Die Luft war voll Metalldengeln, dazwischen Baulärm und die schwankenden Möwen mit ihrem heiseren Schrei. Überall Menschen, und das Meer war hier ein Fluss.

Winward, sagte Nune.

Homesick? fragte Adam.

Sie antwortete nicht.

Mit vier Jahren stand er im Salon. Luises Kundschaft war entzückt. Mit seinen kleinen fleischigen Fingerchen trug er den Damen die Handtaschen nach, wenn sie den Platz wechselten vom Friseurtisch ans Becken zum Seifenschaummädchen. Er reichte Lockenwickler an, sortierte Feilen und Lacke. Er legte Pinzetten und Rasierer zurecht, diente als Modell für neue Schnitte. Der Pagenkopf: gerade, eckig, glatt gekappt. Der Etonschnitt, der Herrenschnitt. Luise zog ihm Kleidchen an. Die Damen hatten Konfekt für ihn oder Groschen. Er machte einen Diener, wenn er was bekam. Oder gab galant den Handkuss. In die Massagekabine zu Nune durfte er nicht mehr rein. Dort wurden die Gesichtssilhouetten der Damen gestrafft, die Dekolletés. Masken aufgelegt und dampfende Tücher. Hände in Schlamm gepackt. Niemand durfte hier rein, nur Luise, die Kundin und das Mädchen. Es musste Ruhe herrschen. Zitronen-, Zimt- und Nelkendüfte waberten. An der Wand hingen Zeichnungen mit Gesichtsgymnastikübungen. Ein spitzes O, ein grelles A, das Aufreißen des Mundes. Das Strecken des Halses, Schielen. Das Drehen des Kopfes, die Ruheposition. Hier durfte Günther höchstens den Kopf durch den Türspalt strecken. Auch Johannes kam nicht rein. Es sei denn, ein Mann wurde hier behandelt. Wie der Herr John. Der wegen seiner ewigen Kopfschmerzen immer öfter kam. Er schwor darauf, dass nur Nunes Hände sie vertreiben konnten, diese kreisenden braunen Hände. Und ihr Flüstern dabei. Sie gab einige Tropfen Öl aus einem kleinen Flakon, den sie in der Kitteltasche trug, auf seine Schläfen, »den Kopf rechts, den Kopf links bitte«, schloss das Fläschchen, fing die beiden Öltropfen jedes Mal gerade noch mit den Fingern ab, bevor sie zum Rinnsal wurden, in den Nacken liefen. Strich sie hoch die Stirn entlang und setzte dann an mit sanftem Druck. Momente, in denen er nichts dachte, der Herr John, der immer so agil war, der Geld häufte und den diese merkwürdige Angst trieb, Tag für Tag, bis auf die Pausen, hier in Luises Salon, bei dem dunklen Mädchen. Er gab ihr seine Visitenkarte und lud sie ein. Das war nicht anrüchig, zu ihm kamen sie aus allen Kreisen und allen Schichten, wenn sie etwas Besonderes waren, etwas anderes. Die Schöne aus der Karibik passte dazu. Sie könne ja little Günther mitbringen, wenn sie nicht allein kommen möge.

Oder gäbe es jemand? Gibt es jemand, Nune?

No one, sagte Nune und lächelte.

Blass war er immer, der Herr John, aber wenn er aufstand von der Liege, waren seine Wangen rot. Er bedankte sich, gab Trinkgeld, zahlte im Laden und ging.

Luise hatte jetzt ein zweites Hausmädchen, sie hieß Marie. Sie kochte und putzte, wusch, bügelte, machte Ordnung in den Zimmern der Jungs. Die beiden waren getrennt. Jeder hatte seinen eigenen Raum. Heinz schoss mit der Zwille Bohnen auf den Po der Neuen. Heinz war ein echter Sohn. Günther versteckte sich. Die Neue stellte das Grammophon beim Putzen an und ließ die Gebrüder Wolf singen: »Mariechen, du süßes Viehchen, du bist mein Alles, du bist mein Herzlein, Mariechen, ich möchte kriechen dir in dein kleines Herz hinein.« Immer dasselbe Lied.

Heinz und Günther sangen: »Mariechen, du dummes Viehchen, ich reiße dir ein Beinchen aus, dann musst du hinken, auf deinem Schinken, dann kommst du ins städtische Krankenhaus, da wirst du operiert, mit Schmierseif eingeschmiert, dann kommt der deutsche Männerchor, der singt dir ein schönes Liedchen vor.«

Wenn Johannes in die Wohnung kam, stellte Mariechen das Grammophon ab, die Jungen liefen in ihre Zimmer. Er trat ans Fenster und sah hinaus. Und wenn er raussah, was sah er dann? Menschen, Autos, Fahrräder. Hin/her, her/hin, alles in Bewegung, auf, ab, runter, hoch. Wie er, in Bewegung, immer, auch wenn er ruhig stand. Innen drin, ein Wind, etwas, das nicht nachlässt. Etwas, das strömt und irgendwie begierig ist, immer mehr will, mehr. Und das soll das Leben sein, mehr, mehr, aber das ist es nicht. Es ist was andres.

Auch Luise spürte das, dieses Ziehende, sich Drehende ihres Mannes. Sie wollte dasselbe, auch immer mehr und mehr, aber Luise war bodenständig. Sie passte auf. Sie fragte den Herrn John, ob sie einmal kommen könne. Sie brauche Beratung in Gelddingen.

Selbstverständlich, gnädige Frau, sagte der Herr John.

Luise ging ins Grindelviertel. Er versuche sich in zu vielen Geschäften, sagte sie, ihr Mann. Ihm reiche der Gewinn aus dem Laden nicht. Er wolle handeln. Nur womit, das wisse sie nicht. Und ob es an sein, Herrn Johns, Ohr gedrungen sei, dass ihr Mann fast jeden Abend nur noch weg sei.

Bewegte Zeiten, sagte Herr John. Sie sollten Verträge machen, Gnädigste, schreiben Sie das Geschäft um.

Wie denn, Herr John, es läuft auf seinen Namen.

Ich bitte Sie, Gnädigste, Ihnen wird doch etwas einfallen. Die Verträge setze ich Ihnen auf. Überreden müssen Sie ihn.

Colette hatte ein eigenes Kosmetikprogramm. Naturkosmetik, Masken, Packungen, heilende Düfte, die Luft. Aura. Aura, das könnte ein Name sein für ihren Salon. Noch nie war der Körper so wichtig gewesen. Die Nacktheit, die Haut.

Johannes schliff die Rasiermesser, als sie ihm von ihren Plänen berichtete. Vorsichtig, nur von denen bezüglich der Kosmetikserie.

Er sah sie an, seine Gattin. Johannes war kein großer Mann. Er wirkte nur so. Er hatte einen riesigen Kopf und einen massiven starken Körper. Sein Schädel war inzwischen kahl. Der Schnauzer penibel gepflegt. Die Kopfhaut schimmerte samten. Er hatte eng liegende Augen, schwarze Brauen und eine grünblaue Iris. Er legte das Messer weg und zog ein Fläschchen aus dem Kittel.

Und hier ist das Geheimnis, sagte er. Ich denke schon lange darüber nach.

Du? fragte Luise, sie kreischte fast.

Ja, ich, sagte er. Sie wollen alle nicht alt werden. Das ist es. Du willst es auch nicht. Sie hat es. Hier. Es ist das Öl. Sie sagt nicht, woraus es ist. Aber die Basis kenne ich schon, die Basis ist Kokosnuss. Mein Bruder untersucht es.

Luise zog die Brauen hoch, streckte sich, machte ihren Rücken gerade. Einen kurzen Moment überlegte sie, ob sie es ihm aus der Hand reißen sollte.

Ich hab schon einen Namen, sagte er. Johannesöl, wie findest du das?

Das da? fragte Luise und wies auf das Fläschchen. Johannesöl? Sie lachte auf. Wie ich das finde? Ja, wie finde ich denn das? Ich würde gerne wissen, wo meine Kette ist, Johannes. Meine Perlen.

Im Pfandhaus, Luise, sagte er in ihr Gesicht. Er ließ das Fläschchen in die Tasche gleiten, nahm das Messer wieder auf und schliff weiter.

Und mein Ring? Mein goldener Ring? Der mit dem Rubin?

Ebenso, sagte er.

Und meine Uhr, die kleine, das Erbstück, du weißt schon, die kleine goldene Uhr, die Taschenuhr?

Auch, sagte er.

Und meine Ohrringe, die Tropfen?

Er grinste.

Sie stand hinter ihm, sah ihn von der Seite, den Schnauzer, die Lippen, nach oben gezogene Lippen.

Schnell ging seine rechte Hand, kippte das Messer auf und ab, die linke hielt den Abziehriemen straff.

Sie sah ihn, sie fühlte ihre Schuhe. Ihre Füße, ihre Schuhe. Ihren Rücken. Das Kreuz. Sie senkte den Kopf. Jetzt kamen ihr die eigenen Haare in den Blick. Oben. Ihr Haar. Auch sah sie ihre Wimpern.

Gleich hat er diesen Krug dort auf dem Kopf, dachte sie. Auf dem Kopf! Gleich. Ich erschlag ihn. Mit dem Krug dort. Es wird Splitter geben. Steingut. Er ist aus Steingut.

Die Kinder oben in der Wohnung über dem Salon hörten in derselben Nacht noch etwas fallen. Sie hörten es nicht gemeinsam, sondern getrennt, da sie ja jeder ein eigenes Zimmer hatten. Etwas ging in Scherben dort unten. Etwas Schweres, Großes, es ging zu Bruch.

Ihr Vater sollte eine Narbe auf dem Kopf zurückbehalten, es war ihm gelungen, sich im letzten Moment wegzudrehen, einem Rinnsal gleich zog sie sich quer über seinen Schädel. Wahrscheinlich ging sie auch durch sein Herz, Johannes wurde härter, alle spürten das. Günther und Heinz, Marie und Nune, die Mädchen im Salon, die Kundschaft, die Bekannten, die Geschäftspartner, die Freunde aus der Nacht, Luise. Aber wie das so ist in Hamburg, sie spürten es, es war so, aber alles blieb inwendig, irgendwie verdeckt. Wie in einem Hafen. Aus dem man aufbrechen konnte, in dem man sich aber auch verstecken konnte. Es war nicht klar, wie viel Wasser zulief und wie viel ab. Das wissen nur die Fische, die Ratten schmecken es.

Später nahm Johannes Nune und ging mit ihr zu Warnke & Consorten.

Wo hat er es? fragte er sie.

Don't know.

Sprich deutsch.

Ich weiß es nicht, Herr Dirks.

Du weißt, was ich tun werde, wenn du es mir nicht sagst.

Ich werde es Ihrer Frau sagen, mein Herr.

Wieso weigerst du dich. Ich zahle.

Meine Grandma macht es. Sie wird es niemals sagen. Es ist ein Geheimnis. Sie ist die Einzige, die es kennt.

Und wenn sie stirbt?

Dann wird meine Mutter es kriegen, sie ist als Nächste dran. Und dann meine älteste Schwester.

Du fährst hin und holst es. Er schaut sie an.

Sie würde nicht zurückkommen, sagt ihr Blick.

In der Speicherstadt steht jetzt das Chilehaus. Sie bauen wie verrückt. Ein ganzer Stadtteil wurde hier weggerissen, nur um zu bauen, zu bauen, zu bauen.

Der Schwarze lehnt im vierten Boden an der Tür. Kollegen pfeifen ihn herunter. Er nimmt die Mütze ab, grüßt und schaut auf seine Schwester.

Zeigen Sie mir das Versteck, sagt Johannes. Ich weiß, dass Sie nachts eine Nebenbeschäftigung haben, das ist verboten.

Adam sieht sich um, die Kollegen schauen zu ihnen herüber.

Hey Adam, sieht dir ähnlich, das Beste zeigst du uns nicht, ruft einer.

Adam sagt: Warten Sie, Sir.

Er holt sich die Erlaubnis, das Kontor zu zeigen. Sagt, Herr Dirks, der Chef seiner Schwester, wolle ins Importgeschäft.

Herr Warnke kommt aus dem Büro, schüttelt Johannes die Hand. Sie haben doch einen guten Salon.

Eben, sagt Johannes. Investieren. Man will doch sein Geld unter die Leute bringen.

Woran er denn denke?

An Duftstoffe und Öle im großen Stil.

Duftstoffe? Schwierig. Öle. Wir lagern vornehmlich Gewürze, müssen Sie wissen. Sie müssten es mir schon genau sagen, was es sein soll. Aber wenn Sie wollen, dann schauen Sie sich erst mal alles an. Adam zeigt Ihnen alles. Er ist mein bester Mann. Nur nachts, was macht er da, hm? Herr Warnke zieht den Mann wie einen Schulbuben am Ohr. Ich hoffe, er tut es nicht mehr, Adam, hm?

Adam nickt.

Na denn, sagt Herr Warnke.

Adam führt Johannes die Stiegen rauf. Nune muss warten. Sie bleibt vor den großen Häusern stehen. Die Burschen lachen ihr zu. Sie geht auf und ab, schwenkt ihr Handtäschchen, schaut auf die Kähne. Hast dich wohl verlaufen, Puppe, ruft einer aus einem Kahn. Sie dreht sich weg, geht weiter auf und ab, keine Frauen hier, keine Frauen, wo die Waren sind. Im vierten Boden in der hinteren Ecke hebt Adam einen Sack, dann mehrere Planken an. Ein kleiner Kasten, wie ein Säuglingssarg, steht unter dem Holz. Adam zieht ihn raus. Öffnet ihn. Zehn Flaschen sind drin. Mit klarem Öl. Es sieht wie Gold aus. Adam nimmt eine Flasche, entkorkt sie, hält sie Johannes hin. Der riecht dran.

Wie viel?

Kein Geld, sagt Adam. Schmuck, Sir.

Gut, ein Ring, sagt Johannes. Er nimmt die Flasche und gibt Adam einen Ring. Der Ring ist golden und zierlich, ein roter Stein schmückt ihn.

Es wird zu Ihrem Besten sein, Johannes strahlt.

Adam nickt. Er packt den Kasten weg, schiebt die Planken drüber, die Säcke.

Nun?, fragt Herr Warnke, als sie wieder unten sind.

Bestens, sagt Johannes, hält die Flasche unterm Mantel verdeckt. Alles in Schuss und bestens hier.

Sie hören von mir.

Wann?

Im Kino läuft der Film »Falsche Scham«. Im Rahmen »lose aneinandergereihter Episoden werden die Gefahren der Geschlechtskrankheiten gezeigt«. In der Zeitung wirbt man für Khasana, den kussfesten Schminkstift. In den Kammerspielen spielt Gründgens. Luise ist bei fast jeder seiner Vorstellungen da. Mit ihren Freundinnen. Zu Hause rasiert Johannes Nune. Der Kleine ist dabei, er muss zusehen. Johannes schäumt sie ein, klappt das Messer auf. Zug um Zug, saubere Arbeit.

He should go into his room.

Aber dies ist nur eine Lektion.

Mit Heinz macht er das nie. Heinz zieht er die Ohren lang. Packt ihn in den Nacken, kontrolliert den Hals auf Dreck. Marschiert mit ihm. Schickt ihn zum Turnen, Heinz rudert, segelt und baut Flieger aus Holz. Günther hat ein Kleidchen an. Halb Kittel, halb Kleid. Er schaut auf Nunes Körper. Braun. Wie Schokolade. Manchmal trinkt er Schokolade. Sie steht. Johannes sitzt mit einer Emailleschüssel voll heißem Wasser vor ihr. Die Schüssel steht auf einem kleinen braunen Holzbock. Der Schaum mit den Haaren schwimmt obenauf, wie Sahne mit Dreck. Als sie ganz nackt ist, hält Johannes ihr den Spiegel hin.

Schau sie an. Fass sie an. Du gehst jetzt, herrscht er Günther an. Du gehst jetzt!

Man hört nichts, bis Luise kommt.

Johannes guckt ihr beim Ausziehen zu.

Rasur gefällig? fragt er grinsend.

Du bist pervers, Johannes!

Und dein Gustav?

Ich war im Ballett. Wir sollten uns einen Hund anschaffen, sagt Johannes. Es wäre gut für Heinz. Deutscher Schäferhund, ein devotes starkes Tier.

Kein Tier, ich will kein Tier. Luise wird hysterisch.

Beide Jungen sind wach. Beide lauschen je in ihren Zimmern. Ein Hund für Heinz! Ein Hund für mich, ein Hund! Nur Nune schläft. Sie hat einen Brief geschrieben.

»I think we'll come home soon. No longer the presents, please«.

Der Brief wird sich kreuzen mit einem anderen auf dem Meer. »In love« wird drinstehen. »Our Mam is ill. Please send us some money«.

Auf demselben Schiff ist eine kleine Kiste. Sie enthält diesmal nur fünf Flaschen mit klarem, gelbem Öl. Sie liegen auf gepressten Hibiskusblüten. Wenn sie ankommen, sind die Blüten vom Rollen des Schiffes zerstört. Roter Staub mit gelbem Pollenpuder.

Im August findet in Hamburg die Kolonialwoche statt. Bei Hagenbeck kann man hinter einem Zaun echten Wilden in einem nachgebauten Dorf beim Stillen zusehen.

»Die koloniale Sache ist deutsche Sache«, sagt Herr Petersen, Hamburgs Bürgermeister, bei der Eröffnung. Die Menge singt das Deutschlandlied, und alle sind fröhlich. »Bricht der Anker, hält der Mann«, das ist deutscher Geist. Nune steht auch in der Menge. Sie hält little Günther fest. Heinz hat einen Welpen an der Leine. Luise streckt die Brust raus. Sie hat ein drittes Schaummädchen. Vier Friseusen, drei Schaummädchen, einen Stift und ihren Mann. Aura – Luises Salon. Auf dem Haus ist eine hohe Hypothek. Weder Johannes noch sie haben noch Eltern. Nur einen Bruder hat Johannes. Er ist Chemiker. Er heißt Andreas. Er untersucht das Öl. Es wird gefiltert, geschleudert, geschüttelt, gekocht. Es ist klar, gelb, völlig geruchlos, eine Mischung, keine Frage. Extrem weich, große Oberflächenspannung.

Woraus ist es?

Kopfschütteln.

Der Kleine ist jetzt öfters bei Herrn John. Auch Luise hat ihn als Begleiter entdeckt. Die Artigkeit des Kindes rührt die Menschen. Wenn er mit Luise da ist, ist er im Büro von Herrn John. Er ist im Salon, wenn er mit Nune hingeht. Im Salon von Herrn John sind viele Menschen. Schwarze, Gelbe, Juden, sagt Nune. Die Künstler gehen zu ihm. Sie trinken Cocktails und Tee. Sie essen und sie lachen dort. Manche machen Musik. Wenn er sieben ist, wird er einen dicken Neger mit einer Trompete sehen. Don't say Neger, Günther. Vor dem sich alle verneigen. Luises Gustav ist dort. Könnten sie mir einen Kontakt verschaffen, Herr John? fragt Luise. Wenn die Damen des Ensembles zu mir kämen? Gerne, Frau Dirks. Auch Nune hat jetzt einen Bubikopf, sie trägt ihr Citykleid und eine kleine Schelle am Knie, das ist Mode. Sie hat sich die Locken rausgezogen, Dauerwelle negativ. Ihr Bruder arbeitet nachts als Türsteher. Im Frack. Der Schwarze im Frack macht Furore. Du könntest viel mehr Geld verdienen, Nune. Sie will nicht. Wenn du nur tanzt. Ihr könnt doch alle tanzen. Dieses zippel, zappel, Negerarschgewackel. Irgendjemand flüstert es ihr zu. Er hat ein Pulver, ein weißes Pulver. Er trinkt. Der da trinkt, er gibt das Pulver dem Kind. Don't do that. Don't.

Einmal kommt ein kluger Mann mit seiner Tochter. Der kluge Mann hält einen Vortrag, diesmal trinken alle Tee. Er redet über die europäische Idee. Günther hat Hosen und einen Matrosenkittel an. Er ist fünf. Er geht bald in die Schule. Er muss sich in die letzte Reihe setzen auf eine kleine Bank. Neben ihn kommt die Tochter von dem klugen Mann.

Ruth, leiste little Günther Gesellschaft.

Ruth sieht ernst aus. Sie hat Zöpfe, braune Zöpfe, Spangenschuhe und Strickstrümpfe an. Sie setzt sich hin und hört ihrem Vater zu. Günther will ihr eins von seinen Bonbons anbieten. Sie sagt, ruhig, mein Vater! als er das Papier aufrollt. Dann hört sie wieder aufmerksam zu. Günther staunt. Zuhören war noch nie wichtig für ihn gewesen. Schauen, ja, Schauen, auch Tasten, Fühlen und manchmal Schmecken. Aber nicht Zuhören. Auch Adam ist da. »Pan-Europa«. Europa ist Deutschland, sagt ein Mann. Deutschland ist die Welt, sagt jemand. Die meisten schütteln dem Vortragenden die Hand. Sie klatschen, als er fertig ist. Nune wird ihm vorgestellt. Ohne Sie könnte ich nicht mehr leben, nicht mehr denken, sagt Herr John. Der kluge Herr lächelt und nickt: Wie gefällt es Ihnen in Hamburg? Nune lächelt zurück.

Wo kommen Sie her?

Aus der Karibik.

Sie müssen Heimweh haben.

Auch wir haben es dort nicht leicht, Sir!

Trinidad?

No, Barbados.

Oh. England.

Ja, lacht Nune. England. Ich bin nur aus Versehen hier. Und was machen Sie mit unserem werten Gastgeber?

Ich verabreiche ihm Kopfmassagen. Ich arbeite in einem Schönheitssalon.

Nun, da sind Sie am rechten Platz, sagt der kluge Mann. Und wendet sich einem Herrn zu, der ihm schon eine ganze Weile die Hand entgegenstreckt. Wertester, sagt der Herr, wie soll es bei der parteipolitischen Lage zu einem geeinten Europa kommen? In Wahrheit sind doch alle nur korrupt. Das ist ja die reinste Utopie, wir sollten uns der Realpolitik zuwenden.

Günther rutscht von der Bank. Er schaut das Mädchen neben sich an. Steht auf. Schlängelt sich zur Bedienung durch und holt zwei Limonaden. Die Kleine lächelt. Mein Vater ist berühmt, sagt sie. Und deiner?

Er sagt nichts.

Das Mädchen trinkt. Mit wem bist du da?

Er zeigt auf Nune.

Oh, macht das Mädchen, ist das deine Mutter? Die ist aber schön.

Sie ist unsere Angestellte, sagt er.

Das Mädchen nickt enttäuscht und schaut ihn lange an. Blass ist er, der kleine Günther.

Meine Mama ist auch sehr schön, sagt das Mädchen.

Streichelt sie dich? fragt er.

Natürlich, sagt sie, immer. Dann stellt sie das Glas ab und geht zu ihrem Papa. Sie fasst ihn an der Hand und schaut zwischen den Hosenbeinen der nebenstehenden Herren hindurch zu ihm. Zwischen lauter schwarzen Beinen sieht Günther ihr Gesicht.

Sie ist hübsch, nicht wahr Günther? fragt Nune auf dem Heimweg.

Sie ist eine Angeberin, ich will sie nie mehr wieder sehen.

Sie geht schon zur Schule. Hier, das ist ihre Schule. Sie ist neu.

Komm ich da auch hin?

Nein. Du nicht. Sie bleiben stehen.

Was steht da? Günther zeigt auf die Schule.

»Talmud Thora Schule« liest Nune. Bald kannst du auch lesen.

Ein Junge mit einem Ball überholt sie und rempelt Günther an. Dufte Biene, pfeift der Junge, schaut auf Nune und lacht. Ein paar andere Jungen kommen hinterher. Günther bleibt stehen. Günther hat Angst vor den Jungen.

Neger, Neger, Schornsteinfeger, rufen sie.

Come on. Günther, come on.

Wenn nachts der Hund winselt, wird er ins Klosett gesperrt, an kurzer Leine. Das macht Johannes. Im Dachgeschoss schlafen Mariechen und Nune. Luise hat den Morgenmantel an und rührt in der Küche Masken. Sie entwirft eine Veilchen-Serie. Creme, Milch, Badewasserzusatz. Sie rührt Glyzerin und Stearin, gibt Stärke dazu und Wasser. Sie versucht es mit Gelatine. Schüttelt. Schüttet Veilchenwasser dazu, geschmeidiger aber würde alles mit einem guten Öl. Mit Öl aber wird die Creme schnell schlecht, und sie bindet nicht recht. Jetzt riecht sie nach Wachs, Luise riecht gerne nach Wachs. Die Creme soll wie Schnee sein. Kalt und weiß. Sie wird geschlagen, immer wieder geschlagen. Luise lässt das Öl wieder weg. Die Creme ist misslungen. Sie gibt ihr dennoch einen Namen, denn sie wird es herausfinden:

»Luises Veilchencreme«, nein: »Viola«.

Sie wird die Veilchencreme mit der Grünteecreme mischen. Darunter ein wenig Extrakt der Schlüsselblume und Quitten. Quittenessenz. Sie öffnet die Poren, sie weitet sie. Es ist falsch, alles in eins zu tun. Erst die Poren öffnen: Quittenessenz mit Salizylsäure. Dann straffen: Grünteepackung. Dann cremen: »Violaschnee.« »Violaschnee«? Sie schlägt von neuem. Die Creme ist weiß und duftet stark. Sie bestreicht sich den Handrücken, kreist die Haut ein, riecht, fühlt. Streichelt. Sie ist hungrig. Sie isst so gern Konfekt.

Oder ebenfalls Veilchen. Kristallisierte Veilchen, zerbrechliche Blüten, welch ein Genuss. Sie zergehen auf der Zunge, langsam rau. Sie lutscht. Weg. Steckt ein neues in den Mund, lutscht, weg. Sie streichelt mit dem Handrücken die rechte Wange. Draußen steht die Nacht vorm Fenster. In ihr ist Johannes. Vielleicht tanzt er irgendwo. Johannes ist kein Tänzer. Er geht zu den Frauen. Er ging von Anfang an zu den Frauen. Sie hat sich geirrt in ihm. Johannes trinkt. Sie wollte reich werden mit ihm. Sie hat sich geirrt in ihm. Die Creme duftet. Vielleicht zu stark? Sie wird es ohne ihn. Sie wird es ohne ihn schaffen. Luise braucht keinen Mann. Luise braucht Schönheit. Schönheit und Geld.

Johannes ging in das Café am Kai. Wo Adam im Frack vor der Tür stand, wo die Mädchen inspiriert waren. Wie seine Frau immer sagte: inspiriert. Sie hatten Spiegel, und er schaute ihnen zu. Johannes verlegte sich aufs Zusehen. Neues brauchte er. Neues. Stets. Frisches. Junges und Schönes. Ja. Oh ja. Auch Johannes liebte das Schöne. Nicht das Billige, das Normale. Aufregungen. Lockungen. Und alles was drüber hinausging. Er wollte es sagen. Mach es so und mach es so. Zeig mir dies und zeig mir das. Er half mit Champagner nach, wenn sich die Mädchen zierten. Mit Geld, mit Düften, mit Versprechungen. Johannes liebte Erniedrigungen. Und immer ein bisschen wehtun. Nur ein bisschen. An der Lustgrenze lang und diese ein wenig verschieben. Nach außen. Steck es dir rein. Na komm schon, mach schon. Es ist schön, tu es für mich. Zeig es mir. Steck es dir rein.

Mit noch nicht sechs wird Günter eingeschult. Er ist gewachsen. Und er kann schon etwas lesen. Nune hat es ihm beigebracht. Nune ist wissbegierig, ihr Deutsch ist inzwischen nahezu perfekt. Günthers Bruder ist schon in der dritten Klasse. Günthers Bruder ist fast nur nachts noch da. Er trainiert. Sie machen Ausflüge in die Heide. Sie haben ein Auto.

Sie picknicken, das machen sie jetzt zu viert. Nunes Status hat sich verändert. Luise will, dass sie sich ein Zimmer sucht. Sie entlohnt sie als Kosmetikerin und hat sie auf einer Fachschule angemeldet. Es ist April, als der Kleine in die Schule kommt.

Im Mai explodiert eine Chemieanlage in Hamburg. Gelbkreuzgas wird freigesetzt, neun Menschen sind tot, 150 sind verletzt. Tot ist Johannes' Bruder Andreas. Er war ein unscheinbarer Mann. Er hatte den Fehler an den Kesseln bemerkt. Von seinem Körper waren nur der Rumpf und der Kopf noch da. Die restlichen Teile waren zerrissen, verstreut, verbrannt. Johannes musste ihn identifizieren. Er nahm die gesamte Familie mit. Sie mussten ihn alle ansehen, Luise, Heinz, und Günther wurde hochgehoben.

Er sah etwas Halbrohes mit Zähnen drin, das war der Kopf. Unterhalb des Kopfes lag etwas Sackähnliches, das mit einem Tuch überdeckt war. Zwischen dem Klumpen und dem Sack berührte das Tuchende den Tisch. Das Tuch war dunkelrot an einigen Stellen, an einigen gelb, an anderen braun. Es verbarg den Körper, das, was von ihm noch übrig war.

Torso, sagte der Mann, der mit im Raum stand.

Das Kind in der Luft auf den Toten sehend, mit den Armen des Lebenden unter den Achseln, merkte sich nicht den Kopf. Es prägte sich das Tuch ein. Die Flecken sahen aus wie Landschaften, das Tuch wie eine Karte.

Er wollte uns warnen, sagte der Mann, der mit im Raum stand.

Das Kind merkte sich das Tuch, das Tuch war bunt und schön.

In der Wohnung des Andreas Dirks fand man zahllose Bücher über Haut- und Geschlechtskrankheiten. Unzählige Notizen, handgeschrieben, chemische Formeln, die Johannes an sich nahm, die aber alle laut Auskunft der Kollegen unvollständig waren und keinen Sinn machten, wirr waren. Irgendwelche Randnotizen für was auch immer. Vielleicht arbeitete er an einer Veröffentlichung. Niemand wusste es genau. Er hatte es immer vorgehabt, etwas zu veröffentlichen. Andreas Dirks hinterließ eine Menge Schulden, die zu begleichen Johannes aufgefordert wurde. Andreas Dirks hatte keine Anschaffungen gemacht. Er musste das Geld einfach ausgegeben haben. Niemand wusste wofür, meistens war der ledige Herr Dirks alleine.

Johannes besuchte Nune. Sie wies ihn ab. Jetzt, da sie allein wohnte, wies sie ihn ab. Er kam zu ihr in die Massagekabine, legte sich auf die Bank.

Ich brauch es nicht, dein Öl, sagte er. Gib's zu, es ist nur Pisse.

Nune sagte nichts. Sie zog den Flakon aus ihrer Kitteltasche. Gab ein paar Tropfen auf seine Stirn. Verteilte sie sanft, gab ein paar nach, verrieb sie über den gesamten Kopf. Die Stirn, die Schläfen, die Narbe entlang. Verstärkte den Druck mit den Fingern, ließ die Haut kreisen auf der Hirnschale. Hob den Kopf an, strich mit den Händen den Nacken hinab, durchwalkte die Ohren, kam zurück ins Gesicht, auf die Wangen, die Augen, die Nase, rieb die Brauen gegen den Strich, ging hinunter zum Mund, massierte die Lippen. Johannes schlief. Er war tief entspannt und schlief. Sie legte ein Tuch um seinen Kopf, verließ die Kabine. Johannes schnarchte.

Günther presste jetzt öfters die Lippen zusammen. Sein Gesicht wurde verschlossen. Fester. Günther versuchte zackig zu sein. Nachmittags machte er seine Aufgaben, dann stand er im Salon. Das Zackige schien ihm eine Rettung zu sein. Heinz durfte anders leben. Günther probierte das Zackige aus. Er rempelte Mädchen an. Er kniff. Er versuchte zu treten. Aufs Schienbein, immer aufs Schienbein. In der Schule nahm man ihn damit nicht ernst. Auch in den Welpen hatte er einmal vorsichtig reingetreten, aber er konnte es nicht richtig. Der Welpe hatte sich auf den Rücken gelegt und mit dem Schwanz gewedelt, ihm sein Bäuchlein gezeigt, sein weiches Bäuchlein.

Als Nune aus der Wohnung ausgezogen war, stand er öfter nackt in ihrem Zimmer vor ihrem Spiegel. Er konnte sich sehr lange ansehen. Starr war er dann. Legte sich auf ihr Bett, das noch bezogen war. Am liebsten fror er, lag er steif und fror er.

Einmal sagte sein Bruder zu ihm, ich glaube, es gibt Krieg.

Das war komisch. Günther verstand ihn nicht.

Ich werde immer Waffen haben, sagte Heinz.

Heinz arbeitete an sich, Tag für Tag.

Nune holte Günther ab und ging mit ihm auf den Fischmarkt. Samstag früh, vor der Schule. Dort lagen riesige Fische, die bluteten. Einmal sahen sie einen Hai. This is a shark, sagte Nune. Haie aß man nicht. Sie machten Futter draus. Nur das Gebiss wurde rausgeschnitten. Klappoval mit Sägezähnen. Ein Souvenir. Günther bekam ein Souvenir vom Fischmarkt. Frauen schlugen die Tiere in Stücke mit dem Beil. Sie konnten ihre Arme in den Körpern verschwinden lassen. Köpfe links, Schwänze rechts, dazwischen Fleischbrocken. Eingeweide, rötlich braun, grüne Gallenblasen und da, guck, die Schwimmblase. Das ist ein Fisch, was! Er kommt von dort, wo ich herkomme, little Günther.

Sie nahm ihn mit zum Kaffeetrinken, traf ihren Bruder, der ihm zulächelte.

Master, sagte Adam, und verneigte sich.

Wir gehen zu Herrn John, schlug Nune vor, willst du mit, sie kommt auch?

Vielleicht war Nune zu der Zeit etwas müde geworden, immer so viel Geld nach Hause zu schicken. Ihre Mutter war tot. Ihre Geschwister hatten Kinder. Die älteste Schwester war jetzt das Familienoberhaupt. Nune sah jedenfalls auffallend schick aus. Hatte immer neue Sachen an. Ging öfter zu Herrn John und in das Café am Kai, das Haus, in dem ihr Bruder arbeitete. Nachts. Er arbeitete Tag und Nacht.

Es sind die Zeiten, sagte Herr John, die Zeiten sind unruhig.

Adam wollte zurück. Mit Geld zurück. In Altona kämpften weiterhin die Kommunisten. Die jüdischen Friedhöfe wurden immer öfter geschändet, bei anderen prosperierte das Geschäft.

Anfang 1929 schafften sich die Dirks ein zweites Telefon und einen Kühlschrank an. Jack, der Boxer, war bei Herrn John zu Gast. Und Louis, der Trompeter, war wieder da, ein Star. Und alle hatten Gefallen an Herrn Johns Haus und einige an Nune, zu der Herr John jetzt öfters mit Geschenken kam. Aber sie war immer seltener im Salon und nur noch für einige Kunden. Sie war bei ihrem Bruder oder auf der Fachschule oder unterwegs, irgendwo. Und so hat wahrscheinlich Johannes eines Tages das Spiel mit dem Kind und dem Rüden entdeckt. Er spielte es Mittwochnachmittag, wenn Mariechen frei hatte, Heinz beim Rudern war und Luise in der Gymnastikgruppe von Lisa Palmström. Er spielte es bei zugezogenen Vorhängen, und Günther tat es weh. Wie heißt du? fragte Johannes ihn dann. Ich heiße Andreas, antwortete er.

Ja, richtig, du heißt Andreas. Andreas ist tot. Weißt du noch wie er aussah? Kein Gesicht mehr, der Andreas, komm her. Du heißt Andreas, du hast kein Gesicht mehr.

Günther hatte sich angewöhnt, im Abenddämmern vor der Schule zu stehen. Niemand kümmerte sich um ihn, das kam jetzt immer öfter vor. Manchmal kamen spät noch Kinder raus. Und manchmal seine Freundin Ruth. So nannte er sie heimlich, seine Freundin Ruth. Er wollte nur gucken, immer nur gucken. Und dann wieder gehen. Er stand gern dort vor dieser Schule. Er hatte eine Tasche dabei, wenn er jemand auffiel, tat er so, als ginge er einkaufen für seine Mutter, bei Kolonialwaren Meyer auf der Grindelallee. Einmal sah er sie die Treppe runterspringen, sie nahm drei Stufen auf einmal. Es sah aus, als ob sie flog. Aber da sah sie nicht fröhlich aus. Was hatte sie? Was taten sie in der Schule? Die Juden, schlugen sie?

Günther fing zu stottern an. Nur leicht, aber für Luise Grund genug, ihn sofort bei der Sprech- und Atemgymnastik anzumelden. Luise kannte die Lehrerin. Sie war eine Schülerin der Mönckeberg, sprach also nicht nur klar, sondern rang um reinen Ausdruck. Dies konnte dem Kleinen nur förderlich sein. Luise fand ihn immer noch zu dick. Sie liebte schlanke Knaben oder starke Knaben, aber nicht dicke. Außerdem war er verschlossen. Die Übungen würden ihn öffnen. Ein hübsches Gesicht hatte er ja, ihr Sohn, ein markantes Profil. Jetzt schon. Dic Bäckchen eben nur etwas voll. Aber die Augen. Glasblau. Zum Durchgucken und doch nichts Sehen. Sollte er nur üben. St, st, st. Und das A, das weite A: Befreiender Ausstoß der Lebensenergie. Ein Student in Stulpenstiefeln … Sie klopfte mit einem Stift auf den Tisch, wenn Günther sprach. Fff, fff, ffff, der Lungenfeger, raus damit. Pressen, pressen, pressen. Der Fehler verlor sich. Das Gesicht ging weiter zu.

Dann kam Ludger.

Ludger war der Sohn von Emmanuelle Kramer, die eigentlich Emma hieß. Ihr gehörte das Café am Kai, das eigentlich kein Café war, sondern eher ein Club, eine Bar. Wo man nachmittags den Tee bekam und Cocktails, schöne Frauen waren dort, eine Combo spielte, Nune war ein gern gesehener Gast. Und wo man nachts die Welten wechseln konnte, in den Nebenräumen, den diversen Nebenräumen. Für die umherirrenden Männer, die nach der Lust tasteten. Manche brachten ihre Frauen mit. Wie durchlässig war hier die Grenze zwischen Verwerfung und Moral. Es genügten Schritte, nur ein paar Schritte zur rechten Zeit.

Das ist Günther, sagte Nune, als Ludger an den Tisch trat, an dem Günther eine heiße Schokolade trank. Es war nachmittags, der 3.9.1929.

Er hat heute Geburtstag.

Ludger blieb vor dem Tisch stehen. Ludger war zehn, so alt wie Heinz. Er rührte sich nicht. Er war ein hoch aufgeschossener Junge. Schlaksig. Er hatte Pomade im Haar. Günther mochte Pomade nicht. Aber die Haare waren gut gelegt. Mit einer kleinen Welle in der Stirn. Scheitel links. Ludger hatte seltsame Augen. Sie waren violett. Seine Mutter, die Chefin, saß mit am Tisch. Sie schaute ihren Sohn an, was er wohl wieder wollte. Der Junge hatte keinen Vater mehr. Manchmal benahm er sich seltsam. Diesmal stand er einfach nur da. Ziemlich lange, stand einfach nur da. Günther sah ihn eine Weile an und beschloss dann, die Schokolade weiterzutrinken. Die Frauen redeten wieder, aber plötzlich, völlig unvermittelt, streckte Ludger seinen Arm vor, reichte quer über den Tisch, der rund war, packte das Kind, das eingekeilt zwischen den beiden Frauen saß, zog es hoch und holte es mit einem Ruck am Tisch vorbei zu sich herüber. Alles Gute, sagte er, drückte seine Hand, und da genoss Günther, der beim Hochgerissenwerden vor Schreck den Stuhl nach hinten gekippt hatte, zum ersten Mal in seinem Leben einen festen Griff.

Danke!, rief er, laut, zu laut, die Umsitzenden lachten.

Ja, das war komisch, das war wirklich komisch. Sah es doch aus wie Gewalt. Als habe Ludger Günther schlagen wollen. Ein wenig durch sein Kakaochen ziehen. Rausholen für eine Klopperei, bei der er zu siegen gedachte, wie immer, der Lude. Der schon einen schlechten Ruf hatte unter den Jungen im Viertel. Nein, er wollte nicht hauen, Ludger hatte

Alles Gute gesagt, und deshalb musste Günther jetzt kichern, als er sich zurücksetzte, zu seinem Kakao, auf seinen Hintern, den er jetzt fühlte, wo Emma Kramer den wieder aufgestellten Stuhl drunterschob.

Nun guck nicht so verdattert, grinste sie. Setz dich auf deine vier Buchstaben, der Ludger meint das nicht so.

Doch, dachte Günther, der meint das so. Setzte sich und Ludger verschwand.

– Vier Buchstaben. – Günther wackelte mit dem Hintern, als prüfe er, ob der Stuhl noch ganz war. Mariechen hatte das auch immer gesagt. Vier. Wieso vier? Na zähl mal. Was denn? Na ja, kannst ja noch nicht schreiben, macht nichts.

Aber jetzt konnte Günther schon schreiben. Vier Buchstaben: Popo.

Er hatte gelacht, als er es zum ersten Mal aufgeschrieben hatte.

Günther hatte ein Heft. Er hatte es gestohlen. Von seiner Mutter. Vorne waren Rezepte drin, hinten seine große krakelige Schrift. Sütterlin. Das Heft war kostbar, es war mit Stoff bespannt. »Seide ist aus Seide und ein Schwein ist aus Schwein.« Das konnte er schon lesen. Auch das stand drin, ganz vorn auf der ersten Seite, seine Mutter hatte es geschrieben. Mutti, sagte er jetzt immer, Mutti. Das hörte sie gern. Das Buch roch nach Wachs. Wie die Küche, wie die Hände seiner Mutter. Wie ihr Po. Ihr Popo. Ihre vier Buchstaben. An denen er gerochen hatte, seit er klein war, wenn er neben ihr stand. Er kicherte. Mach einen Diener, Günther! Was? Mach einen Diener! Günther, aufwachen! Wir gehen, mach einen Diener vor Frau Kramer!

In der Tür nach hinten lehnte Ludger. Es war dunkel, wo er stand. Ludger war vom Braun der Tür ganz eingedeckt. Nur das Gesicht leuchtete. Es war ein blasses Leuchten. Ein Wachsleuchten. Ein Kerzenleuchten. Ein Nachtleuchten.

Im Oktober wurde eine Pfändung aktenkundig. Das Auto kam weg, das Haus ging an die Bank. Luise entließ Marie, die sowieso schon länger nicht mehr bei ihnen wohnte, sondern nur noch halbtags zum Waschen und Putzen kam. Zwei Monate lang konnte sie den Angestellten kein Gehalt zahlen. Johannes hatte Verluste gemacht. Er war wie viele ins Salpetergeschäft eingestiegen, aber während andere wenigstens zu Beginn Gewinn gemacht hatten, hatte er nur Verluste gemacht. Luise konnte sich nicht erklären, wie. Obwohl es viele gab in diesen Tagen, die Bankrott gegangen waren. Es blieben Kunden weg.

Noch im selben Jahr meldete das Fremdenblatt eine Schlägerei in der Speicherstadt. Der Anlass war nicht bekannt, vier Lagerarbeiter wurden vorübergehend festgenommen, nach einem kurzen Verhör allerdings sofort wieder freigelassen. Der zu Schaden gekommene Neger, hieß es, Vorarbeiter einer der dort ansässigen Kontoristen, wurde in ein Krankenhaus eingeliefert. Mit zahlreichen Platzwunden am Kopf, wahrscheinlich inneren Verletzungen und einem abgeschnittenen Finger, dem Ringfinger der linken Hand. Es wurde um sachdienliche Hinweise gebeten. Vier Wochen später gab es eine weitere Notiz: Der Neger, der bei einer Schlägerei in der Speicherstadt zu Schaden gekommen sei – »wir berichteten« –, sei in der gestrigen Nacht verstorben. Ermittlungen der Polizei ergaben, dass er in Hehlergeschäfte verwickelt gewesen sei.

Im Dezember 1929 verschwand Nune von einem Tag auf den anderen. Ihr Haarband, das sie bei den Behandlungen noch immer getragen hatte, obwohl ihr Haar schon lange kurz war, hatte sie der Schaufensterpuppe Modell Catherine umgelegt, einer Puppe von Siègles, die endlich zu besitzen Luise besonders stolz war. Nune ließ nichts zurück, sie war einfach weg.

Herr John war nicht weg. Ein Jude war inzwischen Rektor

der Universität geworden, das war eine Sensation, der Herr John aber hatte immer mehr Kopfschmerzen. Als Günther vor ihm stand, sagte er: Du bist es. Nun, ich vermisse sie auch.

Ohne irgendeinen Kommentar nahm Nune ihre Arbeit im Januar 1930 wieder auf. Man stellte ihr keine Fragen. Es war ihr nichts anzusehen.

Heinz hatte im Vorjahr in der Jugend-8er-Regatta gewonnen. Johannes trank. Luise gelang die rechte Konsistenz ihrer Cremes nicht. Sie bekam eine Ahnung davon, dass etwas grundsätzlich nicht gut gehen könne.

Am 28. Februar 1930 ging Johannes Dirks mit der Kosmetikerin Esther Radtzeville, genannt Nune, in den Film »Ich glaub' nie mehr an eine Frau«. Eintrittskartenabrisse und Filmprospekt schenkte Nune little Günther. Es war ein Tonfilm.

Am 11.3.1930 verließ Nune mit der Henry Horn und Käptn Jan Röer Hamburg, am 15.3. fuhr das Schiff von Amsterdam aus über New York die Mittelamerikaroute runter. Sie fuhr allein, ihre Karte hatte sie diesmal selbst bezahlt. Sie hatte drei Überseekoffer dabei, diverse kleine Taschen, sie fuhr zweiter Klasse, den Aufschlag zahlte Herr John. Der nicht am Kai stand, hier stand nur Familie Dirks. Die winkte. Auch Heinz winkte, und little Günther hatte ein kleines Fläschchen in der Hand. Es war blau, dickwandig aus Glas mit einem feinziselierten Silberkorsett und einem Korken, der es abschloss. Oben, eben, fest.

Keep it, but never open it.

Nune stand an der Reling, sie hielt den Kopf gerade und winkte nicht. Kein Foto. Von der Abreise existiert kein Foto. Auf dem Rückweg zum Auto nahm Johannes Günthers Hand. Drückte sie in der seinen. Drückte fester, sein Schweiß klebte an der Trockenheit des Kindes fest.

Zwei Jahre darauf war Luise geschieden. Sie legte eine Platte auf und trank Champagner. Johannes heiratete kurz darauf eine Bäckereibesitzerin aus Eckernförde, eine angesehene, wohlhabende Witwe. Mit der richtigen Frau würde er es schaffen. Luise war die falsche Frau gewesen. Das Vermögen verschwand in Windeseile, beide starben früh.

Luise überlegte kurz, ihren Salon umzubenennen in »Aurora Berg Kosmetik- und Schönheitssalon«, behielt dann aber doch den Namen Dirks bei.

Drüben im Botanischen Garten eröffneten sie eine Pflanzenschau und ein neues Gewächshaus. In ihm wuchs eine Blume. Sie war groß und rot und weiß in ihrer Mitte. Und die Blüte so schwer, dass sie den Stiel, der sie hielt, mit einem Seidenstrumpf an einen Stock anbanden. Ein Schild stand davor. Ein Name stand drauf: Hymenocallis caribaae. Karibisches Schönhäutchen.

Günther träumte jetzt oft einen hellen, windigen Traum. In dem das Licht vor seinem Körper stand. Ganz nah, so nah, dass das Licht fast schon er war und doch wieder nicht. Es drang von unten in ihn ein und trat aus seiner Brust aus. Ein Schwall, ein Fluss, ein dickes Rohr, alles aus ihm raus, aber da schmerzte es auch schon, je mehr es strömte, und es fing zu ziehen an, er konnte es sehen, wie es dünner wurde, zum Strang nur noch, ein Band, und sehniger jetzt, grau, zog es fest von ihm fort, sah er es vor sich verschwinden, hinten weit, wo er es aus den Augen verlor. Konnte nichts tun, grau jetzt, grau. Der Riss.

Er onanierte, wenn er wach wurde. Günther onanierte viel. Und er besah gern sein Geschlecht. Wie bei einer Flamingoblüte lag durch den zu kleinen Schnitt die Eichel in der Vorhaut. Das sah schön aus. So schön sah das aus.

Er war jetzt 13. Seine Mutter hatte den Salon verkleinert. Das Schild war dasselbe geblieben, aber sie frisierte nur noch. Keine Massagen, keine Masken, keine Atemgymnastik mehr. Aus dem Schaufenster hatte sie die französische Puppe mit dem Pagenkopf entfernt, die sie so liebte. Die so weiß, grazil und nach Luises Meinung von solch jenseitiger Schönheit war. Den menschengroßen Schildpattkörper hatte Luise in den Keller gestellt. Die Puppe trug ein Charlestonkleid, Stirnband, an den schlanken Armen und Beinen trug sie nichts. Wenn kein Licht an war im Keller, sah man sie nicht.

Heinz ging auf ein Internat, er war in der Hitlerjugend, für die Aufnahme in die Jugendorganisation der SS reichte bisher sein Ariernachweis nicht. Er ließ sich nicht weit genug zurückverfolgen. Luise arbeitete daran. Die Militärlaufbahn für Heinz stand fest. Günther war auf der Volksschule. Er war kein guter Schüler. Was er konnte, war Schreiben und Rechnen. Sonst nichts. Er entwickelte keinen Ehrgeiz zu lernen. Zumindest nicht das, was man ihm in der Schule vermitteln wollte. Es sollte sich später herausstellen, dass er sehr viel gelernt haben musste. Er hatte zeitlebens ein erstaunliches Faktenwissen über aller Herren Länder. Hatte sich dies aber vielleicht auch woanders zusammengetragen. Was er lernte, war lügen. Geschichtenerzählen. Sie fingen alle an mit: Du. Du.

Du, mein Vater ist Kapitän. Er fährt mit der »Hansa« nach New York! Mit der »Hansa«? Glaub ich nicht.

Oder: Du, guck mal, das ist ein Gebiss von einem weißen Hai. Glaub ich nicht. Ist aber so. Als sie den geöffnet haben, hier auf dem Fischmarkt, da waren da sechs Menschen drin in seinem Bauch. Glaub ich nicht. Ist aber so, ich war dabei.

Oder: Du, die Mulatten, weißt du, was mit denen ist? Nee, was denn? Die haben keine Haare, keine einzigen Haare, verstehst du? Nirgends, nichts. Die Mulatten? Ja, die Mulatten.

Oder: Du, guck mal, hast du so was schon mal gesehen? Was ist das? Ne Flasche, na und? Willste wissen, was drin ist? Was denn? Judengift. Willste mal sehen, wie das wirkt? Hör bloß auf, Mann. Glaubste nicht, was? Ist aber so. Die Juden werden sich alle umbringen. Wie die Lemminge. Weißt du, was das ist? Ne, was ist denn das? Tiere. So was wie Ratten. Wenn die keine Lust mehr haben zu leben, sprechen sie sich ab. Die haben ne Sprache, verstehst du, die pfeifen. Die können richtig reden mit dem Pfeifen. Dann verabreden sie sich. Und dann rennen sie alle zusammen ins Meer. Und nicht nur ein paar, verstehst du! Hunderte! Tausende! Millionen! Glaub ich nicht. Is' aber so. Und was haben sie davon?

Überleg mal. Leib an Leib. Lauter behaarte Leiber. Rennen und rennen und stürzen sich ins Meer. Aufeinander, untereinander. Nebeneinander. Rattenfelle. Felle, lauter Leiber, die nach Luft schnappen, ihre Mäuler aufreißen, mit den spitzen Zähnchen, mit den Schwänzen rudern, mit den Pfoten kraulen. Was meinst du, wie warm das Meer da wird. Du spinnst ja! Ich spinne gar nicht. Stell es dir doch mal vor!

Günther merkt, dass er aufpassen musste. Wem er was erzählen konnte und wem nicht. Er konnte zum Beispiel seinem Freund Lude alles erzählen. Denn dem waren Geschichten egal. Er lachte immer. Und dann sagte er: Komm mit, ich zeig dir was. Lude interessierten nur die Fakten. Was man sah, was man in der Hand hielt, was man kaufen oder irgendwie anders erwerben konnte. Geschichten maß er keinen Wert bei. Mit Günthers Mitschüler Gustav war das schon anders. Die Geschichte mit den Lemmingen zum Beispiel hatte ein Nachspiel. Gustav hatte sie dem Lehrer erzählt. Und es dann Günther gesagt. Und Günther hatte Angst bekommen. Obwohl sie ja stimmte. Aber er war ja selbst nicht dabei gewesen und hatte so erzählt, als ob, obwohl er es nicht gesagt hatte. Er hatte nicht gesagt: Du musst es glauben, ich hab's gesehen. Aber er hatte erzählt, wie sie sich fühlten, die Lemminge, wenn sie ertranken, so als sei er selbst einer, und der kleine Gustav hatte schon ein bisschen komisch geguckt, ein bisschen ängstlich die Augen aufgerissen, wie die Lemminge selbst, und Günther hatte die Flasche in der Hand gedreht, zwischen Daumen und Zeigefinger gedreht und funkeln lassen. Aber da kam schon der Lehrer. Und nahm ihn mit ins Lehrerzimmer, wo keiner war, weil die anderen unterrichteten, wo er ihn vor das Fenster stellte. Was ist denn das? fragte der Lehrer, mit den Lemmingen, Günther? Du hast aber eine große Phantasie.

Günther sagte nichts, er senkte den Kopf. Es war keine Phantasie, dachte er und sah die Tierchen vor sich.

Hör zu, meinte der Lehrer, es ist ja gut, dass du dir so viele

Gedanken machst. Er packte ihn an beiden Armen, und Günther sah ihn an. Der Lehrer war jung. Er hatte sehr kurze Haare. Eine schöne, warme Stimme hatte er und packte ein bisschen zu wie Ludger.

Ja, sagte Günther.

Nein!, der Lehrer lachte. Nein, Günther, du brauchst nicht so viel Phantasie. Der Führer wird es für uns alle tun. Verstehst du? Er wird es schon erledigen, wir können ihm vertrauen. Wir brauchen keine Phantasie mehr, nur noch Taten. Verstehst du das? Günther nickte.

Du bist noch jung, sagte der Lehrer. Du wirst noch alles erleben. Lern gut, sei tapfer und mutig, hilf deiner Mutter. Was macht dein Bruder, Heinz?

Mein Bruder Heinz ist auf der Kadettenschule.

Und siehst du ihn manchmal?

Manchmal.

Na, dann geh mal wieder in deine Klasse und jag dem kleinen Gustav nicht mehr so viel Angst ein. Der Lehrer zwinkerte ihm abschließend zu, Günther war entlassen.

Am Abend erzählte Günther seiner Mutter, dass er der Klassenbeste sei, weil er tapfer sei, das habe der Lehrer gesagt. Luise saß im Schlafzimmer vor ihrem Spiegel und der Kommode mit den vielen Tiegeln darauf. Sie reichte ihm die Bürste an, besah sich und ihn im Spiegel. Sie hob den Kopf.

Tapferkeit, wiederholte sie. Während er die Borsten durch die Locken zog.

Du wirst den Salon übernehmen. Den Rest besorgt Heinz.

Und dann schloss sie die Augen voller Genuss. Er setzte die Bürste an der Kopfhaut auf. Weiß war sie. Jedes Haar steckte in einer Pore mit einer Wurzel, an der man ganz leicht zog, das hob die Haut an, wenn man genauer hinsah, streckte sie sich spitz entgegen. Er strich mit der Rechten und ging die Linie mit der Linken nach. Hob das Haar wieder in Form, beruhigte es gewissermaßen.

Günther wurde jetzt immer dünner. Seine Haut war samtweich. Nur an der Scham wuchsen Haare. Die Brust blieb glatt. Er bekam eine schmale Taille, einen straffen Hintern, seine Armmuskeln trainierte er. Sie hatten noch immer das Zimmer von Nune, in dem alles unverändert stand. Es hieß jetzt Gästezimmer. Luise hatte keine Übernachtungsgäste. Sie ging allerdings fast jede Nacht aus. Sie war immer im Konzert, im Theater, auf einer Dichterlesung, im Ballett. Einmal nahm sie ihn mit, als der »Seeteufel« da war, Felix Graf von Luckner.

Ob sein Freund, Ludger, auch mitdürfe.

Aber bitte doch, sagte Luise. Sie setzte die beiden Burschen neben sich. Günther rechts, Ludger links. Der Mann war Ehrenhäuptling bei den Yosemite-Indianern. Er war Ehrenbürger von Chicago und San Francisco und von Miami. Er war jahrelang über die Weltmeere gefahren. Und er war ein Kriegsheld. Ob Günther spürte, dass er log? Und wie sehr die Leute um ihn her dieses Lügen mochten? Es waren lauter Familien da. Und Söhne vor allem. Viele Söhne. Sie lauschten andächtig. Dem Helden, der in Wahrheit ein geschickter Taktierer im Umgang mit dem Schicksal war. Aber vielleicht ist das ja gerade ein Held. Einer, der wie eine Weide sich im Wind bog, wenn der Angriff kam. Nein, Günther wollte keine Weide sein. Er wollte auch kein Held sein. Das war Heinz' Sache. Aber auch Günther beeindruckte dieser Abend, und am Ende ließ er sich ein Autogramm geben, und es stand für ihn fest, was für Ludger schon lange feststand, dass er reisen würde. Ja, er, Günther würde auch reisen. Wie Ludger, der immer sagte: Ich gehe nach Amerika, hörst du? New York, Chicago, Miami, da gibt es Weiber, da war eure Blacky nichts dagegen. Rasse, Klasse, verstehst du. Die tanzen nackt auf den Tischen, die lecken dir die Schuhe ab. Ich werde in jede Bar am Broadway gehen. Wenn du da Geld hast, kannst du die Puppen tanzen lassen.

Und woher hast du das Geld?

Ich mach selbst ne Bar auf, das ist doch klar. Und du, er klopfte ihm auf die Schulter – da war er, wieder, der feste Griff –, du wirst mein Barkeeper oder der Koch.

Das vergaß Günther nicht. Er lag mit seinem Haigebiss auf seinem Bett. This is a shark. Kochen, dachte Günther, kochen. Am Tisch stehen und rühren. Fleisch anfassen, Haut, Blut waschen. Er sah die Fischfrau vor sich, die ihre Arme in den Haifisch legte. Laut lachte, derb. Oder doch besser die Röllchen, die Wickler, die Seife auf das Haar, klappernde Scheren, gekämmte Schnauzbärte. Als Friseur kann man auch reisen. Wenn er der Friseur von Bette Davis wäre. Oder der von Zarah Leander. Nein, die nicht.

Luise brachte ihm die Maniküre bei. Nicht an ihren Händen. Auch nicht theoretisch. Sondern an seinen. Und er fand sie schön. Er hatte schlanke lange Finger. Ein perfekt gewölbtes Nagelbett, in dem der Mond stand, halb und weiß, wie es sich gehörte. Er riss sich die Haut weg. Polierte die Nägel fachgerecht. Er cremte die Hände ein. Von den Fingerspitzen an aufwärts in die Hand. Nicht umgedreht. Nicht umgedreht, Günther. Ja, Mutti. Der Herr John hatte auch solche Hände gehabt. Herr John ist nicht mehr da. Er ist abgereist. Er hatte little Günther noch über den Kopf gestreichelt. So heißt er jetzt nicht mehr. Ich fahre mit einem Schiff voller Bücher weg, hatte er gesagt. Und du bleibst hier. Da hatte Günther die kleine Flasche aus der Hosentasche geholt und sie dem Herrn John gezeigt. Wortlos. Und der hatte genickt, wortlos.

Warum hatte er keine Frau? fragte er seine Mutter.

Wer?

Der Herr John.

Es gibt Männer, Günther, die mögen keine Frauen.

Da lachte Günther. Laut. Lachte. Einen richtigen Lachkrampf kriegte er.

Günther! empörte sich Luise. Ich sehe, du bist noch ein Kind.

Aber Günther lachte immer noch. Er löste sich in Lachen auf, ihm liefen die Tränen über die Wangen. Er beugte sich vornüber und bäumte sich auf, es gibt Männer, die mögen keine Frauen, haha! Bis sie ihn schlug.

Aufhören! Zack, hatte er fünf Finger auf der Backe. Du gehst ohne Essen ins Bett.

Laken liegen. Unterm weißen Laken liegen. Steif. Beine gerade. Füße gestreckt. Arme eng am Körper liegend. Kopf gerade. Augen auf. Blick an die Decke. Laken fühlen. Weißes, frisches Laken fühlen. Arme bewegen. Langsam, seitlich raus aus dem Laken. Anwinkeln. Laken greifen. Oben am Hals. Stoffkante. Laken ziehen. Langsam hochziehen, nackte Füße, nackte Waden, nackte Knie. Komische Knie. Runde, eckige Knie. Nachfassen mit den Händen. Wurst rollen in den Händen. Laken ziehen. Nackte Beine, nackte Schenkel, glatte Schenkel, höher, hochziehen. Laken hebt sich in der Mitte, Laken wölbt sich, nackte Blüte, nackter Stempel, nackter Stil, Pimmel, Schwanz. Naht fühlen, langsam hochgehen fühlen, Haut fühlen, runter, hochziehen, nachfassen, hochziehen. Nabel. Ruhen. Arme strecken jetzt, langsam die Arme strecken. Die Wurst lösen. Die Lakenwurst lösen. Laken legen. Hals, Kinn, Mund, Nase. Atmen, tief atmen, ein, aus. Augen, Stirn, Haare. Arme strecken. Atmen. Weißes Atmen. Stoffgeruch. Weiße Wärme. Luft-Tuch, Schwanz-Kälte. Luft-Tuch. Schwanz-Kälte. Ein Blick auf dieses Bett.

Gelegentlich traf er Ruth. Sie ging noch immer auf die Schule an der Grindelallee. Einmal rief er »Hallo« und winkte ihr von der anderen Straßenseite zu. Sie sah ihn, wechselte über die Straße. Stellte sich vor ihm auf. Hob den Kopf. Und zwar so sehr, dass er ihr in die Nase gucken konnte. Sie hielt den

Mund zusammengepresst, schob den Unterkiefer vor und schnaufte. Riss ihre riesigen Augen auf, zitterte ein wenig, sagte eine Weile nichts, dann platzte sie: Was man sich vornimmt, das schafft man!

Günther war verdattert, nickte und antwortete: Coué! Was? fragte sie.

Coué! antwortete er. Émile Coué.

Blödmann! schrie sie und lief davon so schnell sie konnte. Ihre Beine flogen unter ihr weg, unterm Arm hielt sie die Schultasche fest. Sie lief, als jage sie wer. Als liefe sie um ihr Leben. Angeberin! schrie er ihr hinterher. Dann lief er ihr nach und schrie: Was willst du denn schaffen? Aber da war sie schon weg. Sie war anders abgebogen als früher. Nicht nach rechts. Wo die prächtigen Häuser standen. Sie war geradeaus gelaufen und dann nach links. In Straßen, die eng waren und wo plötzlich keiner war. Er lief und rief. Ruth! rief er. Ruth! Dann ging er zurück zum Haus von Herrn John. An den Klingelschildern standen andere Namen. Viele Namen. Er beschloss wiederzukommen. Immer wiederzukommen. Was will sie denn schaffen? Die dumme Kuh, dachte er.

Rechenaufgabe:

Ein Geisteskranker kostet täglich etwa 4 RM, ein Krüppel 5,50 RM, ein Verbrecher 3,50 RM.

Stelle die Zahlen bildlich dar.

Aber Günther, sagte der junge Lehrer, doch nicht malen. Er lachte offen und hell. Günther sah alle seine Zähne.

Der junge Lehrer war so schön blond und immer so fröhlich.

Nun sieh sich einer das an! lachte der Lehrer.

Alle Schüler drehten sich um.

Damit, Günther, meinen wir doch Blöcke, verwandle die Zahlen auf deinem Rechenpapier in Blöcke. So, als ob du sie stapelst. Das kannst du doch, oder?

Ja, Herr Lehrer! Günther nickte.

Welcher ist denn der Krüppel? fragte der Lehrer amüsiert.

Der da, Herr Lehrer.

Aber der hat ja gar nichts mehr, Günther. Keine Arme, keine Beine.

Genau, Herr Lehrer. Günther strahlte.

Der Lehrer fuhr ihm mit der Hand über den Kopf, dann schlug er ihm fest auf die Schulter.

Günther, ich habe eine Aufgabe für dich, sagte er.

Du darfst die Koppel der HJ-Führer wienern, ich werde dir die Waffen des deutschen Mannes zeigen. Günther ist vorbildlich! rief der Lehrer in die Klasse und strahlte und hielt den Jungen fest im Griff, umschloss die ganze Schulterkugel.

Was ist die wichtigste Eigenschaft unseres Volkes? schrie er.

Unsere Rasse! antwortete die Klasse.

Das war am Ende von Günthers Schulzeit. Jeden Samstag wichste er von da an mit einer Paste Lederriemen. Rieb Pistolen mit weichen Tüchern ab, bestrich Schnallen und silberne Halterungen mit einer zweiten Paste, rieb, bis sie blinkten und blitzten und man sich ausschnittweise – Teile des Gesichts, Augen, Brauen, den Mund, die Nase, das Nasenloch –, verzerrt zwar, riesig und immer schief, aber doch darin spiegeln konnte. Zu diesem Zweck wurde er abgetrennt. Während die übrigen Jugendlichen Turnübungen machten, Klimmzüge an Ästen, Bock sprangen, marschierten, Lieder sangen oder in den Hafen gingen, um Wertstoffe zu sortieren, wie es hieß, rostige Bleche abklopften und Ähnliches, saß Günther in der Kammer und streichelte Pistolen. Der junge Lehrer hatte seine Uniform am Samstag an, kam manchmal hinein, einmal legte er Günther ein Koppel um, schnallte es um seine Hüften, verschob das Halfter. Günther biss die Zähne zusammen. Aber der Lehrer lachte nur. Strich ihm durch die Haare, du kannst Paul sagen zu mir. Du wirst noch viel sehen in deinem Leben. Glaub mir, die Zeit ist reif, dies ist die Vorbereitung, denk immer dran. Die Kammer hier ist die Vorbereitung. Er schob noch einmal am Riemen. Bog mit beiden Händen Günthers Schultern zurück. Du wirst viel sehen, Günther, wiederholte er. Das Reich ist groß, das Reich wird größer.

Und demnächst wirst du den Inhalt seiner Hose sehen, sagte Ludger am Abend zu seinem kleinen Freund. Der gar nicht mehr klein war, sondern nur noch schmal. Günther war mit 14 nämlich fertig. Er wuchs nicht mehr. Er war dünn geworden und glatt. Am Körper ganz glatt. Kein Bartwuchs.

Komm, sagte Ludger, es ist Zeit, dass du es machst.

Aber Günther machte es nicht. Er ging nach Hause zu seiner Mutter.

Du kriegst es gratis, Kleiner, das spart die ewige Handarbeit. Was meinst du, was sie für einen Spaß an dir haben. Komm schon, komm mit.

Aber Günther machte es nicht. Auch wenn er gern mit Ludger ging, er selbst wollte es nicht, nicht so, nicht einfach so. Das musste schon anders sein, er kannte sie ja alle. Sie hatten ja sogar schon zugesehen, als Emma, Ludgers Mutter, weg war. Hinterm Spiegel gesessen und zugesehen beim ganz normalen Rammeln. Einen dicken Mann mit rotem Kopf nackt schwitzen sehen. Sogar die Frau mit den drei Brustwarzen hatte er schon nackt gesehen. Die Sensation. Links hatte sie einfach zwei. Zwei Zitzen. Eine Spaltbrust. Nein, das musste schon anders sein, so wollte er das nicht, nicht so, das musste schon irgendwie …

Nun, da kommt ja der junge Herr Dirks, sagten die Damen im Frisiersalon.

Aber der junge Herr Dirks sagte nur Gnädige Frau! Gnädige Frau!, machte einen Diener und ging durch in die Wohnung, rauf in die Küche, ins Bad. Schloss die Tür hinter sich.

Im Sommer wurden die ersten Volksgasmasken verteilt. Im September gab es eine Verdunklungsübung.

Man übte, die Fenster mit Pappe abzudichten, sodass kein Lichtstrahl mehr nach außen fiel.

Heinz, der zu Besuch war, verdunkelte das erste Geschoss.

Küche, Bad, Schlafzimmer, Salon. Günther dichtete die beiden Jungenzimmer ab und das leere auch, das kalte, das, in dem noch immer keiner war.

Als er in die Küche kam, hatte er die Gasmaske auf. Er spielte Monster. Raunte und grunzte Ahs und Ohs, fuchtelte mit den Armen in der Luft herum, stampfte tanzend, drehte sich im Kreis.

Heinz schüttelte bloß den Kopf.

Die Mutter sagte: Günther!

Er nahm die Maske ab, im Gesicht stand noch sein Lachen.

Was wird er?, fragte Heinz seine Mutter.

Nicht Friseur, dachte Günther plötzlich, um Himmels willen nicht Friseur.

Da sagte Luise: Er wird Koch.

Donnerstag, den 25.3.1937 war Günthers letzter Schultag. Er hatte neun Schuljahre hinter sich, weil er einmal sitzen geblieben war – da hat die werte Frau Mutter wohl zu viel zu schnell gewollt –, hatte sich aber verbessert, besonders im letzten Jahr, was er dem Lehrer Paul zu verdanken hatte.

Das Wetteramt meldete an diesem Tag verbreitet Schnee- und Regenfälle, langsam abflauende nordwestliche Winde, nur noch leichte Schauer für den nächsten Tag, Karfreitag.

Günther trug sein Zeugnis in der Hand. Den Ranzen auf dem Rücken, den konnte er nun ablegen.

Der Winter war kalt gewesen. Die Schiffe hatten mit Eiswuchs im Hafen festgelegen. An den Samstagen war Günther Leder polieren gegangen, an den Sonntagen Eissegeln mit Ludger, manchmal sogar mit Heinz, wenn er da war. Mittags hatte er im Laden geholfen, abends letzte Härchen weggekehrt.

Wind trieb durch Hamburg. Günther hielt sein Zeugnis fest. Es war bereits eine Anzeige gegen ihn gekommen, eine erste Anzeige. Weil man ihn erwischt hatte, als er es getan hatte. Das Mädchen hätte bestimmt nichts gesagt. Das Mädchen war ja noch klein gewesen. Und dumm. Eine dumme Pute mit einem dicken, speckigen Gesicht. Aber der Herr, der vorbeigegangen war, der einen Hut getragen hatte und einen Schirm am Arm, der Herr hatte ihn gepackt und ihm den Namen abgerungen. Warum hatte er ihn gesagt? Ich heiße Dirks.

Aber der Herr war nicht zur Polizei gegangen, zum Glück

war er nicht zur Polizei gegangen. Der Brief war vielmehr per Anwalt gekommen.

Das kostet viel Geld, hatte Luise gesagt.

Sie hatte sofort gewusst, was zu tun war. Das zeichnete Luise aus. Sie wusste immer sofort, was zu tun war.

Mach es nie mehr, hörst du? Nie mehr! hatte sie gesagt.

Sie hatte ihre Augen zu kleinen Schlitzen gemacht.

Nie mehr, hörst du?

Es fing zu regnen an. Günther blieb stehen und steckte sein Zeugnis fort. Er fror. Er war kein Kind mehr.

Bis er blau wurde, ließ er manchmal seinen Schwanz abstehen, die Blüte. Nicht anfassen, bloß nicht anfassen.

Dasselbe Gefühl, das er in ihm hatte, breitete sich dann langsam aus, floss in den Körper über. Es war obenauf taub und untendrunter zum Rasen. Es löste die Grenzen auf, wenn er voll war davon, löste es die Grenzen auf. Er und außen war dann eins. Auch die Zeit ging weg.

Er fühlte die Wollstrümpfe um die Waden spannen. Sie waren nass. Er war auf dem Weg nach Hause.

Er war 14½. Ein paar Möwen torkelten in der Luft, nein, sie torkelten nicht, es sah nur so aus, sie konnten sich halten im Sturm.

Günther sah in den Himmel. Und weg, weit weg, viele tausend Kilometer entfernt, schnitt sich eine Frau eine schwarze Haarsträhne ab. Schrieb einen Brief.

»It's Easter little Günther and you are now an adult.«

Sie fügte dem Zettel die Strähne bei, steckte beides in ein dickes Kuvert und schickte den Brief an den Schönheitssalon Dirks ab. Hamburg. Germany.

Bis zu seinem Tod, schwor sich Günther später, wollte er diese Strähne, diesen Brief und das Kuvert behalten. Er legte es in sein Blümchenheft, auf sein Bett, unter sein Kissen, er küsste es.

Donnerstag, den 1.4.1937 trat Günther seine Stelle an.

Das Wetter war umgeschlagen, es war ein strahlend schöner Tag, der Himmel blau und wolkenlos, die Sicht klar, die Konturen scharf, die Luft frisch, eine Luft, wie sie nur Hamburg haben kann.

Tags zuvor waren die Reichsminister Heß, Frick, Graf Schwerin von Kroßigk und Dr. Ley in Hamburg angekommen.

Es hatte einen großen Empfang gegeben am Bahnhof Dammtor, ein Platzkonzert vorm Rathaus, und Karl Kaufmann, der Gauleiter, hatte erklärt, dass Groß-Hamburg nun Tatsache sei. Und der Hafen ab nun: »Nationalhafen Groß-Hamburg«.

Deutsche Waren – deutscher Hafen.

Wo Dr. Ley wohnte, da stand Günther jetzt. Sein erster Tag. Er hatte Dienst an der goldenen Drehtür.

Am Tag zuvor hatte er noch mit Lude im Waterloo »San Franzisko« mit Clark Gable und Jeanette MacDonald gesehen. Seine Augen hatten geleuchtet, er hatte bedauert, dass er nicht Clark hieß, aber seinen Schwur erneuert, mit Lude in die Welt zu ziehen.

Dies hier war kein schlechter Anfang.

Der Anzug saß stramm. Das Käppi gerade. Auf der linken Brust prangte goldgestickt nicht HJ, sondern 4J. Wie alle, die hier Koch oder Kellner werden wollten, fing auch Günther als Page an. Im »Vier Jahreszeiten«. That's the Four Seasons, hörte er Nune sagen. Er hatte die Schuhe gewichst, die Finger geschrubbt, den Nacken gebürstet, die Ohren beim Waschen fast nach außen gestülpt. Er musste weiter nichts tun als die Tür drehen. Aber richtig! Aber so, dass der Gast ungehindert ein- und austreten konnte.

Dass es kein Rucken gab und kein allzu schnelles Gehen, sondern ein Gleiten, einen gleitenden Übergang. Von innen nach außen, von außen nach innen, drehen, ein goldenes Drehen. Den Koffer nahm ein zweiter Page.

Günther, hatte der Empfangschef gesagt, ein Jahr Page, das heißt ein Jahr akkurat, höflich, zuvorkommend, dem Gast zur Seite stehen bei allem, was er will und fordert. Verstanden?

Jawohl!

Hände vorzeigen. Korrekt. Hose hoch, Schuhe zeigen. Korrekt. Na denn man Tau.

Und so hat Günther die Tür gedreht. Für Engländer, für Franzosen, für Amerikaner und Italiener, für Sternchen und Stars, für Kaufleute, Bankiers und Politiker, für Jung und Alt, mit Hund und ohne Hund, einmal mit Katze und einmal mit Papagei. Für Robert Ley, für Ilse Werner, für Johannes Heesters, Heinz Rühmann und für Herrn Heß. Für Herren, für Damen, manche kannte er.

Er hat gestrahlt, ihm hat das Herz geklopft unterm Goldemblem, und er sah gut aus. Den Anzug, maßgeschneidert, hatte Luise zahlen müssen. Günther bekam zwar kein Lehrgeld, aber er wurde verköstigt, und jede Menge Trinkgeld floss ihm zu.

Als er am 2. April den Herrn Dr. Ley durch die Tür drehte, drehte er in seiner Folge auch den Lehrer Paul. Der hielt kurz inne und sah ihn an mit einem seltsamen Blick. Günther erwiderte ihn, denn er kannte und er liebte ihn, diesen Blick, genau diesen Blick. Die Mischung aus Angst und Seligkeit, sie war ihm vertraut. Er liebte sie und er fürchtete sie. Die Mischung war Lust. Günther erkannte die Lust in des Lehrers Augen. Eine Lust, die devot war. Stramm folgte dieser seinem obersten Dienstherrn, straff, stramm und aufgeregt.

Luise hatte ihre nächtlichen Experimente inzwischen ausgeweitet. Sie arbeitete nun auch mit tierischen Substanzen, machte Versuche mit Ambra und Bibergeil, Letzteres ließ sie sich von der Hudson-Bay-Gesellschaft schicken. Castoreum canadense, wo sie sicher war, keine Fälschungen, beschwerte Ware oder Ähnliches zu kriegen. Sie kreierte einen deutschen Duft. Er musste nordisch sein, eine gewisse Schärfe haben. Dem Duft der blühenden Heide ähneln, Sanddorn und Moos, auch den Wind erahnen lassen, aber auch das Meer. Er musste frisch sein und klar. Daran arbeitete sie ja schon lange. Das Sonnenbaden musste man riechen, die Ästhetik hatte sich ja gar nicht so sehr geändert. Nicht das fremde Ylang-Ylang von Chanel, das hiesige galt es zu erfinden, und sie würde es entdecken.

Die Öle ließ sie sich jetzt ebenfalls schicken von »Schimmel & Co« aus Leipzig: Reseden, Tuberose, Heliotrop. Nichts Süßes mehr. Nur noch Rosenöl als Basis. Ihr Schaufenster dekorierte sie mit Moos und Weidengerten. Hängte Bilder von turnenden Frauen hinein, die mit Gerten seilsprangen. Und stellte eine Packung »Blondoon« ins Moos. Und eine Flasche, immer nur eine, als hätte sie nicht mehr, von ihrem deutschen Duft. Vorerst war er nur als Haar- und Gesichtswasser erhältlich.

Für mehr brauchte sie Geld. Heinz kostete nur. Heinz war bei der Marine. Und auf Günther musste sie aufpassen. Allerdings, zurzeit gefiel ihr der Junge. Es war sicher klug gewesen, ihn nicht ins Geschäft zu lassen. Das würde sie schützen. Er hatte das Verderbte seines Vaters geerbt, obwohl sie genau das doch hatte vermeiden wollen. Ihr Durchbruch stand bevor. Sie war ja noch nie so sehr für das Schwülstige gewesen. Eher für das Reine. Für klaren Ausdruck, und es konnte schon sein, dass dieser rassisch war. Was das Judentum anging, so hatte sie sich ja schließlich von ihrer Familie losgesagt und diese wiederum bereits von ihren Familien, und schon ihre Vorfahren hatten das begriffen, dass man es ablegen konnte, das Auserwähltsein, das kleine, enge Auserwählte eines winzigen Volkes, dass man es einfach ablegen konnte, es war eine Religion und weiter nichts. Sie würde mit Günther zum Arzt gehen. Heinz hatte nichts zu fürchten. Bei ihm hatte sich Johannes durchgesetzt. Und wenn der Führer das Nordische, das Arische für gut befand, bitte, sie war arisch. Durch und durch arisch. Was man sich vorstellt, das schafft man. Und der Junge – er konnte seine Hände schulen, den Geschmack, das Auge, ja, den Tastsinn auch. Das schadete nicht. Friseur konnte er immer noch werden. So hatte sie ihn besser unter Kontrolle. Er konnte helfen im Geschäft. Er würde auf einen Luxusliner gehen. Sich Welterfahrung holen. In Übersee arbeiten. Das würde man sehen. Jetzt, jedenfalls, profitierte sie erst einmal von seinen allabendlichen Berichten. Wer wann kam, wie vorfuhr, mit wem abstieg, was trug, welchen Schmuck hatte, welche Begleitung, wie gelaunt war, was erzählte und natürlich, welche Frisur man trug. Das gab Gesprächsstoff in ihrem Salon, und es gab ihr Einblicke in eine Welt, in die sie doch nicht richtig reingekommen war. Die zu ihr ging, zum Teil jedenfalls, mit der sie aber doch nicht umging. Das würde sich ändern. Der deutsche Duft.

Hera? Vielleicht Hera.

Sie schaltete Annoncen und stellte wieder Friseurinnen ein.

Ihr Sohn drehte die Goldtür und erfüllte Wünsche.

Page! Zimmer 21! Raufspringen, anklopfen, wie heißt du?

Günther! Er soll die Theaterkarten abholen und diesen Brief zur angegebenen Adresse bringen. Bringen, nicht schicken, hörst du? Sehr wohl, gnädige Frau. Ich eile. Page! Zimmer 16. Den Spitz ausführen. Er heißt Rudi. Sehr wohl. Aber bitte nicht, dass das Fell schmutzig wird. Sehr wohl. Page, Zimmer 18. Er soll das Kleid zurückbringen, es sitzt unmöglich. Die gnädige Frau kann nicht zugenommen haben, die Größenangabe stimmt nicht, sie ist falsch. Er soll sofort das Gebäck entfernen, unverschämt, nie isst die gnädige Frau Gebäck, sofort soll er das Kleid umtauschen. Wenn er nicht in fünf Minuten zurück ist, dann wird die gnädige Frau schon dafür sorgen, dass er noch heute, heute noch auf der Straße steht. Jawohl, die Herrschaften, in fünf Minuten. Page! Zimmer 33. Annoncen vorlesen. Ein- und auslaufende Schiffe, alle. Südamerika-Linie, Abfahrtzeiten, freie Plätze, Preise, Rufnummern der Botschaften sämtlicher südamerikanischer Länder rausschreiben. Hier hat er Extrageld. Page! Zimmerservice auf die 9 begleiten und beim Servieren assistieren. Familie Rosenboom wünscht auf dem Zimmer zu speisen.

Er sah den Chef mit seinen schwarzen Reiterstiefeln vorübergehen mit Uniform und SS-Abzeichen. Und schrie ihn mit Heil Hitler! an.

Wie heißt du? fragte Haerlin ihn.

Günther Andreas Johannes.

Nachname?

Dirks.

Dirks?

Dirks.

Bei uns heißt es Guten Tag. Merk dir das. Wir sind ein internationales Hotel. Bei uns soll sich jeder gleich wohl fühlen.

Sehr wohl, sagte Günther und nickte. Wir sind ein internationales Hotel.

Was willst du werden? fragte Haerlin. Koch, Herr Haerlin, sagte Günther.

Das ist wohl auch besser so, sagte Herr Haerlin und entschwand.

Im Keller spielte Freddy Sinclair am Flügel aus Plexiglas, der Geiger Richard Salzmann ging an ihm vorbei, die Leander kam und Grethe Weiser, die »göttliche Jette«.

Wenn Günther nachts nicht schlafen konnte, las er in den Büchern und Broschüren seiner Mutter über Kräuter und Gewürze, über Fette, Öle, Wachs, und dann träumte er. Dachte sich Mischungen aus. Dachte sich Gewürze, Farben und Mischungen aus. Und manchmal sah er Haut, Haut vor sich. Braune, glatte Haut. Die fester war als seine, eine andere Oberfläche hatte. Lederartig. Er sah sie, er roch sie. Er dachte an Kokos und Limette, er merkte sich das.

Wenn er am Eingang stand und niemand vorfuhr, sah er auf die Alster, die Schwäne. Ein leichter Wind blies, er würde sich seine Messer selber kaufen, er wollte sie nicht von seiner Mutter haben.

In der Zeitung stand, dass Prinz Eduard heiratete. Er lehnte den Besuch von »Niggerfürsten« ab.

Einmal hatte Günther als Kind an der Hand von Nune beim Ausladen von Stoßzähnen zugesehen. Ein ganzes Schiff voll war angekommen. Die Zähne schwebten an Kränen über ihre Köpfe hinweg. Immer mehr. Eine gesamte Herde musste getötet worden sein. Die Zuschauermenge wurde immer größer. So viel Elfenbein hatte man noch nie gesehen. Nune hatte ihn nach vorn geschoben, aber dann näher zu sich hergeholt. Sie hatte zugesehen. Jemand hatte sie von hinten geschubst, sie hatte aber weiter gebannt auf das Schiff gesehen und auf die ellenlangen gelblich weißen Zähne.

Dann hatte sie den Kopf geschüttelt und »this is not my country« gesagt, ihn weggezogen und war mit ihm nach Hause gerannt. Zu Fuß durch die Stadt. Ganz schnell. Er war kaum mitgekommen.

Jetzt fuhr ein Taxi vor. Drei Herren entstiegen ohne Gepäck. Sie kamen zum Mittagessen. Die kleine Condi-Kutsche kam, aus dem Inneren brachte man Torten in bunten Kartons.

Er dachte oft an sie. Er hatte die Strähne. Sie war so lang, dass er sie sich ums Handgelenk binden konnte.

Er hatte aus dem Kuvert das Wort »Schönheitssalon Dirks« ausgeschnitten und auch das »Germany« und in das Blumenheft geklebt. Und wenn er nicht müde war und wenn er Zeit hatte, dann saß er mit dem Heft in seinem Zimmer, wo noch immer die Kommode stand mit dem Spiegel dahinter, vor seinem Tisch. Und sah das Zimmer an. Weil die Augen, wenn sie offen sind, ja sehen. Immer, immer sehen.

Sein Freund Ludger war inzwischen beim Arbeitsdienst. Er hatte ihn zuletzt an einem Eintopfsonntag getroffen. Das Volk aß Erbsen für den Krieg. Ludger hatte gelacht. Sein Haar war lang und pomadig gewesen. Er hatte Shimmy-Schuhe angehabt. Er hatte gelacht und ihm den Jitterbug gezeigt, mitten auf der Straße.

Einmal musste er zu Robert Ley. Warum er nachts Dienst hatte, daran erinnerte er sich später nicht mehr. Es war jedenfalls ungewöhnlich. Woran er sich aber noch genau erinnerte, das war das Bild, die Szene. Sie hatte sich ihm eingeprägt wie so vieles. Hatte ihn durchdrungen, einer Tätowierung gleich, die man ja stanzt und sticht und die dann bleibt, es sei denn, man rückt ihr mit dem Messer zu Leibe. Zum eigenen Leibe.

Es war im »Fürstensalon« gewesen. Ley logierte stets im Fürstensalon, feierte dort seine Feste, ließ das Essen in die Gemächer bringen und auch die Damen. Ein paar nette Damen. Er hatte nach dem Pagen mit den blauen Augen verlangt. Er hatte Günther gemeint.

Der hatte die Klinke runtergedrückt mit einem leichten

Zagen, die Tür geöffnet, war eingetreten und hatte dann eben dieses Bild gesehen, das er später in seinem Leben in abgewandelter Form noch einmal sehen sollte. Nichts an diesem Bild hatte er zuerst gesehen, alles zugleich. Den Raum, den Rahmen, die Möbel, den Teppich, den Tisch und den Reichsorganisationsleiter, den Herrn Ley. »Männer und Frauen, wir wollen es laut bekennen. Die Freude hat wieder Einzug in Deutschland gehalten, und wir sind wieder erfüllt von Kraft und Gesundheit.«

Die Frau war dünn, die vor ihm stand. Sehr dünn. Ley liebte dünne Frauen. Sie hatte den Rock ihres geblümten Kleides bis in die Taille hochgezogen, darunter war sie nackt.

Und Ley hielt ihre Schenkel fest, saß da in brauner Uniform aus feinstem Stoff, mit Orden dran und Stiefeln an, auf einem der rot gepolsterten und mit Blattgold verzierten Armlehnstühle und hielt ihre Schenkel fest. Als würde er ein Gesicht ansehen, so sah er auf ihren Bauch, ihren Nabel, die Scham. Das Haar darauf war licht und rot, Günther hatte noch nie so rote Haare gesehen, noch nicht an dieser Stelle, die Haut drum herum war weiß, fast durchsichtig sah sie aus. »Freut euch des Lebens«, und Ley sprach in dieses Geschlechtsgesicht, während die Frau auf ihn herabsah und Günther zusah und die Zähne zusammenbiss. Und was Ley alles sprach zu dem weißen Bauch mit dem feuerroten Leuchthaar, auch daran erinnerte er sich später nicht mehr, aber irgendwann sagte er den Satz:

Stell dir vor, sie will keine Kinder, und ich bin der Führer der HJ.

Und dann drehte er den Kopf und sah Günther an, und so veränderte sich endlich das Bild, und dann schrie er: einen Sheik, bring mir einen Sheik!

Und da war Günther zum Empfangschef gerannt, hatte ebenfalls geschrien: einen Sheik, ich brauche einen Sheik für Ley! Die Marke kannte er, die Marke von Caruso. Und der Empfangschef hatte ihm auf den Mund gehauen, Spinnst du, gesagt, nicht so laut!, war im Hinterzimmer verschwunden und hatte ihm eine Schachtel gebracht. Da hatte Günther gezittert und die Schachtel gar nicht tragen können. Weshalb der Empfangschef mitgegangen war bis vor die Tür und gesagt hatte: keine Angst, er tut nur ihr was.

Ley lachte schallend, als er den Kasten sah, schlug Günther auf den Arm, als der ihn reichte: Junge, was denkst du denn, wer ich bin?

Er saß noch immer vor der Frau, mach ihn auf, sagte er zu Günther. Öffne ihn.

Günther nahm den Deckel ab, bot die Kondome an: bitte. Danke! Und jetzt schenkst du uns ein. Dir und mir.

Ich darf keinen Alkohol trinken, Herr Dr. Ley.

Schenk ein! sagte Ley.

Ich bin noch in der Ausbildung, Herr Dr. Ley.

Und ich bin der ranghöchste Mann hier! schrie Ley.

Jawohl, sagte Günther, und da hatte er dem Herrn Ley das Tablett gereicht, während die Frau noch immer den Rock hochhielt. Ihr Haar leuchtete oben und unten, ihre nackten Arme waren so dünn wie das Handgelenk.

Zum Wohl, Kleiner! Ley hob das Glas, auch Günther setzte zum Trinken an, aber nun hielt Ley inne, sah ihn an, grinste kurz und kippte dann plötzlich sehr gekonnt den Champagner vor sich auf die Frau.

Erst desinfizieren, merk dir das, immer, knurrte er, drehte den Kopf wieder weg von Günther und hielt das Glas weiter in der Hand, so, als sagte er Prost zu der weißen hageren Fläche mit dem Loch in der Mitte und die Haare trugen die Tropfen obenauf.

Und jetzt verzieh dich.

Günther stellte sein Glas zurück auf das Silbertablett, er ging rückwärts raus. Komischerweise ging er rückwärts raus. Er hatte genau gesehen, dass die Frau nicht gezuckt hatte. Sie hatte nicht einmal gezuckt. Vielleicht war sie unecht, dachte er.

Günther, mahnte der Empfangschef, das ist eine Ausnahme. Verstanden?

Günther verstand.

Wir müssen Stillschweigen wahren.

Er verstand.

Er ist ein Rheinländer, hatte der Empfangschef gesagt, und seitdem hießen die Perversen bei den jungen Pagen »Rheinländer«. Günther hatte sofort alles erzählt. Nein, nicht alles, er musste aufpassen, das merkte er, damit er nicht ausmalte, und um dies zu verhindern, ließ er etwas weg.

Was sah man denn? fragten die Pagen.

Ach, nichts, sie hatte bloß den Rock hoch.

Hatte sie was drunter? Ein Höschen? Wie sah es aus? Welche Farbe, nun red schon. Raus damit.

Wirklich, man sah nicht viel, sagte er. Aber er ist schon ein echter Weiberheld.

Ja. Das ist er.

Aber da kam der Chef, und sofort schwiegen alle.

Wir reden nicht über die Gäste! Klar?

Wie heißt das oberste Gesetz des Pagen?

In der Mittagspause zog sich Günther um, ging runter zum Hafen. Schaute sich die Auslagen von » Hankerdahls Curiositäten« an, apfelgroße Mumienköpfe aus Ucayali, Masken mit Hörnern und Haaren und Flaschenschiffe, neben Kompassen und rot und grün verglasten Messinglaternen. Manchmal kehrte er »Unter den Vorsetzen« ein, trank Tee oder Limonade, ging zurück. Schaute den Arbeitern beim Löschen und Beladen zu, sah Schiffe mit schrägliegenden Schornsteinen an langen, gespannten Trassen aus dem Hafen gezogen werden. Schlepper kreuzten. Manchmal aß er Eis. Wie kalt müssen die Hamburger von innen sein vom vielen Eisessen schon allein.

Im »Vorsetzen« hatte Nune gewohnt. Einmal war er in ihrer Wohnung gewesen. Sie lag im zweiten Stock über einer

Durchfahrt. Es war sehr laut dort. Die untere Etage war Hotel. Listen, Günther! hatte sie gesagt und sich den Zeigefinger der linken Hand auf die Lippen gelegt. Weil sie Linkshänderin war, was immer ein bisschen komisch aussah. Listen! hatte sie geflüstert. Dann waren sie beide ganz still gewesen. Man hatte Autos gehört, Hupen, Schreien, vom Zimmer unten Schlager, Gassenhauer, »Ich wollt ich wär ein Huhn« sang Heinz Rühmann. »Mein kleiner grüner Kaktus« lief und »Ausgerechnet Bananen«. Eine einsame Dame spielte sie, die auf ihren Kapitän wartete, der war auf großer Fahrt, und sie war eine Prostituierte aus Amsterdam, er hatte sie geheiratet, und nun wartete sie, hatte nichts anderes mehr zu tun, als zu warten auf den einen Mann. Das hatte Nune ihm erzählt. Listen! Man hatte die Möwen gehört und wie immer das Metalldengeln von den Werften rüber, Kinderstimmen, vereinzelte, Männerstimmen, lautes Lachen. Listen! Wenn man lang genug still gewesen war, hatte man in ihrem Zimmer die Elbe gehört. Das Meer.

Er ging zurück zu Hankerdahl, sah sich die Köpfe noch einmal an. Sie sahen aus wie Bibergeil, braune Runzeldrüsen, auf denen seine Mutter herumknetete. Am Küchentisch. Er dachte an Adam. Er schlenderte. Konnte er schlendern? Er versuchte es. Wie gingen Neger? So wie Lude. Man musste etwas die Beine spreizen, nach außen ein wenig wegwerfen. Clark Gable. Man musste locker sein. Weltmann, ganz Weltmann, was ist ein Weltmann? Er dachte an Herrn John, sah ihn die weißen Treppen in seinem Haus herunterkommen. Ach, du bist es, hörte er ihn sagen. Was sollte das heißen, war er etwa enttäuscht? Er räusperte sich, schluckte. Den Stimmbruch hatte er hinter sich. Das war schnell gegangen. Ein paar Wochen Quieken, jetzt hatte er eine warme, tiefe Stimme. Er wollte noch weiterschlendern, schlenderte zum Michel rauf. Die Fenster der Häuser standen nach außen hin offen. Glaskastenstraßen. Er ging die Alsterarkaden entlang, Schutenkicker stakten durch die Kanäle, machten das Wasser blank. Günther ging fast immer dieselbe Runde. Nur wenn es regnete nicht. Dann blieb er im Aufenthaltsrahm des Hotels, erzählte sich mit den anderen was. Aß. Las oder kämpfte um die Liege. Nach Hause gehen brauchte er nicht, weil Luise mittags mit Augenmaske und ohne jegliche Ruhestörung: schlief! Verstanden, Günther? Ja. Sein Verstand musste inzwischen riesig sein vor lauter »Verstanden?«, das gespeichert wurde, gestapelt wie im Hafen, dachte er. Immer hieß es »Verstanden?« Ja, er verstand.

In Hamburg waren die Parkbänke jetzt nur noch für Arier. Es waren Messingschildchen dran. Ab und zu setzte er sich mittags auch in den Botanischen Garten. Dann probierte er das Sitzen im Gewächshaus aus. Manchmal ging er durch Planten un Blomen an all dem Heidekraut vorbei zur Grindelallee und wieder zurück. Wenn er ging, brauchte er eine Stunde, wenn er schlenderte eineinhalb.

Manchmal nahm Horst ihn mit aufs Zimmer. Das war ganz klein und eng und hinterm Dach. Weil Horst nicht aus Hamburg war, hatte er ein Zimmer im Hotel, eine Kammer. Ein Spind, ein Bett, ein Tisch, ein Stuhl. Ein Spiegel. Badezimmer über den Flur. Horst hatte ein Bild seiner Eltern an der Wand und ein Kreuz. Horst war katholisch. »Katholischer Priester missbrauchte kleine Jungen«, das hatte in der Zeitung gestanden.

»Verbrechen der Unzucht mit Schutzbefohlenen«.

»Der böse Geist triumphierte über ihn«.

»Schänder deutscher Jugend«.

Günther hatte die Artikel ausgeschnitten, geknickt und in sein Heft gelegt.

Er habe – er hieß Pfarrvikar Meiwes, Günther Meiwes, Günther hieß er –, er habe seine Opfer in sein Schlaf- oder Arbeitszimmer geführt, deren Türen er sodann verschloss.

»... Die dadurch eingeschüchterten Opfer, die sich in vielen Fällen heftig sträubten und zur Wehr setzten, vergewaltigte er dann. Die Zeugen schilderten bei der Verhandlung noch voller Grauen und Abscheu die widerlichen Handlungen, die Vikar Meiwes mit ihnen beging. Zum Abschluss ermahnte er seine Opfer, auf keinen Fall etwas von diesen Dingen zu erzählen und sie auch bei der Beichte zu verheimlichen. Meiwes, der seine Opfer bisweilen auch planmäßig mit Wein oder Bier betrunken machte, bemühte sich im Übrigen in der Verhandlung, seine widerlichen Taten auf den übermäßigen Alkoholgenuss zurückzuführen und sie dadurch zu entschuldigen.« Untendrunter war Reklame von Glücksklee abgedruckt und ein Bericht über »Das Heldenmädchen von den Drei Zinnen«.

Bei euch geht es ja ganz schön zur Sache, hatte Günther zu Horst gesagt.

Verleumdung! antwortete der. Glaubst du das?

Na klar, grinste Günther.

Willst du Streit?

Meinst du, die erfinden das?

Pass auf, dass du nicht selbst so wirst, hatte Horst gesagt, am Fenster gestanden und in den Hof gestiert.

»Luftschutz ist Selbstschutz!« stand in den Zeitungen.

Im Vier Jahreszeiten wurde der Dachboden ausgeräumt. Früher hatten sie Zigarettenbildchen gesammelt, die Jungen in der Schule. Jetzt gaben sie mit dreckigen Witzen an. Und mit Erfahrungen. Aber Günther passte weiterhin auf, es war irgendetwas in ihm, auf das er aufpasste. Es hatte was mit später zu tun. Mit Kommendem. Günther verschob etwas. Er wusste nur nicht was.

Kurz vor seinem 15. Geburtstag sagte seine Mutter, sie müsse mit ihm zum Arzt.

Ich bin nicht krank, entgegnete er.

Du warst es! antwortete sie. Weißt du es noch?

Nein.

So, das weißt du nicht mehr. Mein Gott, ich staune.

Günther fiel das Stottern ein.

Da habe ich mich wohl mit jemand anderem geplagt, als du klein warst.

Als ich klein war?

Nun gut, du warst noch ein Kind, du erinnerst dich wirklich nicht mehr. Aber an den Eingriff, daran erinnerst du dich doch wohl noch, oder?

Günther sah sie an.

Was hatte sie vor? Seine Mutter. Die immer runder wurde, immer strammer in ihrem Korsett saß, Marke Legant Traumlastic, da schwör ich drauf, Werteste. Kann ich nur empfehlen! Was wollte sie?

Plötzlich wusste er es. Aber das wollte er nicht.

Nein, ich gehe nicht mit.

Und ob, sagte sie, und ob.

Zwei Stunden später befasste ein Arzt sein Glied, schaute es durch eine dickwandige Hornbrille an. Günther war nackt. Bei der Musterung bist du auch nackt, hatte Luise gesagt, die hinter einem Paravent im Behandlungszimmer warten durfte. Günther zog den Mund nach hinten, die Lippen leicht nach unten, es prickelte in seinem Gesicht. Es ist eine merkwürdige Art, wie Männer sich gegenseitig entwürdigen. Es war ihm kalt, er fror. Geradezu blau sah er aus, so sehr fror er. Es prickelte jetzt auch in seinen Füßen, ebenso in seinen Händen, aber er sah nicht hinab auf den Arzt und auf sich. Er hielt den Kopf geradeaus. Der Arzt schob seine Vorhaut zurück, den Rest, den er noch hatte. An der Wand hing eine Tafel. 1:5 stand oben rechts, darunter sah man Därme.

Nun denn, sagte der Arzt. Das hörte Günther, nun denn. Dann durfte er sich wieder anziehen. Sein Gesicht – die Stiche. Er kriegte kaum die Schnürsenkel zu, so klamm waren seine Finger, und als er hochkam, pochte es in seinem Hirn. Es klopfte von innen an die Schädeldecke. Er musste ins Wartezimmer gehen, und es klopfte weiter. Er nahm seinen Kopf in die Hände, weil es sich so anfühlte, als wolle das, was innen ist, heraus. Ihn sprengen. Er presste seine Hände fest dagegen, ihm traten Tränen in die Augen. Und zum ersten Mal in seinem Leben fühlte Günther, dass er wollte, dass etwas aufhört in ihm. Egal wie. Nur aufhört.

Aber Günther, sagte Luise, als sie ihn sah, fass dich! Es ging doch nur um einen Schein.

Als es Winter wurde, fand die Betriebsfeier des Vier Jahreszeiten statt. Sie hieß Gefolgschaftsabend. Man feierte im Curiohaus, wo einst Luise auf den Tischen getanzt hatte und Johannes ihr erlegen war. 250 Männer und Frauen, so viele Angestellte hatte das Hotel, sie waren alle da: die Kellner, die Pagen, die Zimmermädchen, die Servierlehrlinge, die Friseure, die Blumenfrauen, die Gemüsefrauen, die Hausdiener, die Verwaltung, die Köche, der Empfang, sogar der Tankwart. Es gab Ochsenschwanzsuppe, Gänsebraten mit Rotkohl, zum Nachtisch Eisbombe. Danach wurde getanzt. Auch Günther tanzte und ebenso Horst mit den jüngsten der

Friseurinnen. Günther wechselte zu einem Blumenmädchen, dann schnappte ihn sich die dicke Gemüsefrau.

»Wie muss die deutsche Weihnachtsgans sein? Fett wie Göring, braun wie die Partei und gerupft wie das deutsche Volk.«

Man konnte inzwischen Menschen mit Stromstößen wiederbeleben und den Sauerstoffverbrauch eines Arbeitslosen unter einer Glasglocke messen. In Amerika wurden Schwarze auf der Straße gelyncht, die Stadt Guernica im Norden Spaniens war von der Legion Condor in ein Trümmerfeld verwandelt worden.

Es wurde Silvester, Günther hatte frei. Er feierte mit Mutti und Heinz zu Hause. Es gab Champagner und gefüllte Berliner. Zum Scherz waren drei mit Senf gefüllt. Zwei kriegte Heinz, einen erwischte Günther. Luise amüsierte sich. Sie hatten das Radio an, sie hörten Tanzmusik, sie prosteten sich zu.

Nacht. Er sitzt im Rosengarten. Niemand sieht ihn.

Er sitzt auf einer Parkbank. Es ist kalt. Selbst die Liebespärchen bleiben aus.

Er hat eine Beule in der Hose.

Die juckt ihn angenehm.

Er hört sich atmen. Er zieht die Luft flach ein.

Und kurz.

Es rollen Züge im nahen Bahnhof ein.

Er rührt sich nicht.

Er hat eine Beule in der Hose.

Er hat Messer gekauft. Günther ist jetzt bewaffnet.

Lehrvertrag

Zwischen Herren Haerlin jr. & Co. m. b. H. als Lehrherrn und Frau Luise Dirks, geb. Berg, verwitwet, als gesetzlichem Vertreter des Günther Andreas Johannes Dirks ist heute der folgende Lehrvertrag abgeschlossen.

§1

Herren Haerlin jr. & Co. m. b. H. nimmt den am 3. September 1922 zu Hamburg geborenen Günther Andreas Johannes Dirks als Lehrling in sein Geschäft auf, damit dieser das Koch-Gewerbe erlerne.

§2

Die Lehrzeit dauert drei Jahre, beginnt am 15. April 1938 und endigt am 14. April 1941.

Sofern der Lehrling wegen Krankheit mehr als 13 Wochen versäumt, hat er die diesen Zeitraum übersteigende Zeit, vorbehaltlich der Bestimmung des § 130a Absatz 1 der Gewerbeordnung nachzulernen . . . .

. . . Der Lehrling hat folgendes Werkzeug selbst anzuschaffen und während der Lehrzeit instand zu halten bzw. das verlorene oder unbrauchbare zu ergänzen: die zu seiner Arbeit benötigten Messer und sonstige Geräte, wie Dressier- und Spicknadel.

. . . Der Lehrling hat nach beendeter Arbeitszeit die Werkstatt aufzuräumen.

Für Günther war es wie Eintauchen.

In die Welt der Saucen, der Jus, der Juliennes, der Fonds, der Fische, der Hummer, der Krabben, der Krebse, der Venusmuscheln, der Austern, des Kaviars, der Aale, der Lammrücken, der Hirschkeulen, der Wachteln, der Hühner, der Steaks und der Filets, der Trüffel, der Blätter, der Wurzeln, der Gemüse, der Pâtés, der Farben, der Gerüche, der Silberteller, der Riesentöpfe, der Dämpfe, der Dünste, der Weine und des Biers, der Liköre, der Sahne, der Eier, der Teige, der Früchte, der Tiere, der Beine, der Gedärme, der Knochen, der Haut, eine Welt der Finger, der Augen, der Lippen, der Zunge, der Zähne, des Gaumens, des Schlundes und des Leibs. Günther war gerettet. Bis ans Ende seines Lebens würde man ihm das nicht mehr nehmen können. Er würde kochen, immer und alles.

Er würde die wunderbarsten Gerichte für die wunderbarsten Gäste unter den wunderbarsten Umständen kochen. Er würde grandios sein, kreieren und verzieren und täglich neu und anders. Er würde dirigieren und herrschen, brüllen und lachen und die Flasche an den Hals setzen, so wie der dahinten in der Ecke am Tisch.

Er würde aushöhlen und schaben, filetieren und pochieren, saunieren, gratinieren, kandieren und am Ende vorbei defilieren, jawohl.

Jetzt aber kriegte er erst mal ein Schälmesser in die Hand.

Wurde vor einen Korb gesetzt, bekam einen Topf mit Wasser dazu, neben ihm saß Horst. Viel Spaß, grinste der Kommis.

Günther schälte die glattesten, ovalsten, elliptischsten Kartoffeln der Welt. Sie waren die Welt.

Es war sein erster Arbeitstag.

Die Kochmütze zog den Kopf nach oben. Jacke und Hose waren noch ungewaschen, gestärkt und hart. Es kam kein Fleckchen dran. Selbst der Vorstecker blieb bis zum Abend beinahe sauber.

Die Prozedur am Morgen war dieselbe wie zuvor. Nur der Umkleideraum hatte gewechselt und die Kleidung, aber dann: Hose hoch! Schuhe zeigen! Korrekt. Hände vor! Umdrehen! Korrekt. Chef Hahn sah aber oft auch im Nacken nach und hinter den Ohren. Korrekt.

Sie waren vier Neue. Sie bekamen drei Mahlzeiten am Tag gratis, dazu täglich zwei Flaschen Bier. Was zum Gast ging, wurde nicht gegessen, was vom Gast kam, schon gar nicht. Reste kamen in den Trog. Immer. Wer stahl, flog. Wer heimlich aß, flog. Wer log, flog. Oberstes Küchengesetz.

Einmal in der Woche war Schule. Nach dem Unterricht musste man noch zur Arbeit gehen.

Drei Monate pro Abteilung im Wechsel, dann Wahlabteilungen.

Arbeitszeit von 8 bis 13 und von 15 bis 20 Uhr. Bei Bedarf Spätschicht. Danach Aufräumen.

Der Ruf des Chefkochs war gut, die Küche modern, man kochte mit Chromtöpfen unter einer Klimaanlage.

Günther hatte eine Stofftasche. Sie war beige mit grüner Paspel. Sie hatte verstärkte Einschübe für die Messer. Halterungen für das Vorlegebesteck. Schlaufen für die Palette, Geflügelschere, Gabeln. Die Tasche ließ sich wickeln. Am Rand standen seine Initialen gestickt. Luise hatte sie für ihn machen lassen. G. A. J. D.

Ein in der Mitte angenähtes Band hielt alles fest zusammen.

Die Tasche würde mit ihm um die Welt gehen, hatte Günther beschlossen. Und das tat sie auch. Wo er war, da war fortan auch sie mit seinen Messern.

An seinem zweiten Arbeitstag wurde Günther dem Poissonier zugeteilt. Er lernte töten, abstechen, ausnehmen, schuppen, häuten, filetieren, vor allem aber lernte er, was sie brauchen, die Fische. Sie brauchen Gefühl. Man muss sie betrachten, man muss an ihnen riechen, ihre Augen besehen, drüberreiben, man muss sie durch die Hände gleiten lassen. Über das Fleisch streichen. Man muss ihre Gedärme mit Respekt rausziehen, den Rogen wertschätzen, sowieso, immer, sie sauber auftrennen, und gerade aufbrechen das Schalentier. Und dann wieder betrachten. Erneut betrachten.

Lass ihn wirken, schau ihn an!

Er hier war im Meer, Seehecht, colin, merlu. Sie war in der Nordsee, Scholle, carrelet, plaice. Diese hier kommt aus dem Fluss, eine Forelle, truite, trout. Der Fluss war frisch, voll Sauerstoff. Siehst du das rosa Fleisch?

Sie ist nicht tot, wenn du genau hinsiehst, ist sie nicht tot. Wir verwandeln Lebendes in Lebendes. Das ist Kochen! Der Fischkoch wurde der Spinner genannt. Er hieß Mermel. Er war sehr dünn, hatte braunes welliges Haar, eine Tolle kroch aus der Mütze heraus und hing ihm in die Stirn, seine Haut sah blass aus. Er war in irgendeiner Vereinigung, hieß es. Er wurde später abgeholt.

Was er kochte, war phantastisch.

Seezunge, weißt du, wie alt sie ist? Jedes Jahr ein Zentimeter. Sieh mal, die hier, die ist 20, gerade erwachsen geworden, und die hier, die könnte deine Mutter sein. Aber schmecken müssen sie alle gleich. Seezunge Aiglon, Standard, immer gleich. Das musst du schaffen. Aber in Wahrheit ist doch jede anders. Und du weißt es. Escoffier hat Recht, und was im Jungen Koch steht, das stimmt, aber es ist mehr.

Fühlen, sagte der Poissonier, du musst fühlen.

Und so fühlte Günther den Fisch.

Und zwar jeden. Jeden einzelnen. Und auch jede Muschel, jede Krabbe, jede Auster und den Hummer erst.

Er durfte schon am ersten Tag die berühmten Luccaaugen anrichten, Appetithappen, bestehend aus einer Auster, Kaviar und Tatar. Man reichte sie im Hotel zum Cocktail.

Wenn ich das geahnt hätte! schrie Luise.

Wasch dich!

Ich bin gewaschen! rief er zurück.

Dann wasch dich noch mal!

Er kam in den Salon, in dem sie saß, im Fauteuil, abends, Zeitung lesend, und zeigte seine Hände. Wie morgens an der Arbeit streckte er sie ihr hin.

Sie beugte sich vor und schnüffelte dran.

Hast du die Wurzelbürste genommen?

Ja, Mutter.

Kannst du keine Handschuhe anziehen bei dieser Tätigkeit?

Ich muss sie fühlen, Mutter.

Fühlen? Was gibt es denn am Fisch zu fühlen?

Alles.

Wer sagt das?

Mein Chef, Mutter.

Das ist ja ekelhaft. Sie erhob sich, ging mit ihm ins Bad, drückte seine Finger über das Waschbecken und spritzte ihm aus der Flasche »Der deutsche Duft« darüber. Er verrieb das Wasser, verneigte sich und sagte Gute Nacht.

Gute Nacht, hauchte Luise, die an der Flasche roch.

Später ging Günther erneut ins Bad, nahm die Wurzelbürste und schrubbte den deutschen Duft wieder ab. Er roch den Fisch wieder. An den Fingerkuppen ging der Geruch gar nicht weg. Er liebte ihn, er roch zum Einschlafen daran, Fisch und deutscher Duft, das war eine Paarung. Forelle blau, Barbue Montebello, Cambacérès, Lachs Chambard, Seezunge Beaufort, Hummer – mit Haarwasser.

Weil Günther gut war, durfte er noch drei weitere Monate bleiben. Und nicht nur deshalb. Es kam auch kein anderer mit Mermel zurecht – der Mann war manchmal aufbrausend –, nur er. Er brauchte nichts zu tun dafür außer zuzuhören. Bloß nicht sprechen. Stumm sein, das war das Geheimnis. Wie der Fisch selbst, das hatte Günther erkannt.

Und doch verließ er einmal die Abteilung. Da musste er allerdings auch die Arbeitskleidung wechseln. Es war im Sommer, als der »Rheinländer« wiederkam.

Wo ist er denn, der junge Page? Er hat noch ein Getränk bei mir offen.

Heil Hitler!

Ley grinste, er grüßte hier, im Hotel, nie.

Ich wünsche, dass er an der Tür steht, wenn ich komme. Sehr wohl, Herr Dr. Ley. Er ist nur zurzeit in der Lehre.

Ich wünsche es.

Sehr wohl, sehr wohl, Herr Dr. Ley.

In Hamburg fand die 4. KdF-Reichstagung statt. Ley huldigte sich selbst. In der Stadt ließ er sich drei Tage lang feiern, im Hotel die dazugehörigen Nächte.

Es marschierten Recken vor dem Rathaus auf, jung und blond in goldgetrensten Faltenröcken, mit schwarzen kniehohen Schaftstiefeln und ellenlangen Stulpenhandschuhen in Weiß. Das Hakenkreuz auf den Rock gestickt, ebenso auf den bodenlangen Umhang, salutierten sie vor einem Aufbau, der einer riesigen Torte aus dem »Condi« glich. Die Deutschlandkarte war darauf zu sehen. »Ein Volk, ein Reich, ein Führer« stand da, darüber hing, die Flügel gesenkt, ein überdimensionaler Adler.

Im Hotel bestellte Ley ein 20-Gänge-Menü für ein paar ausgesuchte Gäste, nebst netten, und, bitte junge! sehr junge Damen!

Sehr wohl, Herr Ley.

Und weißt du noch die Marke? fragte er Günther, als dieser wie befohlen am Eingang stand.

Günther nickte.

Groß geworden, sagte Ley, schon Bartwuchs, hoho! Du kommst um drei. Wie letztes Mal. Punkt drei. Nacht. Versteht sich. Mit der Schachtel in die Fürstensuite.

Günther nickte, sehr wohl.

Er wusste nicht, ob er klopfen sollte.

Ohne zu klopfen, sagte Ley.

Sie hatten dann alle gelacht, als er eintrat. Lauter Männer in Uniform, nicht eben zugeknöpft, und dazwischen die jungen Frauen.

Die Rote war auch wieder da, sie saß auf dem Sofa, neben ihr ein ziemlich Dicker, der ein Oberst war. Dem traten blau die Adern auf den Kopf, so sehr schüttete er sich aus.

Günther hielt die Schachtel auf dem Silbertablett, bis Ley sie von dort wegnahm.

Und? Hab ich es nicht gesagt? fragte er die Gesellschaft, die wurde schlagartig stumm.

Sind das Augen? Was für ein Blau! Er griff dem Jungen ins Gesicht. Mit der Hand umklammerte er dessen Kiefer.

Geradezu phantastisch, nicht wahr? Welch ein Blau.

Später ging er ins Gefängnis. Lude saß ein. Er brachte ihm Krebsfleisch mit. So ehern das Gesetz war, nicht zu stehlen, so ehern musste es gebrochen sein.

Lude war kahl geschoren. Eigentlich war das die Strafe. Er hatte sich mit den Swingboys rumgetrieben. Wieder auf der Straße getanzt, bei »Leo« und in der »Caricata Bar« und Benny-Goodman-Lieder gesungen. Dass sie Tante Charlie liebten, hatten sie erzählt, damit meinten sie den britischen Abgeordneten Sir Winston Churchill, der gegen Hitler war.

Zehn Tage hatte er bekommen wegen seiner Mutter, denn die hatte ja gute Kontakte.

Ludger redete nicht viel, er schaufelte das Krebsfleisch mit der selbst gemachten Mayonnaise rein. Und sagte, sehr gut, später nehm ich dich.

Aber später gingen sie erst mal auf den »Dom«. Sie schossen Pfauenfedern und Papierrosen, kauften Lebkuchenherzen und tranken Bier. Zum Schluss fuhren sie in der Geisterbahn. Da kamen Gummipuppen und Gerippe auf sie zu, da heulte und da jaulte es. An einer Stelle waren Spinnweben, die streiften die jungen Männer im Gesicht.

Günther musste Gemüse waschen, und der November war merkwürdig warm. Die Sonne machte abends die Wolken rot, ab halb sechs war es dunkel.

In den Zeitungen stand, dass man bald schon die Alsterschwäne runterholen würde, das Wetter sei trügerisch, man erwartete einen kalten Winter. Luise hatte die Flagge gehisst. Die Presse setzte sich für mehr Tierschutz ein. Günther musste jetzt oft Gemüse waschen. Einmal hatte er schmutzige Schuhe gehabt, da hieß es 20 Kisten, und dann noch Feldsalat. Am Abend hatten ihm die Arme geschmerzt bis in die Schultern rauf. Er hatte sich Rache geschworen. Aber dafür war keine Zeit. Im Herbst kamen die großen Gesellschaften, da mussten alle unentwegt ran.

Es war ein Dienstag, und in der Küche war es merkwürdig still. Das Weltjudentum – er war 17 und hieß Herschel Grünspan – hatte einen Anschlag verübt. Er hatte in Paris auf den deutschen Legationssekretär vom Rath geschossen. Die Festsäle waren ausgebucht, das Restaurant war voll besetzt. Günther hatte Spätschicht. Er hatte schon beim Hingehen den Mond am Himmel stehen sehen. Vor roten und rosa Wolken. Er stand über der Lombardsbrücke, ein Hof war drum herum. Wenn der Mond einen Hof hat, hatte Mariechen früher gesagt, dann wird es am nächsten Tag kalt. Aber heute war es warm, er hatte seinen Mantel vergessen. Der Friseursalon war voll gewesen. Er hatte seiner Mutter Tschüß, Mutti! gesagt. Sie war jetzt immer ein bisschen stolz, wenn er ging.

Er geht zu Haerlin. Das sagte sie der Kundschaft jedes Mal.

Bei Ihnen wird es ja wohl immer schmecken. Da kocht doch sicher der Sohn.

Köche kochen nie zu Hause, Werteste.

So?

Luise klärte gerne auf.

Das Restaurant war voller Offiziere, das sagte man ihnen, die Köche sahen die Gäste nicht. Günther musste Hühner enthäuten und Brustfleisch würfeln, er dachte an den Lehrer Paul. Er hatte ihn nie wieder gesehen. Sein Bruder Heinz war bei der Marine. Ludger war beim Arbeitsdienst. Er musste Fett abschöpfen. Und Suppen passieren. Er nahm sich vor, mal wieder ins Café am Kai zu gehen. Aber alleine war es nicht gut, er hatte Angst allein. Er war dann immer schüchtern. Der Kommis schrie ihn an, die Suppen müssen raus. 160-mal Gemüsecreme für den Festsaal.

Sie waren angestrengt, alle waren angestrengt. 44 Bouillon, 13 Tomatencreme, Günther schwitzte. Er durfte eine Pause machen. Er trank ein Bier. Er dachte an Ruth. Das Weltjudentum! Das Wort Paneuropa fiel ihm ein. Pan, was heißt Pan?

Bloß nicht schlappmachen, Kleiner, ein Jungkoch stieß ihn an. Günther schüttelte den Kopf und lächelte. Er hörte auf einem Ohr etwas, so kam es ihm vor, und auf dem anderen Ohr hörte er nichts.

Wir brauchen heute jeden Mann, rief der Chef.

Aber das Bier wollte er noch austrinken. Er ging zurück an seine Töpfe. Alles lief gut. Und jetzt die 100 Frikassee. Es war nach Mitternacht, als er seine Kellen abwusch. Wo sie wohl ist?

Einmal war er zum »Café Timpe« gegangen, um sie zu suchen, aber das Eierkopfcafé, wie sie es nannten, hatte inzwischen zu.

Als er sich umzog, war es ihm, als hörte er von weitem Lärm. Ihm fiel ein Vers ein. Den hatte eine Frau ihm gesagt, ihm und Ruth und noch ein paar anderen Kindern. Sie hatte ihn immer wieder aufgesagt.

»Alles hat seine Stunde«, so fing er an, plötzlich fiel ihm Luise ein, »für jedes Geschehen unter dem Himmel gibt es eine bestimmte Zeit.« Luise – was hatte sie heute Mittag gemacht? Sie war in seinem Zimmer gewesen. »Eine Zeit zum Töten, eine Zeit zum Heilen«, ja, so ähnlich ging er. Luise ging nie in sein Zimmer. »Eine Zeit zum Gebären und eine Zeit zum Sterben«, sie hatte sein Bett gemacht. Sie machte nie sein Bett. Er beeilte sich. Blöder Vers, dachte er, wie ging er weiter? »Eine Zeit zum Bauen?«, nein, das kam jetzt nicht, noch mal …

Das Glas lag schon vorm Hintereingang.

Er wunderte sich, was war das, überall lagen Splitter. Aber niemand war da. Er ging um das Hotel rum, sie feierten noch. Eine Hochzeit, ein Geburtstag, auch oben in den Zimmern war noch Licht. Aber er sah niemanden. Auf der Straße war kein Mensch.

»Eine Zeit zum Umarmen«. Er lief den Jungfernstieg entlang. Bei Unger waren die Schaufenster raus. Sie lagen zersplittert auf der Straße. Die Auslagen waren leer. Nur eine Jacke war noch da, eine kurze grüne Wolljacke. Vielleicht von einem Kostüm? Es lagen Steine drin und Holz und nackte Puppen, quer, die Beine staken aus den leeren Fenstern. Günther hörte niemand. Das lag vielleicht an ihm, er steckte die Finger in die Ohren, rüttelte, er sah sich um. Der Mond war noch da, die Sterne. Hinterm Hotel, Richtung Dammtor, sah er Rauch. Dort brannte es. Er wollte rufen, aber er tat es besser nicht. Er sah zum Hotel rüber. Das lag ruhig. Horst konnte jetzt in seiner Kammer schlafen. Er musste nach Hause gehen. Er musste vorsichtig sein, wegen der Schuhe. Springen, große Bögen machen. Aber wo er auch hintrat, überall war Glas.

Erst hinterm Alsterdamm hörte es auf. Die Nacht war hell. Es war Vollmond. Warum hatte er bloß seinen Mantel vergessen, es war doch immerhin November. Zu Hause blieb er kurz vor der Auslage stehen, hier war alles heil. Luise hatte neu dekoriert. Diesmal mit Sanddorn und Laub. Das sah gut aus. Der deutsche Duft stand zu zehn Flaschen in der Auslage. Sie war noch wach. Sie war in der Küche am Tisch. Das Haar stand ihr ab, als habe sie es gerauft, sie sah wie eine Furie aus.

Stell dir vor, was passiert ist! sagte Günther.

Sie hatte eine Schürze um. Sie hatte Kübel und Töpfe um sich gestapelt. Orangefarbene Matsche auf dem Tisch verteilt, mit einem Nudelholz und Tüchern rollte sie Sanddorn aus. Es standen Fette und Öle und Flaschen und Flakons herum, aber in der Mitte stand etwas anderes, das Günther nicht vermutet hatte. Er sah es sofort, auch wenn sie sehr klein war, seine Flasche.

Ich musste es tun, sagte sie, tut mir Leid, ich hab keine Zeit zu verlieren.

Es ist sowieso nur Kokosöl, weiter nichts. Ich habe es geschmeckt. Du musst endlich ein Mann werden, sagte sie.

Sie gab ihm die leere Flasche mit einer scheuchenden Handbewegung: Gute Nacht.

Die haben Unger geplündert!

Ich weiß, antwortete sie merkwürdigerweise.

Günther schlief nicht. Er saß auf seiner Bettkante und starrte vor sich hin. Auf die Kommode, den Schrank, den Spiegel. Einen kurzen Moment überlegte er, die Flasche wegzuschmeißen. Er roch noch einmal dran. Er lachte.

Das ist niemals Kokosöl, wie dumm sie ist!

Am Morgen stand fest, dass sie 91 Menschen in Hamburg erschlagen hatten, den Erzfeind, er war noch lange nicht tot.

Dass Günther hätte einer von ihnen sein können, er erfuhr es nie.

Sechs Wochen später fand die Weihnachtsfeier vom Hotel statt. Diesmal im Uhlenhorster Fährhaus. Es gab Champignonsuppe, Gänsebraten mit Rotkohl und Eisbombe. Danach Tanz. Als Erkennungszeichen trugen alle eine Chrysantheme im Knopfloch. Sie war weiß und aus Papier.

Silvester musste Günther arbeiten. Die Speisekarte stand auf einer runden Pappscheibe, die wie ein Zug aussah, den man auf einer zweiten Scheibe drehen konnte. »Frohe Fahrt ins Neue Jahr 1939« stand darauf. Im Fenster dieses Zuges erschien vorbeiziehend folgendes Menü:

Krebsschwänze in Pampelmus

Haselhuhn-Suppe in besonderer Zubereitung

Gänseleber auf Spießernüßchen mit frischem Treibhausgemüse

Steyerischcs Masthuhn/Salat mit Nußkernen

Silvestereis im Knusperkörbchen und Feinbackwerk.

Für die Köche gab es Rumpsteaks und Bier.

Es vergingen noch neun Monate, dann kam der Krieg und Günther wurde 17.

Es war wieder ein Sonntag, an dem er Geburtstag hatte. Seine Mutter las die Fortsetzungsromane in der Zeitung: »Die Braut der 1000 Teufel« von Georg Elert, eine Geschichte, die in Indien spielte und von der Luise ganz hingerissen war. Außerdem schloss »Narziß im Nebel« ab, und »Aimée mit den schönen Beinen« von Arne Rex fing an.

Günther lag auf seinem Bett, er hatte sich eine Frau zum Ausklappen bestellt, mit der er gewissermaßen spielte. Sie war 1,20 m groß, nackt, aus Pappe, man konnte verschiedene Teile umklappen und dann ins Innere sehen. Die Brustseite rechts, dann sah man Rippen, Darm und Leber, die Brustseite links, dann sah man Rippen, Magen, Herz. Ein Arm ging aufzuklappen, er legte die Adern frei, die Stirn ging hochzuklappen, man sah das Hirn. Am Bein rechts konnte man Muskeln und Sehnen sehen. Zog man ein Rechteck am

Bauch hoch, so sah man einen Embryo. Besonders deutlich gezeichnet war die Scham. Das Haar auf dem Venushügel war ein Dreieck, auch dieses ließ sich hochklappen, darunter war die Vulva nackt. 1,30 RM hatte das Modell gekostet, plus 35 Pfg. Porto und Nachnahme. Günther hatte vorab überwiesen auf das Postscheckkonto 7481 der Firma Urano L63.

In der Zeitung stand, dass die Polen jetzt die »vorbildliche Hygiene« der Deutschen kennen lernen würden und reichliche Beköstigung bekämen. Die Kaftanjuden lernten endlich arbeiten.

Günther holte seine Messerrolle raus. Er verschloss seine Tür. Luise hatte ihm einen Hut geschenkt und einen Trenchcoat aus englischem Stoff. Er sah gut aus darin. Wie ein richtiger Mann. Die Pappfrau lag aufgeklappt auf seinem Bett. Er setzte sich auf die Bettkante, legte die Messer um sich, stellte mit der Spicknadel das Schamhaar auf. Dann onanierte er. Später in der Nacht wollte er in den Park gehen. Er dachte an das lange Sitzen in der Kälte auf der Bank. Es war aber Ausgangssperre.

Heinz war vor Polen, Ludger war in Polen. Er konnte bereits ausgezeichnet tranchieren. Er klappte die Brust auf. Er rieb sich weiter.

Günther! rief Luise. Wir trinken einen Sherry auf dein Wohl!

Ich komme, Mutti! antwortete er und rieb sich weiter.

Nichts merkte man seiner Stimme an.

Ich komme! rief er erneut. Und strahlte.

Wenn man geschickt war, konnte man in seinen vier Wänden machen, was man wollte, dachte Günther.

Den Schlüssel rumdrehen. Die Frau rausholen.

Es waren auch Annoncen von Gummi-Sanitär Berlin in der Zeitung. Ein Gummi-Katalog, er würde sich den Gummi-Katalog kommen lassen. Diskreter Versand.

Günther! Ich bin so weit!

Ja, Mutti.

Noch fünf Wochen, dann musste er zur Musterung.

Er hatte einen Schlitz in der Vorhaut. Das sah komisch aus. Nein, nicht komisch, er liebte ihn. Er sah auf die Spicknadel. Nahm das Tuch in die Hand.

Prost Günther! Wir wollen an Heinz denken, sagte Luise, hob das Glas, Prost Heinz!

Am Abend ging Luise mit ihrem Sohn aus.

Gutbürgerlich wie ihre Kundschaft jetzt war. Kalbsnierenbraten mit Püree. Zur Musterung, sagte sie, nimmst du den Schein mit.

Ja, Mutti.

Als sie zu Hause waren, verschloss er die Tür und klappte die Frau wieder auf. Er lachte dabei.

Es gibt ein Foto von ihm – es ist braun eingefärbt, das zeigt ihn als jungen Mann. Er trägt einen Anzug, weißes Hemd mit Musterkrawatte, die Stirn ist hoch, der Haaransatz weit hinten. Er steht wie Napoleon da, den linken Arm auf den Rücken gelegt, die rechte Hand hält das offene Jackett fest. Daumen innen. Finger gekrümmt. In den Stoff gedrückt. Seine Lippen sind voll und schön geschwungen. Derselbe Schwung liegt über den Augen, dunkle Brauenbögen. Die Nase groß und gerade. Er hat leichte Pausbacken. Er ist schön, es ist leicht, ihn lange anzusehen. Der Blick ist unergründlich. Mit 17 ist sein Blick bereits unergründlich.

Günther liebt es, sich zu zeigen, bevorzugt Mädchen. Er kann stundenlang gewisse Gedankenspiele spielen, ohne sich zu regen. Er kann starr werden. Er kann von morgens bis abends onanieren. Er hatte noch nie eine Frau, noch keinen Mann, die oder den er sich selbst erwählte. Er hatte einen Vater und er hat eine Mutter, ein Kindermädchen hatte er und ein Tier.

Er kann Wachteln ausnehmen. Pâtés zubereiten. Soufflés backen, Früchte kandieren. Es ist Krieg auf der Welt, er lebt zwischen Töpfen und Haaren.

Die Musterung verlief ohne Schwierigkeiten für ihn, sein Geschlecht sah nicht aus wie beschnitten, sondern – Folge der bescheinigten Phimose – eher wie entstellt.

Er hatte die Schule geschafft, er schaffte die Lehre. Er überlebte die Anzeigen. Er bildete eine schöne Schrift aus. Sein Rezeptbuch war vorbildlich geführt.

Februar 1940 traf ein letzter Brief aus der Karibik ein. In Hamburg waren es minus 29 Grad. Datiert war der Brief vom 19. November 1939. »Now you shoot at us«, stand drin. Sonst nichts. Er dachte nach. Sie meinte das Schiff. Im November war ein Frachter versenkt worden. Es war der erste zivile Frachter, der gesunken war, er hieß Simon Bolivar und war im Kanal auf eine Mine gefahren. An Bord des Schiffes waren lauter Bajans gewesen, die nach Hause auf ihre Insel gewollt hatten. 94 waren tot. Er schloss den Brief. Er hob ihn auf. Er würde sie wiedersehen. Mehr dachte er nicht. Nur das. Er war leer sonst. Nur das.

Dann ging er an die Arbeit.

Günther Dirks hat seine Abschlussprüfung im Uhlenhorster Fährhaus abgelegt. Zunächst im Fachwissen.

Aal! schrie der Prüfer. Dirks!

Günther stand auf und deklamierte.

In den Lehrfächern bekam er die Gesamtnote drei.

Eine Eins fürs Handwerk.

Er kochte Poussin de Hambourg roti für acht Personen, als Beilage: Artischockenböden gefüllt mit Morcheln in Sahne, Kartoffelsterne und Römischer Salat mit Grapefruitfilet. Als Vorspeise eine Hechtterrine und als Dessert: Ananasparfait im Kokoskuchen, eine eigene Création, die viel Zustimmung fand.

Im Anschluss feierten die insgesamt 19 Köche aus Hamburg, die dieses Jahr bestanden hatten. Zwei waren auch vom »Atlantic« dabei. Sie tranken viel und sie lachten viel, der Abend endete in der Herbertstraße. Nicht für Günther, der ging noch alleine mit seinem Zeugnis ins Café am Kai, zu Emmanuelle Kramer, die sich jetzt Emmy nannte, wie Frau Göring. Die umarmte ihn, gab Champagner aus, schob ihn in die Hinterzimmer, wo er in den Armen der Frau mit den drei Brustwarzen landete. Ihm schräg gegenüber saß ein Mann, den er schon gesehen hatte, und was er nicht wissen konnte, er sollte ihn wiedersehen. Oberst Erich Winfried von Verlügen hieß dieser Mann, er ließ sich gerade die Stiefel von zwei Damen ausziehen. Kein Jungvolk, schnauzte er, kein Jungvolk!

Aber Herr Oberst, antwortete Emmy, dies hier ist ein Genie, ein Koch. Ein Mann, der eine Karriere vor sich hat. Günther wurde es übel. Als er sah, wie dem Mann vor Wut der Kopf schwoll, fiel ihm die Rote mit dem weißen Bauch ein, er musste aufstoßen vom vielen Sekt und vom Champagner. Ob er auf »sein« Zimmer dürfe, fragte er. Da brachte Emma ihn – noch bevor er sich erbrechen musste – ins Bett, in das von Lude.

Frau Kramer, fragte er, als sie ihn zudeckte, die Decke hochzog wie bei einem Kind, es wird doch alles gut gehen, oder?

Sie schaute ihn verwundert an, das blasse Jungengesicht, das er hatte: Was meinst du?

Aber da fielen ihm schon die Augen zu, und er schlief selig ein.

Hamburg wurde jetzt verkleidet, und Günther war ein Jungkoch. Er hatte das Zeugnis seines Lebens in der Tasche. Er wusste das. Er war jetzt wer. Fortan brauchte er nur noch mit diesem Zettel zu winken, und die Schwingtüren mit den Bullaugen oder den kleinen Rechteckfenstern obendrin, durch die man immer flott durchgehen musste, damit sie einen nicht erschlugen, sie würden sich auftun vor ihm, überall wo er hinkam. Er nahm sich vor, noch mehr solcher Zettel zu sammeln.

Zwei Jahre Jungkoch, weil er erst mal Geld verdienen wollte, dann diverse Reisen, Auslandsaufenthalte, Frankreich natürlich, aber auch Übersee, die Kolonien, vielleicht auch einmal der Süden Deutschlands, wo Deigner herkam, der war ein guter Metzger. Dann Chef, dann Übernahme. Wahrscheinlich gemeinsam mit Ludger. Der Kauf eines renommierten etwas heruntergekommenen Hotels. Musste nicht Deutschland sein. Er wollte ja reisen. Amerika, warum nicht. Nein, die Kolonien. Besser noch waren die Kolonien. Wenn er erst erben würde, und Heinz musste ja mit ihm teilen.

Er kaufte sich einen Anzug. Zog den Mantel, den ihm Mutti geschenkt hatte, an, setzte den Hut auf und ging morgens oder mittags an der Alster vorbei, die sie jetzt mit Attrappen aus Sperrholz zudeckten. Planen mit Ölfarben wurden dorthin gelegt, wo sonst die Schwäne schwammen, und hinter der Brücke bauten sie noch eine Brücke, über die aber niemand gehen konnte. Die Alliierten sollten denken, hier wäre Wohngebiet.

Mermel war weg, der Chef gab ihn zum Saucier.

Aufstieg.

Die Bierration war erhöht worden, er bekam jetzt täglich drei Flaschen, und es gab in der Küche immer noch fast alles. Einmal ließ der Kommandant der Luftwaffe aus Dänemark drei Kisten mit lebenden Hummern kurzfristig einfliegen, das beeindruckte allerdings doch.

Günthers Hände wurden schneller. Aus dem Gelenk raus schlug er mit dem Schneebesen die wunderbarsten Soßen.

Er nahm sich vor, die Adresse von Herrn John in Amerika herauszukriegen. Jetzt war es so weit, der wusste, wie man an Geld kam. Er schrieb einen Brief an Heinz, dass er im Begriff sei, sich selbstständig zu machen.

Und seiner Mutter gegenüber sprach er sehr viel mehr Komplimente aus als sonst: Du siehst wieder aus, Mutter wie machst du das nur, so jung und strahlend!

Er half ihr. Und verlangte mit entschieden klarem Ton Einsicht in ihre Bücher.

Er machte Heiratspläne. Er ging zu Emma Kramer und nahm sich zum ersten Mal eine Frau. Es klappte wunderbar.

Sein Geschlecht war hart wie ein Wetzstab. Er brauchte zehn Minuten bis er kam. Er sah auf die Uhr dabei, die bei dem Mädchen auf dem Hocker neben dem Bett stand. Danach blieb er im Café und betrank sich. Als er volltrunken war, mitten im Rausch auf der Kippe zum Wegdämmern, als alles grell war, lachte, aufschrie, summte im Körper, die Wachheit gesteigert war wie die Wirrnis, als das Wort »herrlich« sich Bahn brechen wollte, fühlte er, dass er nicht befriedigt war.

Er brauchte zwei Tage, um nüchtern zu werden. Zum Glück hatte er frei. Als diese Tage um waren, ging er noch einmal zu Emma und zu demselben Mädchen.

Sie schien sich zu freuen. Und spreizte schon die Beine auf dem Bett für ihn. Er blieb aber stehen. Er knöpfte sich die Hose auf.

Ach so, sagte sie.

Diesmal kam er schneller.

Dies alles dauerte zusammen genommen keine vier Monate. Dann musste er wie alle jungen Männer damals zum Reichsarbeitsdienst. Die Alster war inzwischen von den Briten schon wieder enttarnt worden, aber die Attrappen schaukelten weiter drauf. Bis sie verbrannten, später, in einem Jahr.

Von seinen in dieser Zeit gefassten Plänen ließ Günther nicht mehr ab. Wahrscheinlich half ihm das, den Krieg zu ertragen. Er mochte die Grausamkeit nicht, nicht diese. Er war sich übrigens sicher, dass Heinz sie auch nicht mochte. Was Ludger anging, da war er sich nicht so sicher. Ludger hatte jetzt die Haare kurz und wollte unbedingt nach Afrika, zu Rommel.

Im Herbst musste Günther zur Erntehilfe nach Schleswig. Er musste Spätkartoffeln ernten, Gerste dreschen, Zuckerrüben ausmachen und, wie alle, diverse Erniedrigungen über sich ergehen lassen. Sinnloses Marschieren mit dem Spaten,

Turnübungen zum Abhärten: Zwei Männer tragen einen Baumstamm auf nacktem Kreuz, ein dritter hängt sich in der Mitte dran und schaukelt. Er musste blähende Erbsensuppe essen, Latrinen putzen, auf dem Boden schlafen, im Freien ohne Stroh, Wache stehen am Acker, und zwar stramm.

Nach sieben Wochen wurde er der Küche auf dem Gutshof zugeteilt. Die Menschen essen eben gern.

Er nahm seine Besteckrolle und – jung wie er war – die ganze Küche in Besitz. Zu Hause gingen die ersten Bomben nieder. Und wenn der Sieg nicht bald kam in Russland, dann würde etwas Schreckliches passieren.

In seinem Spind fanden sich zu der Zeit vier Bücher: »Der junge Koch«,der »Escoffier«, sein eigenes handgeschriebenes Rezeptbuch und »Koch's: die Fabrikation feiner Fleisch- und Wurstwaren«, ein altes Lehrbuch aus dem Jahr 1922, seinem Geburtsjahr, das ihm der Metzger zur Prüfung geschenkt hatte.

Im Krieg bekam mein Vater den Namen »das Gehirnwürstchen«. Das war auf seiner Stube passiert während der Grundausbildung, als zwei seiner Mitbewohner sich rächen wollten für seine unendliche Angeberei. Seine Weibergeschichten, sein Wen-er-alles-schon-kannte, seine Negerinnen, seine Frau mit den fünf Brustwarzen! Sie hatten seine Kochbücher geklaut und beim Vorlesen Lachkoller gekriegt. Und zwar solcher Art, dass immer mehr dazugekommen waren, auch aus den anderen Zimmern. Die alle zuhörten, und das Lachen kollabierte bei den Rezepten »Gehirnwürstchen I und II«. Sie wurden mit den begleitenden, passenden Handbewegungen gleich mehrfach vorgetragen. Günther stand ans Fensterbrett gelehnt und guckte ihnen zu. Wie sie brüllten, bellten, sich ausschütteten:

Gehirnwürstchen I: Man nehme 10 Kalbsgehirne – mit spitzen Fingern und Ekelgesicht – wässere sie vier Stunden, nachdem man die Haut entfernt hat – iih – Zerlegung von etwas Ominösem in der Luft – zerhacke eine Zwiebel usw. und hier: Man fülle die Masse in enge, enge! Schweinsdärme. Binde Würstchen zu 100 gr. ab – Brüllen! Schenkel schlagen, zur Seite taumeln – weiter: Halte sie, damit sie straff werden! – Brüllen! Imaginäre Latten zeigen – damit sie straff werden, einige Sekunden in kochendes Wasser! – Aua! Und so was trägt der bei sich! – Totaler Zusammenbruch. Nach innen Biegen, Grölen, Bauch halten –

Gehirnwürstchen II – nein, nein, aufhören, ich kann nicht mehr – Lachtränen wegwischen – man nehme 2 Kalbsgehirne – oh, nur zwei – befreie sie von Häuten und Adern und hacke sie – Handbewegung Handkante – hacke sie auf einem Brett …

Die Sonne hatte ihm durchs Fenster auf den Rücken geschienen, er hatte ihnen zugeschaut und den Mund ein bisschen verzogen dabei. So, als wolle er mit ihnen lächeln. Er fand es nicht richtig schlimm. Zum Schluss hatte er um sein Buch gekämpft, damit sie es nicht zerrissen, weil jeder es mal haben wollte zum Selbstvorlesen. Sie hatten es hochgehalten, es war wie in der Schule auf dem Schulhof gewesen. Schon böse, aber nicht richtig ernst. Dem, der das Spiel angefangen hatte, der das Buch hielt und las, schaute Günther allerdings einmal, als er es sich zurücknehmen wollte, einmal schnell und direkt in die Augen. An diesen Blick sollte dieser sich später erinnern. Es gab und gibt wohl einige, die sich an diesen einen Blick erinnern. Wenn Menschen nicht denken beim Gucken, sieht man in ihren Augen viel. In Günthers sah man nichts Gutes.

Er hieß dann so: Gehirnwürstchen. Das war, als es sehr heiß war. Im Juni. Da war Günther fast 20. Er war der Infanterie zugeteilt, aber es passierte nichts. Sie exerzierten im Kasernenhof und aßen Unmengen Brot. Mit Wurstersatz, mit Zuckerrübensaft, mit Buttarersatz und Quark. Es wurde noch heißer, aber es passierte immer noch nichts.

Dreimal ging er ins Bordell. Er passte gut auf, dass keiner ihn sah. Er ließ es sich jetzt immer auf dieselbe Art machen.

Manche sprachen von einer Atempause in dieser Zeit.

Sie endete mit der Sommeroffensive.

Weil es bei den Russen im Winter so kalt war, musste man sie im Sommer schlagen. Und weil der Sommer in Russland, je nachdem wo man gerade war, gar nicht mal so lange dauerte, musste man sich beeilen. Flott, flott an die Front, alle in den Zug, Viehwaggon, 40 Mann in einen Wagen, und los ging's. Rumpel di pumpel, aber in Wahrheit gar nicht lustig, weil ja etliche schon wiedergekommen waren, aus dem letzten Jahr, und etliche nicht und weil ja schon hinter Berlin Polen anfing, und da sah es nicht eben gut aus, und dann kam die Grenze, die keine mehr war, und da sah man schon Soldaten, und dann sah man immer mehr Soldaten, und dann hörten die Felder auf, Felder zu sein. Wo eben noch Sonnenblumenmeere wogten, waren platt getrampelte, verbrannte, verkohlte, vertrocknete ehemalige Matschlandschaften, die jetzt Krusten hatten, Erdkrusten, und wo die ersten Leichen lagen, da stieg man aus. Am Schild »HEIMAT/FRONT«.

Günther hatte natürlich auf Frankreich gehofft. Was kochten die Russen schon: Borschtsch, und sie hatten Kaviar. Mit Letzterem brauchte man nicht viel zu machen. Das Land sah nicht nach gutem Essen aus.

Er war der Feldküche zugeteilt, das hieß Suppe und nochmals Suppe und Gulasch und Kartoffeln und Mehl und Büchsen und ranziges Fett und Brei.

Dreieinhalb Jahre lang hat Günther die Kelle geschwungen und die Messer gewetzt. Nur ein Mal sollte er schießen, ein einziges Mal, und da tat er es nicht, jedenfalls nicht richtig.

Er zog mit der 9. Armee und dem 3. Panzerbataillon von Bialystok über Bobruisk nach Cromel den Dnjepr entlang, nach Tscherkassy und dann nach Charkow, versetzt zur 2. Armee nach Kursk zurück über Gomel an den Pripjetsümpfen vorbei nach Hause, wo nichts mehr war.

Erbsensuppe, Kartoffelsuppe, Kohlsuppe, Steckrübensuppe, Graupen.

Zwischendurch allerdings kochte er für den Oberst, legte den Namen Gehirnwürstchen ab, ... na, wen haben wir denn da, das Genie.

Heil Hitler, Oberst von Verlügen!

Ich sag nur, was für Augen, welch ein Blau. Jetzt werden

Sie mal beweisen, was Sie wirklich können. Mein Koch ist krank und außerdem schlecht. Ich erwarte ein perfektes Menü, wenn der General kommt!

Sehr wohl, sagte Günther, sehr wohl, ließ die Kelle in den Eintopf sinken und fing an.

Für die Lagebesprechung, 20 Personen waren anwesend, zum weiteren Vormarsch auf Russland, kochte er: Eine leichte Sauerampfercreme, mariniertes Störfilet mit einer Preiselbeermousse in Birne, Rheinischen Sauerbraten (Pferd) mit rohen Kartoffelklößen, Beilage: Prinzessböhnchen im Speckmantel, als Dessert: Marillendatscherln. Danach gab es türkischen Mokka, später Käsegebäck.

Von Verlügen war zufrieden. Allerdings sollte der neue Koch in Zukunft nicht mehr auf das »Gastland« – er grinste, als er das Wort »Gastland« sagte – eingehen, wir wollen den Flair der großen weiten Welt, die unser ist. Irgendwas Französisches also.

Am schwierigsten fiel Günther anfangs die Beschaffung. Bis er merkte, dass er befehlen konnte. Er konnte jetzt Wünsche einfach weitergeben. Dann mussten die anderen springen, und je mehr sie sprangen, desto wichtiger war das Essen, desto besser und desto wichtiger war er. Und da machte es schon mal Spaß, die Reste persönlich in den Schweinetrog zu kippen vor hungrigen, wachhabenden einfachen Soldaten. Da konnten sich dann Augenpaare wiederfinden, die sich aus heißen Kasernenhöfen kannten und aus Zimmern, in denen viel, für manchen Geschmack zu viel gelacht wurde. Günther konnte sich dann ein leichtes Grinsen nicht verkneifen, ebenso wenig die Verzögerung, die Langsamkeit beim Ausschütten noch fast voller Töpfe in den Dreck. Als die Front näher kam, kochte er das Gulasch immer soßiger, damit die Offiziere weiterhin ihren Braten hatten. Das machte dem jungen Günther durchaus Spaß. Aber nicht sehr lange. Weil die Essensträger mit immer erschreckteren Gesichtern von vorne zurückkamen. Und immer öfter waren sie verbrüht, weil sie sich hatten hinschmeißen müssen und weil das heiße Wasser dann zwischen dem ovalen Pott und der Außenwand ausgelaufen und die Suppe ihnen in den Nacken gesickert war, denn die Schnappverschlüsse und Gummiringe dichteten nun mal einfach nicht richtig. Und immer öfter sah er in die aufgerissenen Augen, und immer öfter musste er abends dem Oberst die Luccaaugen servieren – wie in den Vier Jahreszeiten, Dirks! –, was schwierig war wegen der fehlenden Austern, er versuchte, sie durch Heringsmilch zu ersetzen. Und jetzt, wie immer, das Soufflé! Und dann den Schnaps, und dann kamen die Weiber. Und dann musste marschiert werden. Und dann kam der Befehl, die Portionen zu kürzen und dann eine wegzulassen und dann noch eine und dann die eiserne Ration zu öffnen, und dann war Günther doch mitten im Krieg. Die Proviant-Lkws waren zerbombt. Und er immer mit auf Rückzug, immer beim Stab, schnell zurück hinter den Tod, nicht davor. Und nachts die Leuchtpatronen und die Schüsse.

Auf einem Gut in der Nähe des Dnjepr blieben sie besonders lange. Es lag strategisch gut getarnt im Wald mit großen Stallungen und vielen Vorräten. Günther konnte inzwischen auf allem kochen: Gas, Holz, Strom, Kohle, und er konnte so viel Russisch und Polnisch, dass er die Hilfskräfte anleiten konnte, die er brauchte. Verlügen bestand auf immer opulenteren Mahlen, wobei sein Essen ausschließlich von Günther zubereitet werden durfte.

Der Oberst genoss das Gut. Die alten Schlafgemächer, den Salon, den ganzen Samt- und Teppichpomp, alles war wie früher, von Kommunismus keine Spur, das Schwanenservice – schwarze Schwäne auf weißem China-Bone – das 800-er-Tafelsilber, die Kristallgläser, die silbernen Tabletts. Und wie gern zog er am Glöckchen nach den Angestellten, nach dem Koch. Er ließ sich aufspielen und versank mit seinen Offizieren Wodka trinkend in den russischen Nächten, die jetzt die ihren waren. Die Sterne, der Himmel, das Land.

Am liebsten aß der Oberst zur Nacht. So blieb es den ganzen Krieg über. Rohes Fleisch und rohe Eier und sein Leibgericht: Soufflé. Oder Frauen.

Na Dirks, ein Weib gefällig?

Günther hatte sich vorgenommen, den Oberst, vor dem sie alle zitterten, immer zu behandeln, wie er es gelernt hatte, wie den wichtigsten Gast. Deshalb war er vorbereitet. Günther kochte zu der Zeit schon lange keine Suppen mehr. Das ließ er machen. Weil er tagsüber schlafen musste. Damit er für die Nacht gerüstet war.

Einmal rief Verlügen ihn, als eine Frau bei ihm im Salon war. Es war eine Russin, Günther kannte sie, sie half sonst in der Küche. Sie war am ganzen Körper mager, ausgezehrt, hatte aber dennoch ein rundes Pausbackengesicht, einer Putte ähnlich, die man vertrocknen ließ. Ein Mädchen ohne Alter. Sie stand vor dem Oberst, wie Günther es schon kannte, den Kittel hochgezogen, darunter nackt.

Soufflé und Steak, Dirks! befahl der Oberst, drehte sich zu Günther hin: ich werde Hunger haben danach.

Das alterslose Mädchen hielt den Kittel fest, Verlügen nahm ein Wodkaglas und kippte ihr den Inhalt auf das Geschlecht. Sie zuckte.

Gelernt ist gelernt, grinste er, stand auf und drückte die Frau rücklings auf den Tisch. Was merkwürdig aussah, weil sie plötzlich so sperrig war, wie ein Käfer, jetzt, da ihr Gesicht für Günther nach hinten verschwand.

Fang an, Koch! befahl Verlügen. Under done, es dauert nicht lang.

Als Günther in der Küche war, den Teig schlug, das Fleisch klopfte, froh war zu dienen, denn wer dient, denkt nicht, und was hätte er auch denken sollen, hörte er plötzlich Lärm.

Er lief in den Flur, um nachzusehen, da stand Verlügen schon in der Tür, brüllte, von draußen kamen die Wachhabenden rein, ein Stein war in den Salon geflogen, ein faustgroßer Stein, sie machten Meldung, hatten den Attentäter schon, einen Jungen, blass mit Pausbacken, der Bruder, man sah es, er zitterte draußen in der Nacht. Das Mädchen, den Käfer mit dem dicken Gesicht, vermutete Günther noch immer auf dem Tisch, aber als sie alle rausgingen, sie wussten schon wozu und wohin, da stand sie im zerschlagenen Fenster, eingerahmt von Glaszargen, mit ihrem Kittel und mit sonst nichts.

Erschießen! schrie Verlügen.

Und das – er sah sich um, traf Günthers Blick –, das macht heute der Koch. Auch der Koch ist ein Soldat, oder etwa nicht, Dirks?

Jawohl, Herr Oberst!

Günther zog den Vorstecker ab, reichte ihn einem Soldaten. Die Waffe gab ihm von Verlügen. Dem Jungen wurden die Hände auf den Rücken gebunden. Günther hob den Arm, die Umstehenden traten zurück, Kopfschuss! sagte Verlügen.

Jawohl!

Günther entsicherte, er zielte einarmig, hielt die Hand ruhig auf die Stirn des Jungen gerichtet, zählte im Kopf bis drei und drückte ab.

Es kam kein Schuss!

Verlügen war der Erste, der lachte.

Das nennt man russisches Roulette, Dirks, muss er doch auch mal lernen. Noch mal! Wenn das Schwein dreimal Glück hat, ist es frei.

Aber Günther schoss nicht mehr. Das war komisch, doch er würde nicht mehr auf Menschen schießen, er wusste das in diesem Moment. Und deshalb gab er die Waffe zurück. Sagte Pardon, Herr Oberst! Pardon! sagte er, das war ebenfalls komisch, nahm den Vorstecker wieder an sich aus den Händen des verdutzten Soldaten: Pardon, Herr Oberst, Ihr Soufflé.

Und ging davon in Richtung Küche, hörte erst nichts, dann ein Lachen, es kam vom Oberst, es war laut, eher ein Brüllen, dann fiel der Schuss. Er fühlte seine Beine unter sich und sah im Vorbeigehen das Mädchen im Fenster stehen, wie eine Puppe, dachte er. Eine Puppe.

In der Küche ist ihm dann das Soufflé aus den Fingern gerutscht beim Rausholen aus dem Ofen. Es war perfekt, golden und zart, die Kokotte, allerdings, zersplitterte. Er hob es vom Boden auf und klopfte es ab, gab es auf den Teller zu dem Steak. Als er den Teller anhob, zitterte er. Er zitterte so sehr, dass der Tellerrand auf den Kacheln anschlug. Er stellte ihn wieder ab. Er brauchte ihn gar nicht anheben. Der Oberst rief nicht mehr.

Später in der Nacht hat sich Verlügen dann von Günther das geholt, worin er bei dem Mädchen gestört wurde.

Und zwar in der Küche. Er blätterte zunächst mit einer Hand in Koch's Fabrikation feiner Fleisch- und Wurstwaren: Ich habe gehört, mein Koch hat koschere Rezepte, sagte er. Mein Koch muss aufpassen! Was Wurst wird, bestimme ich!

Dann drückte er ihn gegen den Herd. Andersrum als das Mädchen. Günthers Hände umfassten den Lauf. Er dachte nichts, was sollte er auch denken.

Gegen Morgen fiel er ins Bett. Verlügen hatte ihn befördert. Er war ab jetzt ein Obergefreiter. Er rollte sich zusammen, zog die Beine an, er blutete. Er presste sich ein Taschentuch gegen den Hintern. Er schloss die Augen. Plötzlich lachte er. Pardon! Herr Oberst! Plötzlich lachte er.

Später kam ein Päckchen von seiner Mutter an. Es enthielt Creme, Seife, frische Socken und eine Flasche Haarwasser »Der deutsche Duft«. Um alles herum war ein seidenes Tuch gelegt. Es roch nach ihr, nach Mutti. Für einen kurzen Moment war er im Salon, sah die Schaummädchen, den Vater, die Härchen, die Wickler, auf Polster gelegte Hände, Tuben, Lacke und sein Kindermädchen, Nune. Er drückte sein Gesicht in das Tuch, als keiner ihn sah; er beschloss abzuhauen, sobald es ging. Länger als ein Jahr musste er noch damit warten.

Kurz darauf brach der Winter aus und dann die Ruhr, Günther musste wieder für alle kochen, bis er selbst krank wurde. Er kam ins Lazarett. Sobald es ihm besser ging, wurde er der Genesenden-Kompanie zugeteilt, dann der Küche. Dann kam Verlügen in dasselbe Lazarett, sobald es ihm besser ging, nahm er Günther und ging wieder an die Front. Es fiel aber nie mehr etwas Ähnliches vor.

Günther lernte, was es heißt zu sagen, »Not macht erfinderisch.«

Er kochte aus allem was. Er schlachtete Pferde, er konnte aus Katzen Kaninchen machen. Dezember 44 gab es Stockfisch und Schwan, den er als Gans deklarierte. Einmal ritt ihn der Teufel und er machte gefillten Fisch. Er wusste selbst nicht warum. Es war Silvester. Was ist das? fragte ein Offizier. Karpfen in Gelee, antwortete Günther, ein altdeutsches Rezept.

Im neuen Jahr würde er sich endlich davonmachen. Der Krieg würde bald zu Ende gehen. Die Russen waren schon fast in Polen. Er selbst war jetzt sehr dünn geworden. Er simulierte eine erneute Ruhrattacke. Meldete sich krank und durfte in ein Lazarett. Dort stahl er Formulare für Urlaubsscheine, Ausweise für Dienstfahrten, zwei Stempel und ein Soldbuch und überredete das Mädchen in der Schreibstube, dass er sich selbst das Reiseziel einsetzen durfte. Er gab eine Einheit in Frankreich an. Es gelang ihm, mit ständig wechselnden Truppen Richtung Westen zu gehen. Dass er kochen konnte, verriet er nicht mehr. Er sei Friseur. Daher die zarten Finger!

Februar 45 kommt er in die Nähe der Stadt Köthen. Er ist jetzt schon sehr entkräftet. Oft entzieht er sich bewusst der Essensausgabe, aus Angst vor Heldenklau und gerade dort erwischt zu werden. Die Köche wissen, wer zur Einheit gehört und wer nicht. Manchmal ist ihm schwindlig, aber er wird es schaffen. Er will nicht nach Hamburg. Er will nach Süddeutschland, von dort wird er über die Schweiz nach Frankreich gehen. Sein Ziel ist Marseille, er will in eine Hafenstadt. Er hat sich schon alles zurechtgelegt, er wird auswandern, er wird an Bord eines Schiffes gehen. Er glaubt, dass Ludger dasselbe vorhat. New York, davon haben sie doch immer geredet. In Deutschland wird man nur hungern können, ein Hotel braucht da jetzt niemand. Vielleicht auch Südamerika oder die Karibik.

Was Hunger ist, weiß Günther jetzt auch. Außerdem fehlt ihm der Schnaps. Er hat Durst, der Schnaps hat ihn bisher gerettet.

Er ist in einem kleinen Dorf, das nur eine gepflasterte Straße hat. Er hat sich von der Truppe entfernt, er will allein weiterkommen. Das Dorf sieht durch und durch braun aus. Kein Schnee, nur Erde. Braune Häuser, braune Ziegel, braune Zäune. Sogar der Himmel ist braun, denn es dämmert. Und niemand ist da. Es ist kein Licht in den Häusern, Günther weiß nicht wohin. Aber plötzlich hat er eine Erscheinung, er sieht Ruth.

Sie geht auf der Dorfstraße vor ihm her. Sie hat Holzpantinen an, Strickstrümpfe, einen weit schwingenden Rock und eine Wolljacke, auf der die Zöpfe liegen, dicke, dunkle Zöpfe. Auf dem rechten Ärmel ist eine Binde aufgenäht. Sie trägt zwei dampfende Eimer.

Das ist doch nicht möglich, denkt er.

Ruth, Ruth! ruft er. Warte!

Er läuft ihr nach. Das Mädchen setzt die Eimer ab. Es ist Mist, jetzt sieht er es. Frischer, warmer Mist. Sie dreht sich um, sie ist braun im Gesicht, ihre Augen sind schwarz, sie sagt nichts.

Entschuldigung, sagt er, ich dachte, du wärst Ruth.

Sie sagt nichts.

Wie heißt du?

Greta, antwortet sie.

Willst du mich heiraten? fragt er. Ich bin aus Hamburg.

Sie schaut ihn an, sie zögert ebenso wenig wie er. Sie antwortet klar und deutlich: ja.

Ich komme wieder.

Sie sagt nichts. Sie nimmt die Eimer auf.

Warte.

Sie nickt. Jetzt sieht er, was auf der Binde steht, ein VF für Volksfront.

Warte! sagt er. Sie setzt die Eimer noch einmal ab. Er geht

näher, stellt sich dicht vor sie hin, knöpft den Mantel auf, die Feldbluse, macht den Gürtel von der Hose auf, zerrt das Hemd raus und öffnet darunter einen Knoten. Er zieht, es ist das Tuch von Mutti, er hatte es um den Bauch getragen. Er schenkt es ihr. Er bindet es ihr um den Hals. Das findet sie schön, denn obwohl es nicht mehr weiß ist, sieht sie nun doch aus wie befreit.

Dann nimmt sie die Eimer und geht. Und er bleibt auf der Straße stehen, bis er sich gefangen hat. Damit hat er nicht gerechnet. Jetzt wird alles gut.

Danach traut er sich in ein Gasthaus. Er hat vergessen, ihr seinen Namen zu sagen. Er wird sie holen. Wenn der Krieg vorbei ist, kommt er zurück, jetzt muss er erst nach Westen. Er bestellt sich ein Bier, er kriegt eins. Er isst eine Bulette. Sie schmeckt, als sei sie aus Holz. Er bestellt sich noch eine. Er gibt seine Reichsfleischmarken und seine Reichsfettmarken ab, die er gehortet hat. Er trinkt noch ein Bier. Er darf jetzt nichts falsch machen. Die alte Frau, die alles vor ihn hinstellt, beobachtet ihn. Seine Wangen sind glatt, die Stirn, der Mund. Er leuchtet, es ist, als ob er leuchtet. Und das ist, weil er lacht. Weil Günther innendrin ganz laut lacht. Weil ihm warm wird und weil ein frischer Wind durch seinen Körper weht. Für ihn ist der Krieg vorbei.

Er geht aufs Klo, das ist im Hof. Braun mit Herzchentür, er schließt den Haken hinter sich, er onaniert, er ist befreit, es riecht nach kalter Scheiße.

Seine Heimat gibt es nicht mehr. Heinz hatte Mutti nach dem Feuersturm im Keller gefunden. Im Arm hielt sie die Puppe mit dem Charlestonkleid. Um sie her waren ihre Vorräte an Haarwasser. Er hatte sich drei Tage nach dem Bombenangriff zu ihr durchgearbeitet. Als sie den Keller verließen, hätten sie den Kopf noch immer mit Decken schützen müssen vor Funkenflug. Hamburg hatte gekocht. Aber Mutti lebte, und Heinz, der ihm das alles letztes Jahr noch an die Front geschrieben hatte, Heinz lebte auch. Und Günther Andreas Johannes lebte auch. Und wie.

Er schlug sich nach Bayern durch. Holte sein koscheres Wurstbuch raus, sagte den Koheleth auswendig auf und ließ die Hose runter. Aber das brauchte er nicht. Der Sergeant sagte: Stop. Er hatte schon zu viele Hosen inspiziert. Günther wurde eine Displaced Person. Strahlte. Half den Yankees, weil er übersetzen konnte, auf wundersame Weise alles beschaffen konnte und sie außerdem tröstete über dieses furchtbare Land mit den Geschichten, die er kannte. Von früher, als es besser gewesen war. Als Louis da gewesen war, Louis? Louis Armstrong was here? Yes, I swear when I was a boy at a friend of mine, who was a famous philosopher. I show you a picture. Er schlug das Blümchenbuch auf und suchte das Photo. Wow! That's Satchmo and the little boy, that's you! Ja und dort im Haus des Philosophen, Mr. John habe er geheißen, dort war es auch, dass ihm seine spätere Frau versprochen worden sei: Ruth. Auch sie habe den Krieg überlebt in einem Versteck bei einem Bauern in der Nähe von Köthen unter den grausigsten Bedingungen. Er müsse dorthin, sie holen.

Er bekam Sondergenehmigungen und Ausweise und reiste zurück. Seinen Beruf verriet er nicht.

Als er Greta wiedersah war es Spätsommer. Sie hatte einen dicken Bauch.

Es hat nichts geholfen, sagte sie.

Was? fragte er.

Dein Tuch.

Er nickte.

Wir hauen ab, sagte er.

Sie führte ihn nach Hause.

Er sagte, dass er Günther heißt, Koch ist und diese Frau versorgen wird.

Die Eltern schwiegen. Sie hatten Greta zwar bis dahin nur geprügelt, aber hergeben wollten sie sie nicht. Auch jetzt nicht.

Weil sie eh schon schwanger ist, darf er bei ihr schlafen. Sie liegen auf Stroh im Dachbodenbett. Unter einer Federdecke und schwitzen. Sie legen die Decke weg. Es ist warm unterm Dach, fast stickig.

Er küsst sie, sie staunt. Er lutscht an ihr, sie schämt sich.

Und wenn sie mich nicht gehen lassen, sagt sie.

Warum hast du so braune Haut?

Die nennen mich Negerjette, ich weiß nicht. Ich werde so schnell braun.

Er streichelt ihren Arm, die Hände. Ihre Nägel sind dreckig, sie hat Schwielen auf der Haut.

Ich mach das schon.

Und das Kind?

Das sehen wir auch noch.

Unten im Haus sagt der Vater: Mit dem stimmt was nicht. Wir holen morgen früh die Russen. Der macht uns bloß Schwierigkeiten sonst.

Am Morgen ist das Stroh leer, und die Federn sind kalt.

Es regnet.

Nu ham wer keene Tochter mehr, sagt der dicke Vater.

Die soll bloß kommen, dann schlag ich sie tot.

Dezember 1945 kam in Heidelberg das Kind zur Welt. Meine Schwester Vera.

Das Kind ist blond mit riesig blauen Augen.

Die Geburt war leicht gewesen.

Als die Wehen einsetzten, aß Greta, die jetzt offiziell Ruth hieß, gerade einen Bückling. Der Fisch war groß, grätig und fett. Sie verschluckte sich, ihr wurde schlecht, weil sie aber kein Essen hergeben wollte, denn Greta war noch immerzu hungrig, deshalb rief sie nach Günther und der nach den GIs, für die er auch hier wieder arbeitete. Mit einem Jeep wurde sie ins Militärhospital gefahren, welches die frühere Universitätsklinik war. Zwei Stunden später hatte sie ihr erstes Kind.

Günther saß so lange im »Stardust Club« im alten Stadtgarten-Restaurant. »Bei mir bist du scheen, please let me explain« wechselte mit »In the mood« ab. Alle waren fröhlich. Dann kam der Anruf aus dem Hospital. It's a girl, hey Günther! It's a girl, you've got a daughter!

Er juchzte auf. Sprang in die Luft. Sie umarmten ihn. Champagner wurde aufgemacht. Er taumelte und lachte. Das Kind weiß bis heute nicht, wer sein Vater ist.

Where do you want to live? fragte der Major ihn da.

Günther hielt im Taumeln inne.

Er drückte die Arme der Soldaten weg und stierte vor sich hin.

Er wusste es nicht.

Nach einer Weile sagte er, eden, may be in eden.

Und keiner lachte.

Weil Greta keine Milch hat, kriegt Vera Haferflocken. So wird sie fett. Weil Günther alle mögen, kriegt Greta alles, was sie will. Bohnenkaffee, Schokolade, Wein. Sie will aber richtiges Essen. Stampfkartoffeln mit Soße, Braten mit Kohl, frische süße Erbschen mit ausgelassenem Speck und Spiegelei.

Koch doch mal was, sagt sie zu Günther.

Aber der macht lieber Geschäfte. Schnell huscht er am »Goldenen Hecht« vorbei und an den Heidelberger Vier Jahreszeiten. Vor dem Kochen hat er immer noch Angst. Auch trinkt er lieber als zu essen.

Sie leben in einer Villa am Rande der Stadt, die einem jüdischen Musiker gehört hat. Die Stadt sieht aus wie eine Puppenstube, findet Greta. Auf dem Gut, wo sie ihr Pflichtjahr gemacht hat und noch eins dranhängen musste, weil die Eltern nicht wollten, dass sie eine Lehre anfängt, auf dem Gut, da hatte die Tochter, Hergunde hieß sie, Hergunde, sie hatte ein Puppenhaus.

Mit allem Drum und Dran.

Tüddelkram, sagt er. In Hamburg heißt das Tüddelkram.

Tüddelkram, sie lacht.

Gardinen zum Auf- und Zuziehen, in den Fenstern waren richtige Scheiben, die kleinen Türen gingen auf und zu, und die Küche! Da stand ein klitzekleiner Herd drin, da konntest du sogar den Backofen aufklappen. Und Puppen zum Anziehen, ein Tisch zum Ausziehen. Und jedes Kind hatte ein Zimmer, auch in echt. Aber auch in der Puppenstube, verstehst du?

Bei uns wird das auch so, umarmt er sie. Jedes Kind ein Zimmer. Wir werden lauter Mädchen haben, alle so süß wie du. Was hast du nur wieder für Hände. Na komm mal her, schau mal Baby.

Baby, er nennt sie Baby, die Amis nennen ihre Liebchen so. Sie lacht.

Schau mal, so macht man das. Erst sich waschen und dann die Nagelhaut immer so ein bisschen nach hinten schieben und die Haut nicht abbeißen, sondern abschneiden. Du musst die Creme nehmen.

Was du alles weißt, strahlt sie.

An den Händen und an den Füßen kannst du sehen, wie kultiviert jemand ist. Tischmanieren, das kann man schnell lernen. Bring ich dir an einem Abend bei, das Wichtigste aber, die Füße. Schau dir meine an. Die steckten drei Jahre in Soldatenstiefeln. Und sieht man was? Ach, du musst Mutti kennen lernen. Sie wird dich mögen.

Meinst du?

So und hier, hier hast du Schmuck. Und morgen gehst du zum Friseur. Du lässt dir die Zöpfe abschneiden und eine Welle machen. Alles aus dem Gesicht raus, du musst die Stirn zeigen, du hast eine schöne hohe Stirn. Was eine Frau hat, das muss sie zeigen.

Zwei Wochen nach der Geburt schläft er wieder mit ihr. Sie ist so glücklich, wenn er da ist.

Wir werden alles haben, sagt er. Ein Haus werden wir haben. Ein richtiges Haus.

Er plant, das Baby nach Palästina zu schicken. Dort könnte sich die Waisenorganisation seiner annehmen, bis sie nachkommen. Sie müssen erst noch Verwandte finden, sagt er.

Februar 46 sind es in Hamburg minus 30 Grad. Die Möwen frieren in der Elbe fest, die Menschen sterben in Ruinen und Baracken. Günther bekommt Nachricht von Mutti. Sie plant, den Salon wieder zu eröffnen. Sie hat bereits wieder Privatkundschaft. Heinz ist in britischer Gefangenschaft, Ludger in französischer. Jeden zweiten Tag geht Günther zu einer Prostituierten. Er nimmt jedes Mal eine andere. Es sind genügend da. Von den Amis kriegt er die Kondome. Die

Frauen sind nicht sauber. Am liebsten lässt er es sich allerdings im Stehen machen.

Er liebt Greta wie ein Kind.

Er schreibt Mutti, dass er geheiratet hat. Das hat er zwar nicht. Er hat nur Papiere fälschen lassen. Aber das gilt. Alles gilt.

In the mood, er geht in den Club.

Im eigentlichen Sinne arbeitet er nicht. Er geht herum und er fährt herum. Und er berät die Yankees. Er weiß, wo man was herkriegt. Wein, Kohle, Rindfleisch. Steaks, die Amis wollen Steaks.

Er hat noch keinen Topf angerührt seit Kriegsende. Wenn sie erst wissen, was er ist und was er kann, dann kriegt er einen Posten. Hat er einen Posten, dann kommt alles raus.

Was denn? fragt Greta.

Na aber, sagt er.

Im Frühling war es ihm, als sei kein Krieg gewesen. Die Duftnarzissen blühten im Vorgarten des Musikers, ein Kamelienbusch, mannshoch, leuchtete in Dunkelgrün und Rosé. Er zog die Luft ein, ohne dass es ihm bewusst war, atmete er sie stoßweise aus. Lungenfeger. Pff, pff, pff. Er schmunzelte, als er es merkte, ach, die Welt, die Welt war himmlisch. Der Tod lag hinter ihm, eine Frau mit Hütchen kam ihm auf der Straße entgegen, er lächelte sie an. Ja, er konnte lächeln, verführen und charmieren, das konnte er. Er hatte es lang genug gesehen, wie man das machte. Jetzt konnte er es. Sie errötete und sah zur Seite. Er schaute ihr nach. Eine schmale Taille hatte sie. Sie trug ein Vorkriegskostüm mit engem Rock. Schöner Hintern. Auf dem Poansatz ein bisschen Speck, das mochte er. Es gab herrliche Stellen bei den Frauen zum Anfassen. Greta hatte sie auch. Diese Hüften. Nur ihre Beine waren ein wenig zu kurz, die Oberschenkel. Ein ganz klein bisschen wie eingestampft. Er liebte lange Beine und schlanke Fesseln. Er liebte den Frühlingsduft und das Licht erst.

Und das Gehen. Und seinen Körper. Er war stark, er fühlte es. Er spürte sich durch und durch. Von innen raus bis an die Ränder konnte Günther sich fühlen. Wie er war. Jung, gut gebaut und voller Lust. Und er war nicht kalt. Im Gegenteil. Er war heiß, er musste trinken. In den Club gehen und trinken. Frauen streicheln und Männer spüren. Ihre Arme, angestoßen werden, lachen, Whisky trinken, Rauch einsaugen, herumschauen, vibrieren, noch einen Whisky trinken. Dieses Brennen innen. Hunger kriegen, aber nichts essen. Noch einen Whisky trinken.

Hey, Günther, you feel good?

Victory. Ein V machen. Die Finger spreizen. Ein Steak, jetzt ein Steak, blutig, under done, es dauert nicht lang. Lachen. Noch einen Whisky.

Wusstet ihr, dass ich als Junge zur See gefahren bin?

Yeah, a story. Günther is telling a story.

Den Thunfisch vor Norwegen sind wir holen gefahren.

Da musste man volle zwei Tage in der Kälte stehen, wenn du erst angefangen hast, dann gab das keinen Schichtwechsel, da konntest du nicht aufhören. Da war was los, erst volle Fahrt in die Fischschwärme rein. Hackepeter mit der Schiffsschraube, so viele Fische waren da. Fische, unzählige, wie die Lemminge. Kennt ihr Lemminge?

Ah, ihr Yankees, was kennt ihr denn. In Palästina in der Wüste am Toten Meer. Ein Meer, ihr müsst euch das vorstellen, es heißt tot, weil du dich einfach wie tot stellen kannst. Du gehst nicht unter. Du liegst da in diesem Wasser, es ist herrlich. Die Sonne scheint, die Haut prickelt. Du fühlst dich so spritzig, ihr wisst schon, wie ich das meine, es kommt dir regelrecht einer, weil du dich so spritzig, so pricklig fühlst, es ist als ob drei Frauen gleichzeitig mit dir im Bett sind, und dann von der Wüste her siehst du es, die Golanhöhen runter, siehst du es, es sind Wellen, graue Wellen, die sich bewegen, dünengleich. Sie schwappen heran, erst denkst du, die Araber, aber dann, plötzlich siehst du es, woraus sie bestehen, Ratten denkst du.

Rats?

Es sind keine Ratten, du fängst an zu schwimmen, du musst weg, sie kommen, unaufhaltsam, es ist unglaublich, sie wollen ins Meer, dorthin, wo du bist …

Schlafen. Hat er Kopfweh? Schlafen. Ist ihm schlecht?

Noch sieht er dünn aus, wenn es vorbei ist. Dünn und schmal, aber der Körper gewöhnt sich dran. Er wird stabil im Ausgleiten.

Greta geht mit ihrer Seele barfuß durch die Welt. Sie hat nichts, was sie schützt. Sie bildet sich ein, er tut es. Als Ersatz für sie. Sie weiß nicht, wie man es selbst machen kann. Das hat ihr keiner gezeigt, was Schutz ist. Da gab es nur Durchkommen. Überleben.

To survive, sagt er. We are survivors. Frag nach!

Are we?

Antworte.

Yes, we are. Aber das stimmt doch gar nicht, Günther. Du könntest doch einfach eine Stelle annehmen.

In der Kantine? Hier in einem Hotel? Und du? Du gehst als Zimmermädchen, was? Wir wollen uns doch was aufbauen, oder? Lass mich mal machen. Wir müssen erst mal die Kleine loswerden.

Wir müssen nach Frankreich: Allons enfants de la patrie, le jour de gloire est arrivé! …

Günther, was du alles kannst.

Du Baby, du, komm her zu deinem Günther. Zeig deine Hände. Ah, wie sehen die denn wieder aus. Was hast du denn gemacht?

Möhren geschrubbt.

Kleines fleißiges Bienchen. Honey, honey-bee. Sollen wir heiraten? Ja? Hier sind die Ringe.

Wo hast du die denn her?

Psst. Schweigen, tuscheln, Decke drüber.

Was machst du denn da, Baby? Jetzt nennt sie ihn auch Baby.

Er gräbt den Kopf zwischen ihre Beine.

Dass sie sich immer etwas schämt, das mag er ganz besonders. Ihr ist dann nicht richtig wohl.

Was machst du denn da, er macht sie nach. Na, was mache ich denn, sag es doch mal, sprich es aus.

Sie traut sich nicht, Babylein, du Ferkel.

Sie bewundert ihn. Grenzenlos. Was er kann und wie er ist und wie er aussieht.

Sie muss aufstehen, das Kind schreit nebenan.

Bring's her. Es kann dabei sein, das stört doch nicht. Ach, es schreit weiter, das macht keinen Spaß. Bring es weg. Komm wieder.

Er legt sich auf den Rücken, die Arme hinter dem Kopf verschränkt.

Weg, er will aus diesem Land weg. Er will die Welt sehen. Er will die ganze Welt sehen.

Als er einmal nach Hause kommt, sitzt Horst am Küchentisch, er lugt hinter einem Strauß Narzissen hervor. Da ist ein Freund von dir, freut sich Greta.

Günther ist entsetzt.

Günther, sagt Horst, ich wusste das ja nicht, ich konnte das nicht wissen.

Günther antwortet, schon gut, ich auch nicht.

Du kannst von Glück reden, sagt Horst.

Günther nickt. Jetzt wird alles platzen, denkt er, Horst kann sagen, wer ich bin.

Er hat Wurst mitgebracht. Greta brät sie für Horst, der isst, er schlingt sie runter.

Ich will nach Hause, nach Köln, sagt Horst. Und du? Abhauen, denkt Günther, wir müssen abhauen.

Am 2. Mai 1946 übergibt Greta ihr Kind dem National Claime. Sie weint. Sie macht es allein. Günther besorgt solange Papiere für die Fahrt nach Frankreich. Er sucht angeblich Angehörige.

Eine nette blonde Frau, sie ist Jüdin und Amerikanerin, nimmt das Kind, das einmal nicht schreit, und sagt: Glaub mir, Ruth, die Kibbuz-Bewegung wird eine neue Welt erschaffen.

Greta klopft das Herz. Ihr fällt plötzlich das Dorfkino ein. Im Hinterzimmer der Gaststätte wird die Leinwand aufgebaut.

Gleichberechtigung, sagt die blonde Frau. Mann und Frau in gleicher Stellung, die bürgerliche Ehe wird abgeschafft, wir erziehen unsere Kinder gemeinsam. Sie wird nicht die Einzige sein.

Die Wochenschau fängt an zu flimmern in Gretas Kopf. Panzer, Soldaten, Mutterkreuzvergabe. Die Filme fangen an.

»Prag, goldene Stadt«, die Söderbaum läuft durch ihren Kopf, die ist auch blond und hat Locken. Das Gold der Juden. Die Augen der Juden. Die Verschwörung der Juden. Ihr Herz pocht. »Jud Süß«.

Ruth! Wenn du mir nur glauben könntest, sagt die blonde Frau und lacht sie an. Und, oh Wunder, die Kleine lacht auch.

Sei froh. Diese Kinder werden Helden, Ruth. Wahre Helden, echte Helden. Ach Ruth, nun wein doch nicht so. Du siehst sie doch wieder. Noch ein Küsschen? fragt die blonde Frau. Greta steht vor ihrem Kind.

Mit dem nächsten Transport kann sie schon fahren, sagt die Amerikanerin.

Greta schlägt die Hände vors Gesicht und geht.

Aber Ruth, du kommst doch nach!

Günther, denkt sie, Günther, wo bist du?

Er lässt sich Papiere geben. Empfehlungen, Übersetzungen, Bescheinigungen, zwei Visa und Geld. Er schreibt seiner Mutter.

Mach dir keine Sorgen, Mutti.

Greta läuft solange durch die Stadt. Ein Café hat offen. Sie zieht einen Zettel aus der Handtasche. Sie bestellt sich, ja was, was denn?

Sie weiß es nicht. Ein, einen ...

Einen Schnaps?, fragt die Bedienung.

Schnaps? Sie nickt.

Sie kriegt ein Glas hingestellt, sie trinkt, sie schüttelt sich, dann schreibt sie:

»Rettet mein Kind, es heißt Vera. Es ist auf dem Weg zum Judenstaat.«

Sie adressiert den Brief an ihre Eltern. Es ist ihr erster Brief nach Hause und mehr steht nicht drin.

Sie schreibt den Absender drauf: Ruth Dirks, Villa Musica, Holunderweg 2, Heidelberg, Amerikanisch Besetzte Zone.

Villa! wird ihr Halbbruder sagen, der den Brief öffnet.

Ein Flittchen ist sie. Und jetzt ist sie eine Nutte.

Ruth Dirks! Wahrscheinlich nimmt er sie nach Hamburg mit. Da kann sie sich dann als Bordsteinschwalbe die Beine in den Bauch stehen. Verschachert das Kind! An die Juden! Die Juden!

Er faltet den Zettel, steckt ihn in den Umschlag zurück.

Und du, schreit er seine Mutter an, die ihn verzweifelt anguckt, du hast immer nur draufgekloppt, mehr haste nich gekonnt!

Das sticht der Alten ins Herz. Denn der Satz ist zwar knapp, aber richtig. Mehr hat sie nicht gekonnt.

Später hat die Mutter Vera dann großgezogen, ohne viel zu kloppen. Der Bruder hat sie gerade noch aus dem Zug geholt, in dem sie schon auf dem Schoß der blonden Frau saß, mit anderen Kindern und ein paar abgewirtschafteten, heruntergekommenen, noch immer lächerlich mageren Gestalten. Auf dem Weg nach Italien waren sie.

Nichts Italien. Nichts Judäa. Die Kleine wird bei uns im Osten groß.

Und das Kind hat geschrien. Auch das ganze folgende Jahr, nur geschrien. Und Hunger gehabt. Ein Stück Greta.

Die saß solange am Mittelmeer und trank du vin rouge mit ihrem Liebsten.

Das ist eine Bouillabaisse, Baby.

Bouillabaisse, wiederholte sie.

Eine Fischsuppe. Mit ausgekochten Schalentieren.

Iih! sagte sie. Guck mal, die tunken das Brot ein.

Er lachte. Sie machte es auch.

Er schaute ihr beim Auslutschen der Rinde zu.

Er strahlte. Lehnte sich zurück auf seinem weißen Wackelstuhl, der Himmel war schwarz, das Wasser war schwarz. Sterne, Lichter, Boote, Menschen, die vorübergingen, die neben ihm saßen und tranken, redeten und lachten oder vor sich hin guckten in gestopften Anzugjacken, mit zu weiten Hosen, oder in engen Kleidern, alte, junge, und der warme Wind, sanft strich er die Arme lang, die Beine, hüllte seine Greta ein, die immer noch Ruth hieß, die am Weißbrot zuzelte wie ein Kälbchen. Am Meer schlug ihm das Glück entgegen, jedes Mal.

Jawohl, Günther kannte es auch. Es war der Wind, das Wasser und das Salz in der Luft und die Möglichkeit davonzufahren. Neu, sagte das Meer. Neu.

Von Marseille aus ging die Alijah nach Erez Palästina. Hier saßen noch immer und schon wieder die Juden fest. Er hatte Papiere und er stellte Anträge, weil sie DPs waren und keine »Maison B's« oder »Maison A's«, also weder aus Buchenwald noch aus Auschwitz noch aus anderen Lagern kamen, mussten sie nicht in die Camps. Konnten hier sitzen und essen und Arbeit suchen. Und es sich noch einmal überlegen, wo sie hinwollten. Er würde kochen und Greta Gemüse putzen. Niemals würde er nach Palästina gehen. Das würde sicher kommen, das Wohin. Jetzt war jetzt. Ohne Lebensmittelkarte.

War Wein und Fisch und Lachen.

Man musste nur spielen, spielen musste man, dachte Günther. Sah sein Baby an und bestellte une autre carafe.

Allerdings waren die Würfel nicht so gut, wie er gedacht hatte. Die Stadt hatte genug Deutsche, und vor allem genug Flüchtlinge gehabt. Und noch immer drängten sie alle. Und jeder hatte eine Geschichte und jeder hatte eine besondere, hatte Gründe und Papiere. Falsche und echte oder brauchte dringend welche, daran hatte sich seit Kriegsende in Marseille noch nichts geändert. Und das Essen und das Geld waren auch in Frankreich knapp. Und Köche hatte man. Er musste Teller waschen, Flaschen schleppen, Gemüse putzen, Fisch schuppen. Greta konnte nähen.

Sie hatten ein Zimmer gefunden in der Rue d'Aubagne, den Hügel hoch, rechts ab von der Canebière, die sie runterliefen und rauf. Wenn sie Geld hatten, gingen sie aus. Sie aßen, tranken, lachten viel. Dann brachte er sie spät nach Hause, blieb aber selber nicht, sondern ging noch einmal weg. So wurde Greta schlaflos ohne ihn. Sie stopfte oder nähte dann. Wenn er kam, roch er nach Wein und Rauch und ließ sich angezogen auf das Bett fallen. Komm her, sagte er mit feuchtem Mund. Da wurde Greta zu einem Klumpen. Wie weiches Fleisch war sie dann, in das er eindrang, ohne Form. Das Geld war weg, die Taschen leer, aber schon am nächsten Tag fand er was, hatte er was, kam er mit irgendetwas heim, mit einem Trost. Mit Äpfeln oder Möhren, des carottes, nur hatte Greta keine Butter mehr, sie aßen sie roh.

Im Dezember weinte sie.

Was ist denn, was hast du? fragte er. Leben wir nicht gut?

Nischt, sagte sie. Aber sie hörte nicht auf zu weinen.

Lass uns den Winter noch abwarten, die haben zu Hause nichts zu fressen.

Sie nickte.

Im Winter froren sie. Im Frühjahr kam der Mistral, und Greta kriegte Angst. Um ihren Kopf. Dass er platzen würde. Aber nach innen. Es war ein Gefühl, als ob ... nach innen, eben, nach innen.

Er nahm das Silber der Vermieterin und fuhr mit Baby nach Paris. Zehnmal umsteigen. Auf dem Bahnhof schlafen. Das Silber versetzen. Mutti anrufen. Mutti schickte Geld ins Hotel. Britische Pfund. Er kaufte Parfum, Chanel No.5 und Puder von Leclerc und schickte ihr alles.

Sie fanden ein Zimmer in der Rue du Bac. Greta ging in eine Wäscherei, Günther kochte. In einem kleinen Restaurant, es hieß »Les trois Lapins«: Pochierte Eier in Blätterteig, Kabeljau mit Puffbohnen, Rochenflügel, Kalbsleber mit Steinpilzen, Blätterteigpastete mit Lerchen und natürlich Kaninchen, immer wieder Kaninchen.

Im »Moulin Rouge« traf Günther Oberst von Verlügen. Der ihn am Arm packte, als er weglaufen wollte: Ist es möglich? Das Genie.

Günther wurde an einen Tisch gesetzt in einen Kreis von Männern, die ihren Abschied feierten. Vom Kontinent, wie sie sagten. Sie hatten Papiere in den Taschen, die offiziell waren, und Geschichten im Kopf, die man überall erzählen konnte, z. B. die von der Russin auf dem Tisch. Und was die Ansteckungsgefahr angeht, da hab ich meine eigene Methode, sie grölten und sie stießen an. Ihre Persilscheine hatten sie allesamt in Flensburg gekriegt, wo es besonders schnell ging, von dort waren sie nun aufgebrochen zu neuen spannenden Posten. Das Schiff ging in fünf Tagen von Marseille nach Mittel- und Südamerika. À votre santé, berauschte sich Oberst von Verlügen, will das Genie nicht mit?

Da nahm Günther das Glas und kippte es runter, nahm noch eins und kippte es runter, nahm noch eins, kippte es runter und soff und soff und soff sich zu. Wurde ganz weiß im Gesicht, musste rauslaufen, kotzte im Klo, rutschte aus, schlug sich die Stirn auf, blutete wie ein Schwein und musste genäht werden am selben Morgen. Später sagte er immer, die hier, die Narbe, die ist vom Moulin Rouge und das war wahr und doch zugleich gelogen. Es war seine Kriegsnarbe, sie haben sie ihm nachträglich beigebracht. Ein Zeichen am Kopf, dauerhaft und sichtbar. Er sah von nun an seinem Vater ähnlich.

Unterm Eiffelturm tupfte er seinem Baby Puder auf die Nase, er parfümierte sie vor Sacré-Cœur, aber Babylein weinte, sie gingen weiter an Deutschland ran.

In Belgien lernte mein Vater Pommes frites backen, Greta lernte Muscheln essen.

Sie kriegte ein Kind von ihm. In Belgien wurden sie gemocht, die armen deutschen Juden. Sie durften arbeiten und sich satt essen. Geht nicht wieder zurück, sagten alle. Warum wollt ihr zurückgehen, aber sie sahen Greta weinen und Günthers unruhigen Blick. Dann nahmen sie das Baby in den Arm. Es war ein Mädchen. Schlank, braun mit schwarzem Haar und blauen Augen. Günthers Kind. Sein Kind. Ein Mädchen. Er lachte. Schön war es. Ein Mädchen, so schön war es.

Baden, sagte er, darf nur ich es.

Weil Greta auch diesmal keine Milch hatte, wurde eine Amme bestellt. Eine dicke Frau mit großen Brüsten, die gerade ihr viertes Kind gekriegt hatte. Immer nur Jungen, sagte sie. Das Mädchen, das den Namen Lou bekam, nannte sie »ma petite princess«.

»Lou«, schrieb Günther, »wie Louise, Lou, Mutti. Es ist ein schönes Kind.«

Luise schickte ihrem Sohn eine Flasche Rasierwasser zur Geburt. »Nun bist du ein Mann!« schrieb sie dazu.

Das Kind kriegte nichts und die Schwiegertochter kriegte auch nichts. Und weil das so war, blieben sie in Belgien. Hier wurde Greta zum ersten Mal satt. Sie setzte Pfunde an und lernte Französisch. Sie nähte und strickte, schob das Kind durch das frühere Feindesland.

Du sprichst nicht drüber, hatte Günther ihr eingebläut. Ja, er hatte sie geschüttelt dabei: Das glauben alle. Du sprichst nicht drüber. Du warst versteckt, und es war schrecklich.

Aber es fragte auch keiner, weil alle nach vorne guckten, dorthin, wohin sie Lou schob, das kleine braune Kind, immer vor sich weg. Und dann war sie glücklich, manchmal, hörte auf zu weinen, strahlte und war ebenfalls schön, sodass er sie herzeigen konnte: Das ist meine Frau.

Was genau genommen so ja gar nicht stimmte. Sie hießen zwar schon wieder Dirks, hatten aber geheiratet auf den Namen Unger. Damals war er noch Joseph Unger gewesen.

Psst, sei still, Greta Dirks, sonst wird das Kind wach. Sie kicherte. Ja, sie kicherte sogar wieder, und das machte Günther froh. Auch er setzte Pfunde an. Briet Schnitzel und panierten Fisch in einer Gaststätte, kochte Suppen und Saucen – die Belgier liebten Saucen – und buk die Pommes frites, und es hätte alles so schön sein können, wenn dieses Glück nicht so ziehend gewesen wäre. So reißend, rauswollend, ausbrechend, so windig und auch wiederum gar kein Glück, sondern nur ein Zustand, auf einem anderen Zustand, und darunter war noch was, das wollte raus, immerzu und unaufhörlich raus, durchbrechen, durch das, was oben war, was ja auch nichts Festes war, alles konnte anders werden, vergehen, ein wattiger Raum voller Dinge, in dem er sich ausdehnte, grenzenlos, fühlte, wie er zerfloss.

Da lief er wieder in den Park. Auch hier gab es einen Park und Nächte, in denen man ihn rasend vor sich hertragen konnte, seinen Schwanz, aus der Hose, draußen, er war außen, wo man es aushalten konnte, dieses Gefühl, das ja innen war und nicht sein durfte, wo aber das Blut rauschte an den Grenzen des Körpers, heiß, so heiß, der Übergang, er suchte den Übergang, die Erlösung.

Damals probierte Günther aus, was man alles machen konnte. Er tat es ohne Erinnerung an sich. Er tat es bewusst und vorsätzlich. Es war eine Idee, die er versuchte umzusetzen, von dem, was er brauchte. Er war begeistert. Es war wie mit der Frau zum Aufklappen. Günther hatte ein Mittel entdeckt, mit dem er sich selber half. Er hatte es sogar selbst produziert. Es hieß Lou und es schrie nicht. Da passte Günther auf. Er hasste Gewalt.

Zur selben Zeit eröffnete Luise in Hamburg wieder einen Salon. Er war klein, ein reiner Friseursalon, sie plante, nicht mehr lange selbst zu arbeiten, ihn dann zu verpachten und sich so ihr Alter zu sichern. Sie taufte den »deutschen Duft« in »Nordik« um, »das Haarwasser mit der frischen Brise«, und dekorierte ihr Schaufenster mit Muscheln, Sand und einem Rettungsring.

Ihr Sohn Heinz hatte unmittelbar nach der Gefangenschaft geheiratet, eine Jüdin namens Helma, die rothaarig war und aus Stockholm kam. Helma war ein Einzelkind, ihren Eltern hatte vor dem Krieg eine Schuhfabrik gehört. Und so interessierte sich Heinz nun für Schuhe. Seinen ersten Kaschmirmantel trug er noch vor der Währungsreform.

Emma Kramer eröffnete ihr Café nicht mehr. Sie machte eine Imbissstube auf. Der bald eine zweite folgen sollte, eine dritte und eine vierte. Ihr Sohn meldete sich nicht. Sie war aber sicher, dass er lebte. Elend sah das runtergebombte Hamburg aus, platt war die Straße der Lust.

Im »Four Seasons« wohnten die Engländer. Im einen Teil schaukelten die Soldaten an den Kronleuchtern, im anderen wurden die Offiziere von 37 Köchen und Kaltmamsells bekocht. Im Hinterzimmer einer belgischen Gaststätte bekam ein kleines Mädchen eine kaputte Seele und eine kranke Leber, Letztere, weil es immer nur Muscheln, Austern und Schnitzel aß. Günther dachte manchmal ans Zurückgehen, aber er hatte Angst.

Er glaubte irgendetwas nicht zu können daheim. Zum Beispiel sprechen oder wieder in einem großen Haus kochen, oder das Verbergen, oder womöglich Mutti kämmen.

Er mietete eine Wohnung. Sie kauften Möbel, Geschirr und Tafelsilber. Viermal im Jahr brachte er das Silber ins Pfandhaus, das sollte auch in Zukunft so sein. Sofern es ging, sofern er nicht einsaß, später. Aber sonst, viermal im Jahr. Greta kochte dann Mehlsuppe, und Lou, die Kleine, lebte auf. Wenn er erschöpft war, badete er sie nicht.

Wenn er fröhlich war, sangen sie »La mer« und glaubten, dass es besser würde. Darin unterschieden sie sich von anderen in nichts.

Einmal schickte Mutti ihm einen Zeitungsbericht. Es ging darin um einen Friseur, einen gewissen Erich Liebenow, der zum Tode verurteilt worden war. Der Mann hatte zwei Frauen, die eine war die Ehefrau, die andere die Tochter vom Friseur, dem Meister, bei dem er angestellt war. Er hatte, weil er sich zwischen den beiden nicht entscheiden konnte, gewissermaßen, weil ihm nichts Besseres eingefallen war, seine beiden Kinder umgebracht. Erwürgt. Im Moor. Um die Spuren seiner Tat zu verwischen, hatte sich der Mann die Fingerkuppen zerstochen, 60 Stiche hatte er sich beigebracht, damit man seine Fingerabdrücke nicht identifizieren konnte. »Vor dem Gericht zeigte sich der Mann fast ungerührt«, stand in dem Artikel und dass ihm das Beil erspart bliebe, weil es im neuen Deutschland keine Todesstrafe mehr gab.

»Was in unserer Stadt so alles passiert«, hatte Mutti auf einen Zettel geschrieben, und Günther hatte sein Blümchenheft geholt und den Artikel eingeklebt.

Sein Kind lernte laufen. Seine Frau kochte seine Wäsche aus, sie machten Ausflüge, er wickelte die Kleine, und er spielte mit ihr. Er trank viel, die Belgier tranken auch viel.

Einmal fuhren sie mit dem Besitzer der Gaststätte, sie nannten ihn Monsieur Pierre, nach Antwerpen, da war das Kind schon drei. Als Günther die vielen Schiffe sah, wusste er, dass er nach Hause musste.

Bereits im Januar 52, drei Monate vor der offiziellen Inbetriebnahme, schrieb Luise an ihren Sohn: »Haerlin macht wieder auf.«

Zur selben Zeit hatte ihr Sohn Heinz einen längeren Auslandsaufenthalt angekündigt. Er ging zu einer Filiale nach Italien. Heinz sollte die Länder noch öfters wechseln. Er blieb zum Schluss ganz im Ausland. Er liebte den Süden. Heinz brauchte es warm. Und immer wärmer.

Drei Monate später schickte Luise einen Zeitungsartikel über die Eröffnung: »Mit einem festen Küchenstab – das war unterstrichen – nimmt das Haus wieder den ersten Platz ein unter den besten Adressen für die Freunde der Gaumenfreuden.«

Günther briet weiter Schnitzel. Mit schlafwandlerischer Sicherheit beherrschte er jetzt die bürgerliche Küche. Er kochte wie im Traum. Es ging von selbst. Es floss aus seinen Armen raus. Er wusste, was er brauchte, wo er es kriegte, wie teuer es sein durfte und was er damit machen wollte sowieso.

Es war die Zeit, in der er anfing, Rezepte aufzuschreiben, zumindest Ahnungen davon. Sie hatten mit dem, was er tatsächlich kochte, nichts zu tun. Er kritzelte sie auf irgendwelche Zettel, Rückseiten von Rechnungsblocks, Zeitungsränder, Einwickelpapier und stopfte sie in die Jackentasche. Dort fand Greta sie, wunderte sich, strich sie glatt und tat sie in eine Kladde. Auf diese klebte sie ein Etikett und schrieb CHEF drauf.

Die Kladde wurde später gefunden und mir überreicht. Sie enthielt die merkwürdigsten Rezepte, die meisten gar nicht richtig ausgeführt, nur angedeutet, Ideen eben. Ich gab die Kladde inzwischen einem 3-Sterne-Koch, er schüttelte jedes Mal den Kopf, wenn er etwas ausprobiert hatte, von dem, was vollständig notiert war, z. B. das geflämmte Kalbsbries in der Kräuterkruste oder Krebsfleisch auf Sanddornbeize, Rehbraten in Rosenwasser, Litschi-Geflügelleber, und sagte, seltsam, aber genial.

Mit 30 sah Günther seine Mutter wieder.

Sie war korpulent geworden, hatte einen stattlichen Busen aufgeschnürt, sie war leicht gebräunt, dauerwellengepflegt mit einem zarten Rotschimmer. Ihre Haut war glatt, sie trug ein legeres Seidenkleid und Gesundheitsschuhe. Ihre Finger waren geschwollen. Luise litt an der englischen Krankheit, der Gicht. In der Folge konnte sie ihren Beruf nicht mehr ausüben. Sie hatte das Geschäft bereits verpachtet und musste ein wenig räumen. Dafür brauchte sie ihren Sohn. Der küsste ihr die Hand zur Begrüßung. Sie zeigte ihm ein Bild von Heinz, er zählte von seiner Frau und von seiner Tochter. Besonders viel erzählte er von seiner Frau. Zum ersten Mal merkte er, dass er sie brauchte, er hielt sich fest an ihr.

Nun, sagte Luise, und streichelte ihm die Hand, dann solltest du zurückkommen. Ich habe bereits erste Gespräche geführt.

Sie sah ihm tief in die Augen, sie schwieg dabei für eine Weile. Dann schlug sie mit den Händen auf die Sessellehnen und erhob sich: Günther, wir wollen anstoßen, sagte sie. Das taten sie. Luise öffnete eine Flasche Champagner, das heißt, sie gab sie Günther zu diesem Zweck. Es war ein Moët, Jahrgang 1942. Er spritzte aus der Flasche, schäumte wie ein Wasserfall ins Glas, sie stießen an, es klang dumpf.

Auf dich, Mutti! Nein, auf dich, mein Sohn, auf dich! Zum Wohl!

Am nächsten Tag räumte er den Keller auf. In der Ecke saß die lebensgroße Puppe von Siègles. Sie war nackt.

Greta hatte zu der Zeit einen Traum. In diesem Traum kam eine Frau zu ihr, die hatte denselben Mädchennamen wie sie. Sie hätte vier Kinder von ihm, sagte die Frau, und sie würde nun kommen, um ihn zu köpfen. Die Frau hatte einen Fischschwanz.

Ende 1952 wurde Günther im Vier Jahreszeiten vorstellig. Der Chef persönlich führte das Einstellungsgespräch.

Als Erstes fragte er Günther, ob er gedient habe. Das war immer seine erste Frage.

Jawohl! sagte Günther.

Gerührt sah Haerlin die Papiere durch.

Es kommen nicht viele wieder, sagte er. Genau genommen so gut wie gar keine.

Wie haben Sie es denn in Belgien ausgehalten?

Ich habe dort viel gelernt.

Als Deutscher? Nun, sagte Haerlin nachdenklich, am besten ist es, Sie fangen von Grund auf wieder an.

Günther nickte.

Am nächsten Ersten, Dirks, Sie kennen ja die Grundprinzipien des Hauses.

Jawohl, Herr Haerlin!, sagte Günther, danke.

Auf Wiedersehen.

Familie?, fragte Haerlin noch.

Frau und Kind, sagte Günther.

Als er das Hotel verließ durch den Personaleingang, hatte er das deutliche Gefühl, dass er das, was er jetzt in seinem Gesicht spürte, schon kannte. Und dass er es hasste. Es war ein bisschen, als hätte jemand reingegriffen und drin rumgematscht. Es war nicht straff, er spürte es und er hasste es.

Er ging den Jungfernstieg entlang und schaute auf die

Schwäne auf der Binnenalster. Der Alsterpavillon war neu erbaut, ein Café war er jetzt, kein Restaurant mehr. Die Schaufensterscheiben bei Unger, er erinnerte sich, der Puppentorso mit der grünen Jacke. Mit Tee färbt man Papiere ein, was heißt schon fälschen, man konnte Joseph heißen, man konnte Andreas heißen, man konnte Johannes sein. Noch war seine Frau in Belgien, er wollte ein Bier trinken, es war erst frühmorgens, aber er wollte jetzt ein Bier trinken, jawohl Herr Haerlin, er hätte gern gewusst, wo sein Freund war, das waren seine Grundprinzipien. Man konnte ein Chef sein, man konnte eine Demi sein, man konnte ein Anfänger sein, von vorne, ganz von vorne. Warum eigentlich? Gedient, nicht gedient. Man konnte ein Arschkriecher sein oder ein Weiberheld. Man konnte in Marseille leben, man konnte in Paris leben. Er kickte einen Stein vor sich her, er hatte die Hände in den Manteltaschen. Früher hatte er geübt zu schlendern, er ging schneller, ließ die Mantelseiten nach außen wedeln, wackelte dabei innen mit den Händen. Die Leute sahen ihn an. Wie sauber war hier alles, er steckte die Hände tiefer in die Taschen, grub sie ein. Fühlte das Geld, das er lose eingesteckt hatte, kickte den Stein vor sich her. Affenfett nannten die Angestellten im Hotel das, was sie aßen, den Rest aus den Töpfen. Er wusste plötzlich, wo er hinging, er wird das Geld nehmen, ein Bier trinken und noch eins, und dann nimmt er sich zwei, heute nimmt er sich zwei. Zwei Weiber. Sie sollen ihm die Füße lecken, das braucht er jetzt, das sind *seine* Grundprinzipien, und den Schwanz reiben, sie kennen sie ja.

Bereits am nächsten Tag übernahm er eine Imbissstube von Emma Kramer.

Der nicht abgeholte Vertrag wurde im Vier Jahreszeiten abgeheftet.

Günther, Günther, schüttelte Luise den Kopf, bald kann ich nichts mehr für dich tun.

Mutti, sagte Günther, der sich zum ersten Mal verteidigte,

ich hätte einen Hungerlohn gekriegt, und weißt du, was sie da zu Mittag essen, in der Kantine? Weißt du was? Ausgekochte Schweineschwänze!

Günther! rief Luise aus. Wenn sie noch Kundschaft gehabt hätte, hätte sie es sofort erzählt. Ein Skandal, na so was!

Ich strebe an, ein Restaurant zu eröffnen.

Ob er es je ernsthaft gewollt hat?

Er ließ Greta und Lou kommen. Ich glaube, hatte Emma Kramer gesagt, Günther, du brauchst einen Aufpasser. Lass deine Frau doch mitarbeiten!

So machten Günther und Greta ein Jahr lang Kartoffelsalat. Er machte da weiter, wo er in Belgien aufgehört hatte. Es gibt Linien im Leben, die haben keine Abzweigung.

Sie wärmten Bockwürste auf, brieten Frikadellen und Schnitzel. Schnitten Zwiebeln für Matjesfilets und sie buken Pommes frites. Eine Hälfte des Gewinns ging an Emma, eine an Günther. Der Laden brummte. Greta sah von Hamburg den Markt, die Schiffe und ein Hinterzimmer, das eine Küche war. Lou wurde kränker. Günther schuftete.

Die Möbel waren aus Belgien da, jetzt hatten sie eine Wohnung. Er hielt es ganze sechs Monate aus, sie kauften eine Radiotruhe auf Abzahlung, dann fing Günther zu trinken an. Er versoff seinen gesamten Gewinn. Drei Monate weiter versoff er auch den Teil von Emma. Und noch drei Monate weiter, da kündigte sie ihm. Da war das Jahr um, und Greta ließ sich scheiden. Was nicht ging. Weil sie keine Papiere über die Trauung hatte.

Verbrannt, sagte sie, im letzten Kriegsjahr.

Heiraten ist einfacher als Scheiden, sagte der Anwalt und stellte eine Rechnung aus.

Greta ging zu Mutti.

Bei der jetzt öfter ein junger Mann saß. Zum Tee. Mit dem sie plauderte. Luise hatte ihre Neigung zum Ballett wieder entdeckt. Sie förderte jetzt junge Talente. Sie hatte schließlich etwas zu erzählen von früher, von der Duncan, die sie hatte tanzen sehen. Damals, als sie selbst noch ...

Sie gab Greta eine Karte, Günther wurde zum Arzt geschickt.

Es gibt viele wie Sie in dieser Zeit, wir kennen uns nicht mehr aus, sagte der Arzt.

Günther hielt den Kopf gesenkt.

Sie haben doch die besten Chancen, Herr Dirks.

Eine reizende Frau, ein nettes ruhiges Kind, Sie sind begabt. Eine verständnisvolle Frau Mutter. Was macht denn der werte Bruder?

Er ist Unternehmer geworden, antwortete Günther.

Na sehen Sie, sagte der Arzt. Ich verschreibe Ihnen ein Medikament, und Sie versprechen mir mitzumachen. Wir kriegen das alles hin.

Günther hob den Kopf. Er war erleichtert. Er nickte und freute sich: Jawohl! Ich ...

Ist schon gut, beschwichtigte der Arzt. Wir sehen uns jede Woche.

Und dann war wirklich alles gut. Günther spürte das. Da war er wohl durch einen schweren Irrtum gelaufen, und jetzt war er aufgewacht. Ja, er war aufgewacht. Wie konnte er nur. So was Dummes. Aber das war auch nichts für ihn, nein, das war nichts. Das war nichts, das war der Grund. Weißt du, immer nur Kartoffelsalat und Pommes frites und Hackepeter. Greta, wo bist du? Greta trank Kaffee, sie saß am Küchentisch. Ich bessere mich, hörst du, ich trinke nicht mehr, es war der Alkohol, ich werde trocken, ich liebe dich, ich bin es schon, ich suche mir eine Stelle. Du bist mein Baby, Baby he, wie konnte ich nur. Was hast du alles mitgemacht, du armes Baby. Du bist da, du bist noch immer da. Er wirft sich auf die Knie vor ihr.

Baby, sagte auch sie zu ihm und streichelte sein Haar. Er meint es ja nicht böse, dachte sie.

Ach, hätte ich was, sagte er, könnte ich dir was schenken. Ich werde alles gutmachen, hörst du, ich bau uns was auf.

Dreimal täglich muss er zwei Tabletten nehmen.

Er zittert ein wenig davon und manchmal flirrt ihm die Sicht weg. Mehrfach schneidet er sich in dieser Zeit. In seinem Körper sammelt sich Wasser an. Doch Günther trinkt keinen Schluck mehr, es gelingt.

Er wird Demi im Imperial, und er kauft Greta eine Armbanduhr.

Greta, die sich scheiden lassen wollte, ist bereit, ihn nun offiziell zu heiraten. Sie feiern in einem Restaurant am Hafen. Greta ist schwanger. Sie ist im sechsten Monat. Wenn sie geht, legt das Kind sich manchmal auf einen Nerv, sodass ihr das Bein in der Luft stehen bleibt. Sie weint vor Schmerzen und schämt sich.

Lou, die Kleine, hofft auf einen Bruder. Sie braucht dringend einen Bruder. Er muss sie schützen.

Es ist November als das Kind kommt.

Günther nimmt noch immer Tabletten.

Das Krankenhaus ist überfüllt, es steht im Viertel Hoheluft, wo früher die Verbrecher geköpft wurden. Günther bezirzt die Stationsschwester, Greta darf erster Klasse gebären. Drei Tage nach der Geburt wird das Kind gelb, etwas stimmt nicht mit seinem Blut. Greta hat diesmal Milch, doch das Kind will nicht trinken. Es wäre der Tod, aber sie haben gerade entdeckt, hier in dieser Klinik entdeckt, dass sie das Blut austauschen müssen. Rhesusfaktor. Lou denkt, sie hätten einen Affen gekriegt. Greta atmet auf und Günther erst, sie küssen sich, und das Kind lernt leben, wenn auch die ersten Wochen isoliert auf der Säuglingsstation, wo Greta Milch hinbringen darf einmal am Tag, die sie mühsam abpumpt. Das Kind ist ein Mädchen. Als es nach Hause kommt, sticht Lou ihm die Finger in die Augen.

Es ist das Jahr 1955, James Dean ist tot, und von Kaiserin

Soraya weiß man, dass sie Fleischsalat zum Frühstück isst. Der König der Könige ist im Vier Jahreszeiten gewesen.

Schade, dass du nicht dort bist, sagt Luise.

Günther streichelt seiner Tochter Lou über das Gesicht, den Kopf, die Haare. Fester, die Haare, er zieht sie zu sich ran. Wäre er allein, würde er mit der Rechten den Kopf streicheln und mit der Linken die Hose aufknöpfen. Wäre er allein, er stellt es sich vor. Er stellt sich noch immer so gerne etwas vor.

Wenn das Baby schreit, geht Greta hin. Sie macht es anders als bei ihren ersten Kindern. Im Nachbarzimmer übt der Pianist vom Opernhaus. Vier Einheiten teilen sich die Riesenwohnung. Ein Pianist, eine Harfinistin, eine alte Tante, Greta, die Kinder und er. Greta schließt die Tür, jetzt sind sie allein.

Ob Günther weiß, dass das alles nicht gut geht?

In Hamburg geht es nicht gut. Denkt er das?

Günther! Günther! Wo bist du?

Ich komm gleich.

Die Kleine kann sitzen!

Ich komme!

Schiebt das Kind weg, macht die Hose zu, wischt ihm den Mund ab. Na komm, die Kleine kann sitzen. Da wollen wir doch mal schauen.

Lou! Günther!

Er nimmt eine Tablette, er nimmt noch eine.

Auf dem Wickeltisch sitzt strahlend ein Kind. Er geht gucken, Lou geht gucken.

Greta hält die Hände drum herum. Es kippt nicht. Es lacht Lou an.

Nun sei doch nicht mehr böse, sie kann doch nichts dafür, dass sie ein Mädchen ist. Das Baby umklammert einen Finger von Lou. Lächelt. Das Baby bin ich. Es heißt Alma.

Günther nimmt noch eine Tablette. Dann geht er kochen.

Wenn er nachts nach Hause kommt, macht er seine Familie wach. Sie schleichen in die Küche, und er brät die Steaks. Er hat sie in der Jackentasche. Einmal bringt er einen Hummer mit, er lädt den Pianisten ein. Die Harfinistin kommt auch. Die Tante nicht, die schläft nachts.

Ein Fest wie in alten Zeiten, sagt der Pianist. Sie trinken Sekt. Lou lacht, und das Baby lacht auch. Und Greta wird ein bisschen bange.

Das Telegramm kommt 1959.

»Komm sofort. Habe Hotel übernommen. Ludger.«

Er glaubt es nicht, das Telegramm kommt aus Barbados.

Vorher will ich noch mal mein Kind sehen, sagt Greta. Aber Babylein, natürlich! antwortet er.

Das Kind namens Vera, das jetzt 13 ist und nicht im Kibbuz lebt sondern in der LPG, kommt mit der Mutter angereist, die inzwischen schon uralt ist.

Es staunt drei Tage, dass es Schwestern hat und was die alles essen, kriegt Geschenke und fährt wieder ab.

Die alte Mutter spricht kein Wort, erst als sie in den Zug steigt, schüttelt sie mit dem Kopf: Määchen, Määchen, wo soll das noch enden, sagt sie. Vera winkt und weint dabei.

Zum Abschied von Günther feiern sie. Günther fährt alleine vor. Sogar Heinz kommt aus Italien angereist. Er trägt einen schwarzen Anzug und eine schwarze Brille, er stellt seine Frau vor. Luise stellt ihren neuen Eleven vor.

Im »Marine«! staunt Heinz, Mensch, Günther, da kochst du ja in einer Legende.

Dass du mir nur nicht wieder so viele Geschichten erzählst, mahnt Luise. Man muss bei allem das rechte Maß wissen, das will unserem Günther einfach nicht in den Kopf.

Aber Mutter, ich bin doch Koch, das rechte Maß weiß ich doch immer!

Ich meine die Lebenssuppe, mein Sohn, sagt Luise.

Sie machen Fotos, die Kinder tragen Sommerkleider. Greta lacht. Und Günther sagt, sie nennen die Insel »Klein Eden«.

Zu Hause am Abendbrottisch äfft Günther seine Mutter nach: Ich meine die Lebenssuppe! kaspert er. Sie prusten alle vier los.

Am 1. August 1959 schifft sich Günther nach Barbados ein. Die Überfahrt dauert zwölf Tage. Er hat seine Messerrolle dabei, sein Rezeptbuch, den Jungen Koch, den Escoffier, Koch's Fabrikation feiner Fleisch- und Wurstwaren, weil er fest daran glaubt, dass es ihm letztlich Glück bringt, das mit Blümchenstoff bespannte Buch, einen Umschlag mit allerhand Papieren drin, vier Paar Shorts, zwei Paar Schuhe, sieben Kochuniformen, für jeden Tag eine, fünf kurzärmlige Hemden, eine Badehose, Wäsche und zwei Anzüge.

Als er an der Reling steht und hinabschaut auf Greta, Lou und Almalein und auf seine Heimatstadt, weint er.

Als das Schiff ablegt, rennt er in seine Kabine, wirft sich aufs Bett, drückt die Arme zwischen die Beine, zieht die Beine an, rollt sich zusammen, er weiß nicht, warum er so weint. Er weint eben. Er schluchzt. Er heult das Kissen nass. Er weiß nicht warum. Weil er so lange warten musste? 16 Jahre? Weil das Leben schon seit Jahren vergeht, einfach vergeht von Tag zu Tag? Weil er ist, wer er ist, und ist, was es ist? Weil es einfach so geht, und er nichts ändern kann? Oder weil …

Er nimmt das Kissen und umarmt es, presst es gegen sich. Er weint und weint. Es dauert Stunden.

Dann hört es auf. Mit einem Mal. Auf dem Bett liegt er, es schaukelt sanft, es ist warm in der Kabine, er hört das Maschinengeräusch, es rauscht, das ist das Meer. Er stellt sich vor den Schrank, auf dem ein Spiegel klebt. Er wischt die Tränen ab und schaut sich an. Es ist vorbei. Was war es?

Schon aus der Ferne sieht er ihn. Er erkennt ihn sofort. Er steht mit dem Rücken an einen Jeep gelehnt, mit beiden Händen in den Hosentaschen. Er hat die Beine übereinander geschlagen. Eine Frau steht neben ihm, bei deren Anblick es Günther durchzuckt. Sie ist das Schönste, was er je gesehen hat. Märchenhaft. Entrückt. Und doch wusste er schon immer, dass sie da ist.

Langsam schiebt das Schiff sich ran. Die kleinen Beiboote tuckern herüber. Der Anker rasselt ins Meer. Vom Pier springen schwarze Kinder ins Wasser, sie schwimmen zum Schiff, um nach Münzen zu tauchen. Das Spiel heißt »coindiving«. Neben Günther stehen zwei alte Engländerinnen, die sich ihrer Pennies entledigen. Mit einer Mischung aus Ekel und Entzücken rufen sie dabei like rats! like rats! und unten wimmelt es. Er sieht die Kinder lachen, sie rufen und winken, rosa Münder, weiße Zähne, nasse Haut. Jetzt werfen die Damen Pounds. Wie Enten tauchen die Körper weg, Po und Beine in die Höhe. Like ducks, korrigiert er die Engländerinnen leicht zynisch, grinsend, like ducks. Vom Land wehen Steelbandklänge herüber, der Zoll kommt an Bord, dann steigen sie die Gangway runter in die Boote. Als er an Land geht, schenkt ein dunkelhäutiges Mädchen ihm eine gelbe Hibiscus. Er geht auf Ludger zu. Jetzt regt dieser sich endlich, die Schönheit neben ihm auch. Sie kommen näher. Ein Kind ist ebenfalls dabei. Ein Mädchen. Es ist blond, klein und ernst, circa fünf. Sie gehen auf Günther zu, und er auf sie. Ludger breitet die Arme aus, Günther beschleunigt den Schritt, sie fallen ineinander, jetzt ist Günther da.

Als sie sich lösen, schaut er über die Schultern seines Freundes hinweg auf dessen Frau. Sie hebt den Kopf und senkt den Blick. Sie heißt Liola.

Na, Alter! Ludger boxt ihn. Sie strahlen sich an. Günther hebt den Koffer hoch, schlenkert ihn am Griff: Ich kann gleich anfangen.

Er hat natürlich nicht gleich angefangen, mein Vater. Sie haben ihm erst die Insel gezeigt, die Dörfer, den Dschungel und das Zuckerrohr. Den Atlantik und die Karibik, die Wiesen und den Wald, den kargen Norden und den lieblichen Westen, die Königs-Palmen und die Kokosnüsse, die Tamarinden, die Bougainvillen, das Affenbrot, den Zimt, die Meerkatzen und die Fische, wie man soursop aufschneidet und golden apples lutscht, coconutwater trinkt, den Tee des giftigen Stachelbaums schlürft, um kurzfristig satt zu werden, wach, stark, wie man Hunde verjagt, den Rum-Punch schüttelt, flying fish clipper isst, wie weich der Sand ist, sie haben ihn in den Wind gestellt und gesagt: Atme. Und da hat er gespürt, wo er ist, in Eden.

Sie haben ihm die gelben Busse gezeigt, den Linksverkehr und wie man faulen Negern in den Arsch tritt, und dann sind sie ins Hotel gegangen. Er sah die Zimmer an und danach sein Reich, die Küche.

Ein paar Tage später gab es einen Empfang. Da hatte Günther bereits seine ersten Krokodillederslipper gekauft, er trug einen Leinenanzug in Khaki. Und denen in der Küche hatte es schon die Sprache verschlagen, bei dem, was sie alles hatten machen müssen. Was Günther im Wirtshaus des Herrn Pierre in Belgien auf Zettelchen geschmiert hatte, hatte er hier circa 150 Menschen in die karibische Nacht auf die Terrasse des Marine gestellt, wo es vor den gusseisernen Jugendstilpalisaden mehr als schmeckte, es beglückte. Die Honoratioren der Insel waren zum Welcome dinner gekommen. Sie sagten Prost! auf Deutsch, ab da war Günther »chef«.

Als alle gegessen hatten, wechselten die Damen in die Hollywoodschaukeln, die Herren in die Korbstühle, und Ludger sagte: Na dann erzähl mal.

Da erzählte Günther rein in die Nacht, in der die Frösche schrien und die Steelbands in der Ferne spielten. Die Sterne standen falsch herum am Himmel, der Mond lag gekippt.

Er erzählte von den Stars im Hotel und deren Marotten, von dem reichen Herrn John mit der weißen Marmortreppe, der sich in eine Farbige verliebt hatte, die seine Liebe nicht erwiderte, und wie er verrückt darüber geworden war, der reiche Herr John, einfach verrückt; von der russischen Gräfin mit dem flammend roten Haar, die ihr Porzellan – weiß mit schwarzen Schwänen – mit ihrem Leben geschützt hatte. Und am Schluss eine Geschichte aus dem Dschungel von Palenque, wo einst der Graf von Waldeck die Tempel freigelegt hatte, höchstselbst mit der Machete, um dann sie zu sehen, die Wiedergängerin, die seit der Mayazeit einmal im Jahr im Bad der Königinnen sich in ein Meer von Orchideen versenkt, um all der Toten zu gedenken, der unschuldigen Kinder, Mädchen, Jungfrauen, die dort geopfert wurden, geschlachtet. Denen man das Herz auf steinernen Tischen aus dem Leib geschnitten hatte, um der Unschuld willen, die die Wasserfälle speiste. Zum Gedenken erschien sie dort, zum ewigen Gedenken.

Er sah zu Ludger hinüber, während er sprach, der grinste.

Er sah auf dessen Frau, die das Kind an ihren Körper gelehnt im Arm hielt, ohne Ausdruck im Gesicht. Schön, doch ohne erkennbare Empfindung.

Die Gäste klatschten, Günther verneigte sich.

Als die Schöne mit dem Kind in das Haus ging, nahebei, das sie bewohnten, da streifte ihr Kleid seinen Arm.

Da erst war Günther endgültig angekommen mit diesem

Hauch auf seiner Haut. Das war sein Anfang. Wie immer. Sein Anfang.

Spät in der Nacht waren sie dann endlich allein. Sie gingen in den Park, Ludger rauchte, er stellte sich breitbeinig auf der Wiese auf. Wie laut hier die Nacht ist, dachte Günther. Sie sahen beide auf das Hotel, das jetzt weiß aussah, seine eigentliche Farbe war blassrosa.

Hier haben sie den Tourismus erfunden, kannst du dir das vorstellen? sagte Ludger. Günther sah ihn an. Ludger wies mit der Zigarette auf das dreistöckige weit hingestreckte Haus. Früher hieß es das »Pomeroy«. Dort hinten ist das »Sea View«. Wir sind die ältesten Hotels in diesem Teil der Erde. Wir sind die besten. Mit den besten Gästen. Es gehört mir, mein Lieber, sagte er.

Wo warst du? wollte Günther fragen.

Aber Ludger sagte, frag nicht. Siehst du da, da fängt der Dschungel an, er endet an unserem Garten. Dreh dich um, da ist das Meer. Wir sind hier. Mit einem Ballsaal, der einen Mahagoniboden hat, und einem Fahrstuhl aus Gold. Und wenn du nur ein Jahr lang gut kochst, dann bist du hier schon reich. Noch ein paar Jahre mehr, dann bist du es auch zu Hause.

Günther grinste. Er schubste Ludger am Arm, dann brüllten sie los. Sie beugten sich vornüber und torkelten durch den Garten auf den Dschungel zu. Da leuchteten die Augen der Meerkatzen sie an. Sie kreischten. Psst. Die Gäste! Sie liefen zum Strand, fielen in die Wellen mit ihren Anzügen am Leib. Psst. Die Gäste!

Haben Sie gedient? brüllten sie und lachten. Dann bringen Sie mir ein Präservativ. Sie schwenkten die Rumflaschen, jeder hatte eine, tanzten wieder Jitterbug. Im Meer. Im Meer. Zehn Frikadellen und fünf Bier! schrie Günther. Bumm, bumm, bumm! schoss Ludger mit der Hand in den Sand, der Westwall. Erst desinfizieren, kreischten sie, schmissen sich erneut ins Meer. Rollten sich im Sand. Setzten die Flaschen an den Hals und machten gluck, gluck, gluck! Als sie ruhiger wurden, fragte Günther: Wieviel hast du umgebracht? 50, 60, sagte Ludger. Günther nickte, hm.

Im Morgengrauen, als sie in den Liegestühlen auf den dicken blauen Polstern lagen, sahen sie eine Frau mit einem Fass auf dem Kopf den Strand entlanggehen. Sie war sehr groß und sehr schlank. Sie schritt den Saum des Meeres ab. Sie kam langsam auf die beiden zu, es war ein Maubyfässchen, das sie auf dem Kopf trug, mit einem Hahn vorne dran, aus dem heraus sie die süße Limonade hier verkauften. Aber sie rief nicht, Mauby, sweet sweet Mauby. Die beiden Männer lachten und tranken noch immer, doch sahen sie jetzt schon etwas länger dabei aufs Meer, das sich stahlgrau erhellte, von Gold in Silber überfloss. Die Frau kam näher. Ihre Hüften wiegten sich langsam. Ihre Arme pendelten vor und zurück. Das Fass balancierte sie freihändig. Erst als sie vor ihnen stand, erkannten sie, dass sie schon alt war, man sah es nur im Gesicht.

Sie sagte: Welcome, Günther! Und dann war sie weg.

Sie lebt nicht mehr, sagte Ludger, als sie zum Hotel zurückgingen.

Es heißt, sie sei mit dem letzten Hurrikan davongeflogen. Ich kam erst danach.

Zwei Stunden später trat Günther seine Stelle an. Ludger legte sich schlafen.

Tagsüber umfing ihn der warme Wind. Er ließ sich auf den Markt fahren, kaufte die Waren ein, beschaute das Fleisch, den Fisch, die Früchte, trank einen Punch im Café am Hafen. Stellte das Menü auf, ließ die Karten schreiben. Gab Anweisungen und schwamm gelegentlich im Meer.

Junge Mädchen in Schuluniformen gingen auf der Straße, ihre Haut war bronzefarben und glatt, die Blusen weiß, sie hatten allesamt wundersam große Augen. Die Touristinnen trugen Bikinis, die alten Engländerinnen standen mit Cocktails im Meer und ließen sich ihre Beine vom feinen Sand massieren, the finest of the world, you know. Der Sand war rosa, und die Bougainvilleen kletterten die Palmen rauf, wo sie sie mit ihren leuchtend lilafarbenen Scheinblüten umschlangen. Dumpf schlugen die Kokosnüsse im Sand auf, die wilden Hunde kopulierten, am Pool bedienten die schönen Einheimischen. Sie hatten Turbane auf dem Kopf, so wollte es Ludger, in Rot, Orange und Gelb, aus deren Mitte heraus ihr schwarzes Haar quoll.

Am Nachmittag, wenn die Weißen den Fünf-Uhr-Tee nahmen, stand Günther schon in der Küche. Er kochte rauschhaft. Binnen kürzester Zeit wurde das Marine weltweit bekannt.

»Das zweistöckige Hotel, noch ganz im Kolonialstil der Jahrhundertwende aus Tropenholz erbaut, inmitten eines paradiesischen Gartens gelegen, auf einer Insel, die von den

Einheimischen zärtlich »Little England« genannt wird, erfreut sich unter den Vermögenden dieser Welt immer größerer Beliebtheit. In unmittelbarer Strandnähe erstreckt sich der weitläufige Garten, der in den Dschungel übergeht. Wenn sie Lust haben, pflücken sich die Gäste ihre Bananen einfach selbst. la Service, ob im Restaurant, am Pool oder beim Frühstück auf der Terrasse. Das Sensationellste jedoch ist die Küche:

Französisch mit karibischem Flair, da kommen sogar eingefleischte Gourmets noch ins Schwärmen.«

So und ähnlich hieß es in den Zeitschriften.

Ludger konnte sich nicht retten vor Buchungen.

Nicht selten tat er abends einen Blick in Günthers Reich, in dem er, der wahre Chef, nicht beachtet wurde. Günther hatte sie alle angesteckt. Hinter der Schwingtür war eine andere Welt, aus Hitze, Geruch, Geschmack und Farben, wo der Hummer sich in den Töpfen aufbäumte, da herrschten andere Gesetze.

Manchmal kam er verschwitzt kurz auf die Terrasse raus, wenn die Gäste einen Toast auf ihn aussprechen wollten. Wenn die schönen Frauen vor der schwarzen Nacht aufleuchteten und die Männer nicht mehr wussten, wen sie an ihrer Seite hatten. Dann hob er sein Glas, lachte und trank und lief zurück zu den Desserts.

Eine Geschichte! riefen sie, eine Geschichte.

Manchmal erzählte er dann für sie, wie eine Menüfolge: erst pikant, dann kräftig, und dann der Abschluss, selten salzig, meistens süß.

Irgendwann muss er sich daran gewöhnt haben. Er wäre sonst verrückt geworden, es ging allen Weißen so. Sie halten das Glück nicht aus. Sie müssen saufen, huren, dröhnen, damit sie nicht sehen, fühlen, hören, wo sie sind. Damit der Flügelschlag des Kolibris sie nicht abkühlt und der vorhanggleiche Regen ihre Haut nicht seidig perlt. Darum. Das Paradies ist unerträglich.

Und als er Ludgers Kind einmal sah, wie sie im Garten stand, steif und streng mit verschlossenem Gesicht, einfach nur stand und schaute, da wusste er, dass er zwar in Eden war, aber dass es die Reinheit nicht gab, und als Liola auf den Balkon trat, um die Kleine zu rufen, da wusste er auch, wer die verbotene Frucht war, die man nicht pflücken durfte, in die man nicht reinbeißen durfte, die nicht geteilt werden durfte, mit nichts und niemand.

Da telegraphierte er nach Hause:

»Kommt. Ich habe Sehnsucht.«

Es ist durchaus möglich, dass es ein Dauerzustand bei ihm war.

Greta ließ sich Zeit. Sie ließ ihr Babylein warten. Sie musste nämlich noch Kleider nähen. Mit Rüschenrock und Spaghettiträgern, enge Röcke und Blusen für sich, Shorts für die Kinder. Sie musste noch eine Sonnenbrille kaufen, wie man sie jetzt trug, weiß gerahmt, die Ränder weit nach oben. Schmetterlingslook. Sie musste die beiden Überseekoffer noch füllen, für die Möbel eine Spedition zum Unterstellen finden. Vor allem aber musste sie sich noch ein wenig ausruhen, bevor sie zu ihm fuhr. Und es ein paar Monate lang genießen, dass er Geld schickte, viel und regelmäßig. Sie ging zum Friseur, sie ging zur Kosmetikerin, sie schrubbte sich und Lou die Hände, weil sie beide diese braunen Knöchel hatten, die immer dreckig aussahen. Sie lackierte sich die Nägel, rasierte die Beine, schabte die Achselhöhlen glatt, speckte ab, kaufte sich ein Englisch-Lexikon, Puder und Parfum und sang mit ihren Kindern »Rolling home«. Dann erst bestieg sie das Schiff, die »Oranje Nassau«, Passagiere oben, Frachtgut unten. Und niemand stand am Kai und winkte für sie. Niemand, wirklich niemand.

An Bord lernte Greta flirten. Der Herr hieß Pfeil, er war jung und sah gut aus, er hatte eine Frau, die Pfeilchen hieß, er sollte eine Firma auf Barbados leiten, die Zahnpasta herstellte. Weil sie keine Kinder bekamen, war Pfeilehen ganz entrückt von Almalein und Lou, und weil Greta Kinder hatte, war Pfeil entzückt von ihr. Das machte ihre Wangen rosig und die Haut straff, und Günther, der ihre Ankunft gar nicht abwarten konnte, hätte sich gar nicht so viele Gedanken machen brauchen, ob Greta sich zurechtfinden würde in der Welt, in der sie nun leben musste. Sie fand sich zurecht. Sie trank Cocktails und genoss es, dass die Kinder an Bord woanders aßen.

Und dass es immer wärmer wurde, die Sonne kam, und wenn sie an ihren Mann dachte, dann nahm sie sich vor, die Zügel in die Hand zu nehmen.

Er braucht eine starke Hand, hatte Luise zu ihr gesagt. Und sie hatte starke Hände, das wäre ja gelacht, dachte sie. Hände, mit denen sie ihn halten würde, ihren Günther. Sie hatte ihm einen Artikel mitgebracht, in dem er erwähnt wurde mit Namen. Günther Dirks, sie hatte den Namen unterstrichen. Das war er.

Er stand nicht lässig an den Jeep gelehnt, als sie ankamen, sondern ganz vorne auf der Pier und winkte und erkannte sie schon aus der Ferne, dort, hoch oben auf dem Schiff. Greta. Sie war ja schön, mein Gott, er hatte ganz vergessen, dass sie schön war. Almalein, das kleine Vollmondpüppchen, und Lou, die er liebte, ja er liebte sie. Sie war groß geworden, sah aus wie eine junge Frau. Er warf die Arme in die Luft und winkte. Die Schwarzen lachten um ihn her. Die Steelband spielte, die Negerkinder wimmelten wieder im Meer, holten die Münzen raus, die Sterlings, Pounds und Marks, die Bötchen tuckerten die Passagiere ran, er öffnete die Arme, seinen Körper und sein Herz, und da fielen sie allesamt ineinander. In den Abgrund. Und alle vier fühlten sie den Wind um die Ohren, wie beim Stürzen, wo man ja wohl denkt, dass es befreiend ist, aber dann klatscht man auf und ist tot.

Vor dem Hotel schob Ludger sein blondes Kind nach vorn und sagte, hier hast du eine neue Freundin, sie heißt Alma. Er stellte sich und Liola vor, Günther die Seinen, Greta klopfte das Herz, weil sie vor dem rosafarbenen Kasten mit den weißen Fensterflügeln und dem goldenen Baldachin an der von Königspalmen bestandenen Auffahrt nun doch ein wenig Angst kriegte.

Die Kinder guckten sich ihre Zimmer an und liefen in den Dschungel. Dort stand eine Frau mit einem großen Strohhut auf dem Kopf. Sie trug ein Karokleid mit Blümchenmuster, hatte Falten im Gesicht, riesige Hände, auf denen dick die schwarzen Adern lagen. Sie hieß Emily und sagte, sie sei ihre Nanny.

You can say Tante, sagte sie. Aber sie taten es nicht. Sie sagten Aunt zu ihr. Aunt Emily.

Sie machte ihre Betten, brachte ihnen Obst, räumte Sachen beiseite, erzählte Geschichten. Wenn sie konnte, schützte sie sie. Anfangs brauchten sie sie nicht, später immer mehr.

If you need a break, sagte sie, come to me.

Manchmal durften sie mit ihr gehen, zu Fuß durch den Dschungel, über die Wiesen in die Stadt.

Ich war einmal bei ihr zu Hause. Sie wohnte in St. Thomas im Inland, in einem hellblau gestrichenen Chattelhouse, bei dem man die Fensterläden nach Wind und Sonne ausrichten konnte. Abraham, der Fahrer, hatte mich hingebracht und abgeholt. Ich bekam sweet sweet chocolate cake, durfte ihre Hand halten, die ich umdrehte, um fasziniert deren Innenseite zu betrachten, die braunweiße Landschaft, und dann rieb sie mich mit etwas ein, das mir sehr wohl tat. Denn ich war damals sehr schwach, sehr dünn und sehr schwach.

Von Emily habe ich meinen Namen gekriegt, ich hieß auf der Insel: de little.

Dann erzählte sie mir eine Geschichte, sie wiederholte diese auch später immer wieder, sie begann so:

Es war einmal ein Fischer, der hatte eine Jacke, die war blau …

Ich glaube, dass ich nach dem ersten Satz schon einschlief.

Günther blieb drei Jahre auf Barbados.

Er lernte dort, bis zum Äußersten zu gehen, was zu einer Insel, so könnte man meinen, ja vielleicht sogar passt. Doch je weiter er ging, desto weniger war da eine Grenze. Es gab gar kein Äußerstes für ihn. Das lief und lief …

Er onanierte wieder viel, rieb seine Blüte, den dicken Schaft, er war inzwischen fast 40, und sein Kopf war kahl. Hätte Günther sich erinnert und im Spiegel einmal richtig angeguckt, dann hätte Johannes ihn angesehen. Aber er erinnerte sich nicht. Er lebte jetzt. Und das war flüchtig. Im Sog des Entschwindens krallte er sich fest. An was, an was denn?

An Greta? Die schlug mit ihren starken Händen auf ihn ein. Er kniete vor ihr, wand sich auf dem Boden wie ein Wurm in seinen Shorts und seinem Leinenhemd, schürfte sich die Knie auf vom Herumrutschen vor seiner Frau, der Frau, die er doch befreit hatte aus diesem erdfarbenen Dorf, in dem alles nach Mist gestunken hatte, der er das Tuch umgebunden hatte, die weiße Fahne. Liebesstoff, die ihn doch erinnert hatte. Er kniete, er rutschte, das Geld war wieder weg. Warum nur? Wo ließ Günther das Geld?

In den Bars? Bei den Frauen? Bei den Kindern?

Ludger nahm ihn mit. Sie feierten Partys.

Die Engländer, the old british farmers, die Kaufleute, Unternehmer, the high whites. Die Partys waren berühmt, besonders die der »malt twins«. Brüder, die so hießen, weil sie keinen Rum tranken, sondern immer nur den Whisky aus dem Mutterland.

Man musste das Geld in Champagnerkübel werfen und durfte sich nicht lumpen lassen. Man musste es den Mädchen, den süßen, den kleinen, den Pamellas und Eves, den Mollies, Peggies und Elizas, in die weißen Blüschen stecken, vorn in den Schlitz, in den Ausschnitt, wo sie ihre braunen wippenden Brüstchen bereithielten. Man musste es ihnen ins Röckchen stecken, in den Bund, wo man ihre schlanke Taille fühlen konnte, die Biegsamkeit, die Straffheit, die Jugend – »de blacker de woman de sweeter de tail« –, man musste es ihnen ins Höschen stecken, wollte man den Finger zwischen ihre Arschbäckchen schieben. Man musste den Kübel erneut füllen und musste alles geben, grölen und kreischen, wollte man »little venus« haben, so viele Mädchen gab es nämlich nicht zum Entjungfern, das durfte immer nur einer, die anderen sahen zu.

Kopfschüttelnd und lachend ließen sie sich danach heimfahren, oh those malt twins, und waren wieder artig bei ihren Frauen. Bis der milde Wind sie wieder reizte, das Klima, von dem es ja sogar in den Reiseführern hieß, dass seine ganz besondere Sanftheit die Europäer bisweilen aufbringe, bis sie das Lachen der Schwarzen wieder unerträglich fanden. Bis sie wieder schlugen, weil die Nigger stanken und zu langsam waren. Bis sie das Leben mal wieder spüren wollten, und in den Zwischenzeiten spürten sie eben nichts.

Und so ging es auch Günther hinter seinen Töpfen, aber Günther wollte noch viel mehr. Er wollte alles. Und vom ersten Tag an, vom Blick runter vom Schiff auf sie, dieses ungläubige Erkennen und gleichzeitige Befremden, das ihn da durchzuckt hatte, als er sie gesehen hatte, groß und braun, eine Taille, die ein starker Mann mit seinen beiden Händen umspannen konnte, Brüste wie Kugeln mit großen wohlgeformten Warzen, die man erahnen konnte, wenn man vor ihr stand unter dem Stoff, Haut wie Ebenholz, von diesem ersten Tag an wusste Günther: er wollte sie. Und manchmal, mitten beim Einkochen eines Fonds, beim Passieren eines Suds, beim Rühren einer Soße, fühlte er den Stoff ihres Kleides auf dem Arm, als sie an ihm vorübergegangen war. Und er wusste, was es hieß. Frauen machen nichts zufällig. Alles heißt etwas. Alles meint etwas. Meint ihn. Ihn. Ludger hielt sie versteckt. Ja, es war sogar, als würde er sie bewachen. Aber einmal war Ludger betrunken, und Günther war es nicht. Und da holte er sie sich.

Es war ein besonderer Tag gewesen, der 22.03.61. Der ehemalige Premier war zu Besuch gekommen mit einem Mitglied der Royals, »Her Royal Highness«, Prinzessin Margaret.

Tagelang waren die Vorbereitungen gelaufen, Ludger war sehr aufgeregt.

Churchill, kannst du dir das vorstellen, ich empfange Tante Charlie! Mensch, weißt du noch, ich saß im Knast wegen ihm, gut es war wegen der Schuhe und wegen meiner Haare, aber immerhin.

Wie ein Junge wurde er, weil er den von früher so verehrten alten Herrn in seinem Hotel empfing. Das ganze Haus stand Kopf, er ließ es umkrempeln und neu errichten, das Essen musste das Beste und vom Allerfeinsten sein. Es wurden noch mehr Blumenkübel aufgestellt, er hätte am liebsten die Palmen waschen lassen. Die Stämme wurden immerhin abgespritzt.

Die beiden Jüngsten sollten Churchill einen Strauß Hibiskus überreichen. Die Blüten steckt man auf Barbados auf einen Stock. Sie halten einen Tag lang, und dann schmeißt man sie weg. Auch die Mädchen waren sehr aufgeregt, aufgestellt in ihren schönsten Kleidern, die Haare gewaschen, die Schuhe poliert, sollten sie vortreten, einen Knicks machen und Welcome! sagen, sonst nichts.

Aber wegen all der Hektik wussten sie gar nicht, wen sie

willkommen hießen. Und weil sie gelernt hatten, Erwachsene immer mit Namen anzusprechen, weiße Erwachsene, machten sie einen Knicks, hielten ihre Sträuße hoch und sagten laut und deutlich: Welcome, Tante Charlie!

Da hatten sich alle zugleich einen Moment lang ins Gesicht gesehen, alle, wie sie da standen im Kreis um den englischen Sir, weil Peinlichkeit die Welt so seltsam anhält und weil sie nicht wussten, wie es nun weiterging, und da hatte er, Günther, in diesen offenen Augenblick hinein, sie gesehen, Liola, und zwar alles von ihr, ihr Erschrecken, ihre Angst, ihre Wunde, sodass er zu einem Tier wurde, das nur noch jagen wollte, was es erkannt hatte, als Beute jetzt, als Beute. Und noch in derselben Nacht, während Ludger sich betrank, nahm er sie sich.

Der alte Herr hatte dann gelacht, den Kopf nach hinten gelegt, laut und warm gelacht. That's the best! hatte er ausgerufen, sich mit der Linken noch mehr auf seinen weißen Stock gestützt und mit der Rechten den beiden Mädchen das Haar gezauselt, wie alte Männer das so machen, wenn sie Kinder vor sich haben.

Thank you, thank you, bis alle lachten, die Gläser von den Silbertabletts nahmen, thank you for that special welcome.

In der Nacht hat Günther sie in die Büsche gezerrt. Er riss sie an den Haaren, er erlegte sie.

Ohne Rücksicht stieß er in sie. Er fickte sie von oben bis unten zu. Sie war die einzige Frau, bei der ihm die Tränen kamen. Und doch fand er keine Öffnung. Er blieb erschöpft zurück. In nichts war er gedrungen. In nichts. Sie öffnete sich nicht, auch wenn er alle Löcher zuspritzte, sie blieb verschlossen. Wie sehr das reizte …

Es war das erste Mal und nicht das einzige Mal. Aber dann hat sich Ludger gerächt.

Und zwar in der Küche. Und weil Lou, die schon lange keine little venus mehr war, nie mehr das erleben wollte, was sie in der Küche erlebt hatte, lief sie eines Tages weg. Doch Barbados hat kein Versteck. Es ist eine Insel ohne Versteck. Das hatte schon die Sklaven gefügig gemacht, man musste schon ein Boot nehmen und nach St. Lucia segeln. Aber Lou hatte kein Boot.

Und weil Günther inzwischen ein Tier war, das kochte, soff und rumspritzte, holte er sie heim.

Er sperrte sie zur Strafe im Kühlhaus ein.

Es gelang meiner Schwester, ein Rind, das frisch geschlachtet war und noch warm, mit dem Haken aus der Führung zu schieben. Es fiel auf die Kacheln, und sie legte sich hinein.

Am Morgen musste man sie ins Krankenhaus nach Bridgetown bringen. Sie stank nach Tod und war schmierig.

Da war Emily gekommen. Sie hatte Günther angeguckt, weiter nichts als angeguckt. Ein Blick, den er nicht verstand, auch konnte er ihn nicht erwidern. Deshalb drehte er sich weg.

Später fuhr er in die Berge. Allein. Er ließ den Fahrer anhalten und lief durchs Zuckerrohr. Es war kurz vor der Ernte. Das Rohr überragte ihn grün, es war mehr als mannshoch. Er lief und lief bis er auf eine Wiese kam, von wo aus er die ganze Insel übersah. Hier der Atlantik und dort das karibische Meer. Er sah Schiffe auf Reede liegen, ein Flugzeug, hoch oben, überquerte das Meer. Die Dörfer lagen unter ihm. Er konnte Speightstown und Bridgetown sehen, wenn er sich umdrehte den North Point. Dort lag die Cattlewash-Bay, hier St. Andrew, St. Joseph, da die Sharon Moravian Church, gegründet von den ersten Deutschen auf der Insel. Er hörte den Wind in den Blättern rauschen, auf dem Weg am Hang sah er einen Eselskarren. Der Esel schrie. Mit einem Mal kam Nebel. Er war dicht wie Stoff und sehr heiß, und er war plötzlich da. Günther konnte seine Füße nicht mehr sehen. Sein Herz fing an, von innen gegen seine Brust zu klopfen, es pumpte, schlug an die Rippen durch den Hals, in den Kopf. Günther stand steif, sein Gesicht verzog sich, es zerrte quer, ohne dass er was dagegen hätte machen können. Jetzt sah er auch den Bauch nicht mehr. Die Hände nicht, die Arme. Er fasste seine Beine an, sie waren weg. Sein Hintern, war weg. Sein Bauch, weg. Er fühlte dort nichts mehr, nur noch das Herz, das schmerzte. Er brüllte.

Abraham, der Fahrer, erzählte später, er habe den Chef ganz verhärtet vorgefunden, steif stehend, mit Blick aufs Meer, auf die Karibik. In der Nähe sei ein Esel gewesen, und der Chef war kalt. So kalt, dass er dachte, dass er tot ist.

Es war in der Angestelltenküche. Emily schwieg, sie schnitt Karotten auf einem Brett. Ich saß am Tisch und lutschte soursop. Lou war auch dabei.

Günther wurde krank. Zum zweiten Mal in seinem Leben. Beim ersten Mal war es die Ruhr gewesen, beim zweiten Mal der Nebel. Als seine Kinder an sein Bett traten, sah er in ihren Gesichtern, dass er eine Ewigkeit von dem entfernt war, was er so sehr ersehnte. Er kriegte ihre Reinheit nicht, er kriegte sie nie.

Als er Greta ansah, wusste er, dass er sie verlassen würde.

Von da an war mein Vater verflucht, über die Welt zu ziehen, wie ein Schiff, ein Geisterschiff, das dort, wo es auftaucht, Verderben bringt und Tod, und immer wieder gibt es welche, die denken, man könnte mitreisen, aber man konnte es nicht, er war allein unterwegs, ganz allein.

Er blieb noch ein Jahr.

Er war nicht mehr Ludgers bester Freund.

Um sich zu befriedigen, soff er quartalsmäßig und benutzte weiterhin seine Kinder.

Heinz meldete sich zu Besuch an, kam aber nicht. Weil das Kind, das er mit seiner inzwischen dritten Frau, wieder eine Jüdin, hatte, gerade gestorben war. Sie hatten unmittelbar nach der Geburt eine Weltreise angetreten, der Säugling war zu schwach dafür gewesen.

Ein Farmer, der nicht zu dem Kreis der »malt twins« gehörte, freundete sich mit Günther und Greta an. Weil er dachte, man könne ihn, den genialen Koch, vielleicht bewahren. Sie machten Ausflüge und verbrachten die Wochenenden manchmal in seinem Haus. Günther versuchte wieder zu sparen, er nahm wieder die Pillen, die ihn zittern machten, er ließ die Kinder taufen. Aber er wurde den Nebel nicht los.

Einmal ging er in Ludgers Haus. Er musste ihn holen, eine Engländerin war hysterisch geworden, ihr fehlte ein Diadem. Weil die boys den Chef nicht gefunden hatten, suchte Günther ihn selbst. Als er die Tür zur Bibliothek, die mit braunem Leder gepolstert war, öffnete, blieb er stehen. Ludger sagte im selben Moment: come in. Aber da ist Günther nicht reingegangen. Und was er sah, sage ich nicht. Fiona ist jedenfalls später verrückt geworden. Sie schickte ihrer kleinen Freundin, die ich war, Bilder, die sie gemalt hatte, und Muscheln und fragte, erinnerst du dich noch an Tante Charlie? Sie musste eingeliefert werden und tötete sich dann selbst.

Günther kochte. Manchmal gab er einzelnen Damen sogar Frisurentipps. Sie waren von dem galanten Koch begeistert.

Er erzählte in einer Männerrunde die Geschichte von dem Soufflé, aber Ludger verbot ihm das. Es sei keine echte Männergeschichte, sondern die eines Waschlappens.

Was hat er denn danach gemacht mit dir, hm?

Erzählst du das demnächst auch noch?

Und weil Günther noch immer auch der kleine Junge war, der Kakao trank, und Ludger älter und stärker, war er verwirrt. Der meint es nicht so, dachte er.

Manchmal saßen sie noch am Strand zusammen, nachts. Spritzten die ersten Tropfen Rum aus, für die Geister, wie es hier üblich war. Und tranken ihn aus der Flasche, du eine, ich eine, ganz. Sagten nichts und schauten aufs Meer. Da waren sie sich noch einig.

Nie mehr kam die Frau mit dem Maubyfässchen.

Nach drei Jahren kam ein Hurrikan.

Weather words and what they mean

Wetterwörter und ihre Bedeutung

1. Bulletin

An announcement issued when a significant weather System is detected in the area.

2. Advisory

An advisory issued at regular intervals when a tropical storm or hurricane is detected near Barbados.

3. Watch

Issued when the Storm or hurricane is approaching Barbados and serious weather conditions are possible.

4. Warning

An announcement issued when it is established that hurricane conditions are expected to affect Barbados within 24 hours.

Als Erstes kommen die Fregattvögel. Sie fliegen über das Meer ins Inland. Ihnen folgen die blackbirds, die kleinen Strandläufer, die Spatzen, die zartbraunen Tauben und dann die Kolibris. Sie fliegen in das bisschen Wald, das es noch gibt, verkriechen sich in den gullies, wo die bärtigen Bäume stehen, der Benjamin ficus zehn Meter hoch wird, die Felsen ringsumher ihnen Schutz geben. Die Schmetterlinge und Candlelights, die Glühwürmchen, setzen sich zu Füßen der mächtigen Weihnachtssterne, die, wenn sie später abbrechen, ihr weißes Gift auf sie tropfen werden, das sie vielleicht schöner tötet als der Sturm, der ihnen die Flügel ausreißt oder bricht.

Die Hunde verlassen den Strand, die Fische ziehen ins tiefere Meer, die Menschen nageln Bretter vor die Fenster, stellen Radios an, Funksprüche werden abgehört.

Schwarze, die Glück haben, dürfen zu Weißen, die Steinhäuser haben. Es gibt auch Schwarze, die Steinhäuser haben. Die Kirchen werden voll, noch voller als an Sonntagen.

Ausländer nehmen den Schmuck, das Geld, die Papiere an sich.

Bajans umklammern die Bibeln und Gebetbücher.

Mütter binden sich die Babys auf den Leib.

Die Luft fängt an zu knistern, dann wird es kalt.

Es dauert nur wenige Minuten, dann sind es nicht mehr 30, sondern 18 Grad.

Der Himmel verfärbt sich von violett zu purpur, über dem Meer ist er schwarz. Blitze laufen parallel zur Wolkendecke.

Das Meer geht zurück. Ein paar irregeführte Flughunde flattern auf, verschwinden aber sofort wieder.

Es ist sehr still. Das Meer geht weiter zurück, alles Wasser geht zurück.

Heerscharen von Kakerlaken erheben sich, Motten, Moskitos, Fliegen, Spinnen, Tausendfüßler, Asseln fliehen aus den Ritzen und Fugen, sie trocknen aus.

Das »Crane« ist das einzige Hotel auf der Insel, das eine Art Keller hat. Ein in den Fels gehauenes Souterrain.

Dort stehen wir. Wir sind auf Urlaub. Die Schwärze des Meeres hat jetzt die Insel erreicht. Emily ist bei uns. Sie hat Windeln über dem Arm. Mullwindeln. Sie bindet damit die Köpfe der Touristen zu.

Dad's for the insects, sagt sie. They will come in.

Manche wollen es nicht. Aber die meisten gehorchen. Greta wimmert und schreit. Sie will nach Hause. Sie schreit so lange, bis Günther sie schlägt. Halt's Maul! sagt er und gibt ihr eine Ohrfeige. Dann lässt er sich zubinden. Auch die alten Engländerinnen lassen sich zubinden. Auch der Besitzer. Auch der Roomservice. Zum Schluss sind wir dran, Lou und ich. Sie stopft uns vorher ein Bonbon in den Mund. Stellt sich zwischen uns und nimmt unsere Hände.

Man hört ein Benzinfass umkippen. Es rollt über die Terrasse. Es ist von der Band, die am Abend sonst zum Dinner spielt.

Kurz darauf fliegt die Insel weg.

Als er auf dem Schiff stand, hatte er einen Trenchcoat an. Alle, die ihn umgaben, erinnerten sich später daran. Niemand wusste, wo er ihn herhatte. Er sagte nichts.

Sie hatten hektisch gepackt. Greta wollte es so. Die »M/N Suriento« der Flotta Lauro war das erste Schiff, das kam, es fuhr unter italienischer Flagge. Sie bestiegen es und fuhren davon.

Er ließ ein paar Sachen zurück. Ein paar dreckige Unterhosen, ein verschwitztes Hemd, eine halb leer getrunkene Flasche Rum, eine alte Ansichtskarte von Hamburg, auf der in Sütterlinschrift etwas geschrieben stand. Und ein kleines Buch, das einen Stoffeinband hatte.

Er sah lange auf die Insel, auf der Landungspier lag eine umgekippte Palme, Häuser, die noch standen, waren ohne Dach. Er hatte den Mantelkragen hochgeschlagen, so als fröre er. Es war aber sehr heiß.

Als er sich endlich rumdrehte zum Schiff hin, zuckte er zusammen. Es war ihm, als hätte ihn jemand berührt, an der Wange und auf dem Kopf. Er fasste sich an den Hinterkopf, schüttelte sich, sah um sich, aber da war niemand, nur sein Kind, das ihn beobachtet hatte. Ach du, sagte er und schaute sich aber weiter um. Aber da war nichts. Er versuchte zu lächeln, verzog den Mund, nickte mit dem Kopf und sagte noch einmal beiläufig: du. Dann ging er.

Jetzt drehte das Schiff ab, die Motoren fingen zu stampfen

an. Das leichte Schaukeln setzte ein. In der Kajüte packte er seine Messerrolle aus, er legte sie in den Schrank, dann trat er erneut aufs Deck. Ob er einmal die Küche sehen dürfe, fragte er den Steward.

Es war das Jahr 1962, und Günther hatte vergessen, wo er herkam und dass vor ihm etwas lag, das man gestalten konnte, die Zukunft. Bei ihm stand alles fest.

Hamburg war überschwemmt worden, Deutschland wurde geteilt, seine älteste Tochter kriegte ihre Menstruation nicht, weil sie, wie sich später herausstellen sollte, dort, wo üblicherweise die Gebärmutter war, nur einen kleinen verhärteten Knoten hatte. Seine Frau wurde hysterisch, und sein jüngstes Kind hielt sich mit aller Kraft an seiner Gabe fest, gelegentlich umwerfend zu strahlen. Er taumelte weiter. Von Stelle zu Stelle, von Küche zu Küche.

Er machte nie ein Restaurant auf, er schaffte den Schritt durch die Schwingtür nicht. Er stand dahinter, sein rundes, weiches Gesicht, aufgeschwemmter jetzt, blasser, hinter dem runden Fensterchen, dort die Genießer, hier der Koch. Wenn das Essen gut ist, reden sie viel. Wenn das Essen gut ist, lockern sich ihre Muskeln. Verkrampfungen lösen sich. Wenn das Essen gut ist, richten sie sich auf. Sogar Futterneider und Schlinger, weil der Leib atmet.

Im » Eisenhut« wussten noch lange nach seiner Zeit Kollegen, wie er das Geflügel ausnahm:

»Schenkel spreizen, Leib aufreißen, Hand reinstrecken, ziehen!«

Und wie sie gelegentlich Zuwerfen mit Stubenküken gespielt hatten.

Es ist zu viel Fleisch, zu viel Saft und Feuchtigkeit, zu viel frischer Tod, alles Körper. Und wenn die Klimaanlage auch noch so gut ist, es ist zu viel Hitze, zu viel Dampf, und es vergeht, es vergeht, jeden Tag. Dann ist der Hunger wieder da. Als müsste man ein Leben lang ein Mandala machen, wohlgeformt aus buntem Sand, und es täglich wegpusten. Aber sogar Mönche werden bei dieser Tätigkeit begleitet. Wer begleitet den Koch? Darum saufen sie. Entwickeln Ticks und machen Schweinereien. Ein gern benutztes Wort. Die gut sind, fliehen, lassen kochen irgendwann, sie meiden die Großküchen, gehen dorthin, wo es die trennenden Türen nicht gibt. Das war zu Günthers Zeit noch nicht üblich.

Günther blieb dahinter. Noch mit 70 Jahren kochte er in einem Hotel für Gäste auf Durchreise oder Urlaub. Es hieß »Atlantis«. Ebenfalls eine Legende. Es steht noch.

Zwei Tage vor Günthers 40. Geburtstag legten sie gegen 10 Uhr morgens in Genua an.

Die Überseekoffer wurden per Frachtgut aufgegeben. Das Handgepäck trugen sie bei sich. Um 13.52 Uhr bestiegen sie den Zug Richtung München. Sie fuhren den Tag durch und die Nacht. Die Kinder aßen ihre letzten golden apples auf. Im Zugrestaurant gab es Bockwurst mit Kartoffelsalat. Pünktlich acht Uhr morgens am 2. September 1962 traf der Zug in München ein. Günther ging zum Touristenzentrum. Ihm wurde eine billige Pension vermittelt, am Karlstor. Der Besitzer hieß ebenfalls Günther, Herr Günther. Noch am selben Nachmittag wurde Günther im Arbeitsamt vorstellig, bei dem für die Gastronomie zuständigen Vermittler Herrn Schmer. Bereits für den nächsten Tag, Günthers Geburtstag, bekam er ein Vorstellungsgespräch im Vier Jahreszeiten.

Günther hatte noch sieben Barbados-Dollars in der Tasche.

Er trat die Stelle sofort an.

Etwas irritiert liefen seine Frau und seine Kinder durch die

Bayernmetropole. Die Kinder weigerten sich, Deutsch zu sprechen.

Das Haus vermittelte Günther umgehend eine Wohnung in Fürstenfeldbruck. Er bekam einen gehörigen Vorschuss. Man wollte ihn halten. Sie wussten, wer er war.

Günther fing sofort zu trinken an. Bereits nach zwei Monaten entschied er sich für eine Entziehungskur. Diesmal kam er in eine Anstalt. Das Haus bezahlte die Kur. Nach sechs Wochen wurde Günther wieder entlassen.

Seine jüngste Tochter weigerte sich noch immer konsequent, Deutsch zu sprechen. Greta verhaute sie.

Als Günther wieder trank, verhaute sie ihn.

Er erklärte ihr, es sei die Großstadt, die Versuchung sei einfach zu groß. Sie beschlossen, aufs Land zu gehen. Und so wurde Günther Demi im Hotel »Eisenhut« in Rothenburg ob der Tauber.

In Rothenburg lebte der neue Fernsehkoch, der ein Restaurant hatte, und Greta begann wieder zu träumen, dass Günther ebenfalls Fernsehkoch werden könnte. Sie nähte Dirndl und arbeitete im Weinausschank im selben Hotel. Die Besitzerin mochte den neuen Koch. Er war charmant, und seine Kinder waren entzückend. Hervorragende Manieren. Sie wussten, wie man Hummer aß und insbesondere wie man mit dem Personal umzugehen hatte. Nur einmal benahm sich die Kleine daneben, als sie einem schwarzen Gast im Lift den Daumen nach unten zeigte und das Kommando »down« gab. Der Fahrstuhlführer entschuldigte sich und meldete den Vorfall. Aber der Gast, ein reicher Mann aus Mocambique, sagte, sie sollten das Kind in Ruhe lassen, offensichtlich sei sie eben eine Prinzessin.

Wenn Günther Zeit hatte und es brauchte, nahm er die Prinzessin und ging mit ihr in den Keller. Dort lag ein Tuch, das Tuch war alt und roch nach ihm. Es hatte Flecken, die wurden immer größer und mehr.

Die neue Freundin der Prinzessin erzählte ein Jahr darauf zu Hause, was Günther mit ihr machen wollte. Zum selben Zeitpunkt erzählte der Sohn des Polizisten, der im Haus gegenüber wohnte, seiner Mutter, was er, Günther, mit ihm bereits gemacht hatte.

Und als die Rothenburger ihr traditionelles Pfingstfest feierten vor dem Würzburger Tor, die Belagerung der Stadt und deren Befreiung spielten, da fuhr eine Limousine vor Günthers Wohnung vor.

Er zog den Trenchcoat an und einen Strohhut. Die Messerrolle musste er zu Hause lassen.

Im Gefängnis, das damals noch ein Zuchthaus war für Gewalt- und Schwerverbrecher, kochte er.

Es ging ihm gut. Er leugnete alles und versprach dennoch Greta, sich zu bessern, und betonte, dass er mit Lou, mit Lilalou, nichts gemacht habe. Auch nicht mit Almalein.

Lou konnte die Aussage vor Gericht verweigern.

Aber das tat sie nicht.

Es gab Zeitungsberichte über den Fall.

Die Hotelbesitzerin ließ Greta kommen und entließ sie. Warum, fragte sie, haben Sie mir denn nichts gesagt, das kommt doch in den besten Kreisen vor. Wir hätten doch etwas machen können, Ihr Mann ist so begabt.

Und obwohl es ein herrlich warmer Tag war, zitterte Greta auf dem Heimweg, auch, als sie die Tüte mit dem Gedärm vor der Haustür fand. »Schweinebande« stand auf einem Zettel, der war blutverschmiert.

Bereits am 27. Februar 1963 hatten sie in Hamburg den Kehrwiederturm an der Kaiserspitze im Freihafen gesprengt. In dem einst der Zeitball täglich gestiegen und gefallen war. Im selben Jahr starb Luise.

Die Nachricht erreichte Günther in seiner Zelle. Er hatte eine Einzelzelle, weil Sexualstraftäter gefährdet sind in dieser speziellen Gemeinschaft. Er weinte.

Heinz schrieb ihm:

»Ich habe Mutti beerdigt. Sie hat uns nichts hinterlassen. Nur ein paar ihrer Rezepturen, du weißt schon. Tröste dich, sie sah sehr gut aus.«

Günther hatte seine Mutter zuletzt in Hamburg gesehen, im Salon sitzend mit dem Eleven.

Er wusste, dass er Greta bei sich halten musste, um vorzeitig entlassen zu werden. Außerdem versorgte sie ihn. Er bekam keine Creme, und er brauchte dringend ein Aftershave. »Die Hygiene ist hier desolat«, schrieb er nach Hause. »Die Kleidung kratzt, sie tun zu viel Waschpulver rein. Grüß Lou und Almalein, das Strahlekind. Wie konnte ich wissen, dass die dumme Nachbarsgöre redet«, schrieb er. Die Briefe adressierte er aus Ansbach, Brauhausstr. 20.

Wegen guter Rührung und weil er Familie hatte, die zu ihm stand, und weil er dem Pfarrer Besserung geschworen hatte, kam Günther nach zwei von dreieinhalb Jahren wieder frei.

Er traf Greta kurz und heimlich, nachts in einem billigen Hotel in Nürnberg, um mit ihr zu schlafen. Sie verweigerte das. Obwohl er sagte, er habe großen Druck. Stattdessen gab sie ihm die Messerrolle.

Er fuhr nach Berlin, um eine Stelle zu suchen. Er arbeitete vier Wochen als Aushilfe im Café Kranzler. Dort lernte er eine Frau kennen, die rote Haare hatte und ebenfalls Greta hieß. Sie sagte, jeder habe ein Recht auf freie Sexualität. Mit dieser Frau verließ Günther Greta ein paar Wochen später. Nicht ohne sich noch einmal an seinem jüngsten Kind zu vergehen. Das ihn gemeinsam mit seiner Mutter anzeigte.

Die Anzeige wurde niedergeschlagen, da der Staatsanwalt, der alle Details sehr genau wissen wollte und im Verhör immer wieder nachfragte, da dieser die alte Greta und das Kind der Hysterie bezichtigte. Zu diesem Zeitpunkt war Günther bereits in Marokko.

Sie sei eine gute Frau gewesen, schrieb Günther Greta. Aber nun finge er noch einmal ganz von vorne an. Er habe, wenn er es sich jetzt überlege, ihre Oberschenkel schon immer zu kurz gefunden. »Grüße die Kinder von mir«, schrieb er.

Es kamen noch diverse Briefe von der neuen Greta an die alte Greta, in der diese ihr schrieb, dass sie studiert habe und die andere verklemmt sei, und in denen sie der alten Greta schwere Vorwürfe machte, weil sie Unterhalt verlangte. »Ein Genie muss frei sein«, schrieb sie, »nun ist es genug.«

Es dauerte nicht mehr lange, da verschwand Günther. Er löste sich auf. Er tat dies in Singapur, wo man ja schon verschwinden kann, wenn man Dosen auf Grünanlagen schmeißt oder Kaugummis unter Stühle klebt. Er war dort angekommen, aber es gab keinerlei Hinweis auf eine Abfahrt. Er schrieb noch eine Karte an sein jüngstes Kind, als dieses schon groß wurde, und einmal noch rief er an. Ein fernes Rauschen nah im schwarzen Hörer.

Niemand aus seinem bisherigen Leben wusste, wo er war. Weder seine Verwandten noch die Hoteliers, weder die Polizei noch der Konsul fanden es heraus. Günther war weg. Und er blieb weg. Die neue Greta auch.

Als hätte es ihn nie gegeben. Wenn da nicht die Spuren wären.

2

Und ob ich auch wanderte im finsteren Tal …
Oh Lord, oh Jesus …

Schmerz. Ich habe Schmerzen.

Entspannen Sie sich, sagt der Mann. Atmen Sie tief ein und tief aus.

Wie soll ich.

Lehnen Sie sich zurück, sagt der Mann, entspannen Sie sich, atmen Sie tief aus.

Ich habe die Augen geschlossen.

Sie atmen tief aus.

Ich sitze. Liegen kann ich nicht. Würde ich liegen, würde ich wie ein Klappmesser zusammenschnellen.

Sie atmen tief aus. Sie hören meine Stimme. Ich begleite Sie. Sie entscheiden, was Sie tun. Ich begleite Sie. Atmen Sie tief aus.

Meine Beine werden schwer.

Sie sind im Körper.

Mein Rücken zieht nach unten.

Sie gehen in den Körper.

Dunkel, eng.

Mein Arm ist gestreckt. Mein Arm, mein linker Arm, nach oben, sie zerren meinen Arm fest.

Atmen Sie tief aus.

Mein Handgelenk, sie reißen an meinem Handgelenk. Der Arm, der Arm schmerzt.

Sie atmen tief aus. Sie hören meine Stimme. Sie gehen dahin, wo der Schmerz ist.

Dunkel, eng, es brennt. Beugen, ich würde mich so gerne beugen.

Gehen Sie dahin, wo der Schmerz ist. Hören Sie. Hören Sie dort etwas?

Stimmen, ich höre Stimmen.

Hören Sie die Stimmen. Sie gehen mitten in den Schmerz.

Sie flüstern. Ich schwitze, alles wird heiß. Jetzt, höllisch heiß, streicht mir meine Arme hoch. Flüstern, sie flüstern.

Hören Sie mich. Atmen Sie tief aus. Tief ein und tief aus. Sie gehen weiter. Weiter. Dahin, wo der Schmerz ist.

Gehen Sie in den Schmerz. Sie sind im Schmerz.

Ich schaffe es nicht. Ich weiß nicht, ob ich es schaffe.

Sie schaffen das, Sie sind im Schmerz. Mitten im Schmerz, gehen Sie hin! Nicken Sie mir zu, können Sie mich hören?

Ich kann nicht nicken.

O. K., sagt der Mann. Denken Sie an einen Haushaltsgegenstand.

Haushaltsgegenstand. Was meint er?

Tun Sie es. Machen Sie, was ich sage. Denken Sie an einen Haushaltsgegenstand.

Atmen, ich muss mal atmen. Mal etwas ... ich muss mal ganz schnell atmen, sonst ... Luft, ich brauche Luft.

Tun Sie es!

Gabel, denke ich. Gabel. Messer, Schere, Licht.

Der Schmerz wird der Gegenstand.

Meine Arme. Sie holen Fackeln. Fackeln, die Arme, Fackeln.

Der Schmerz wird der Gegenstand.

Ich schreie. Ich schreie eventuell. Die Beine.

Der Schmerz wird der Gegenstand.

Die Beine breit,

Der Schmerz ist der Gegenstand.

Ich schreie eventuell.

Der Schmerz ist der Gegenstand. Hören Sie!

Das Blut, ich blute.

Schicken Sie Licht auf den Gegenstand.

Das Blut, die Beine runter, Feuer, oben, oben brenn ich, unten lauf ich aus.

Sie machen ihn hell. Hören Sie mich. Schicken Sie ganz viel Licht auf diesen Gegenstand.

Kotzen. Ich muss kotzen. Kotzen.

Licht. Noch mehr. Ganz viel.

Ich klumpe. Klumpe.

Mehr, noch mehr! Schicken Sie Licht drauf!

Wo sie meine Adresse herhatte, ich wusste es nicht. Sie stand in schwarzer Tintenschrift auf einem blauen Luftpostumschlag. Oben rechts die Briefmarke, ein Fischer im Boot. Ein Absender war nicht drauf. Allerdings stand das, was sie mir zu sagen hatte, in großer weit ausholender Schrift, der man ansah, dass die Hand, die geschrieben hatte, eine ungeübte war, weil es lauter Absetzer gab, das sehr bewusst und unter Anstrengung Geschriebene also stand auf dem Briefpapier von einem Hotel. Und da wusste ich, wo mein Vater war. Wo auch sonst. In einem Hotel. Es hieß Atlantis. Es lag in Bathsheba, in der Gemeinde St. Joseph, auf Barbados.

Zwei Zeilen hatte sie mir geschrieben:

»Dear Miss, he's ill.

You should come.«

Zwei Zeilen und ihre Unterschrift, your truly well, und dann ihr Name, sie hatte Aunt geschrieben: Aunt Emily. Tante Emily. Eine halbe Seite nahmen die Buchstaben ein, die andere Hälfte war sauber frei. Ich schaute sehr lange auf den Begriff Tante, dann sah ich mir den Briefkopf an: Zwei fliegende Fische, einen Bogen springend um den Namen des Hotels, bildeten das Emblem.

Ich wusste, dass er tot sein würde, wenn ich ankomme. Ich wusste es von Anfang an. Und so war es ja dann auch. Vielleicht nicht so frisch, wie es geschehen war, vielleicht schon beerdigt, jedenfalls, ich wusste es, wie auch nicht. Ich fuhr dem Untergang entgegen.

Ich steckte den Brief zurück in das Kuvert. Es war kurz vor dem ersten Advent.

Meinen Kindern habe ich erklärt, dass sie einen Opa hätten, meiner Umwelt, dass sie sich zu kümmern hätte um die Kinder, dem Hund gesagt, ich komme wieder, sei artig, hörst du, bald.

Mit meinem Geliebten sprach ich zu der Zeit bereits nicht mehr. Wir hatten uns getrennt.

Ich war allein, als der Brief ankam.

Auf der Arbeit habe ich gesagt, dass ich einen Termin mit Mr. Walcott hätte. Ich musste lachen dabei. Sie lachten auch, weil sie es lustig finden, wie ich mein Geld verdiene. Ich lachte, weil sie nicht wussten, dass in der Karibik jeder zweite Walcott heißt. Es war ungefähr so, als hätte ich gesagt, ich habe einen Termin mit Herrn Meier. Und schließlich habe ich nicht den Vornamen genannt, Derek, der Nobelpreisträger, er heißt Derek Walcott. Bei der Zeitung, für die ich arbeite, habe ich gesagt, ich sei krank geworden, leider, plötzlich, den Lehrern meiner Kinder, ich hätte einen Auslandsauftrag, sie sollten bitte berücksichtigen, dass die beiden es schwerer hätten, wenn ich nicht da bin. Und bei der anderen Zeitung, für die ich auch arbeite, habe ich gesagt, ich hätte einen Vorschuss gekriegt und sei jetzt frei, erst mal frei. Ich log ohne zu denken. Reflexhaft. Ich handelte, als fuhr ich für die Ewigkeit weg.

Dann hab ich mir das rote Kostüm angezogen, den Pass rausgesucht, die Tasche gepackt. Und den Umschlag geöffnet mit den Sachen von früher.

Ich hab sie nicht richtig angesehen, bloß erkannt. Meine Schulzeugnisse, Fotos, Prospekte, ein paar Ansichtskarten, ein Papieruntersetzer aus dem Hotel, ein altes Heft, mein Taufspruch, den ich im Alter von sechs bekam, ein Kärtchen mit Goldkrone über dem Kreuz, das umschlungen ist von einer Passionsblume:

»Be thou faithfull unto Death and I will give thee a crown of Life.«

Mein Englischbuch, Menükarten meines Vaters, irgendwelche abgerissene Zettelchen, auf denen etwas gekritzelt stand, ein alter Taschenkalender von ihm mit Adressen hintendrin, ich nahm alles mit. Zuletzt der Griff in das Regal: die Flasche.

Während ich durch den nicht enden wollenden Tag flog, muss er gestorben sein. Als ich ankam, war er tot, und mich traf der Wind, die Wärme und das Licht, alles gleichzeitig beim Aussteigen durch die dickwandige Öffnung der Flugzeugtür.

Eine Stunde wartete ich vor der Passkontrolle.

Welcome, sagte der Beamte, als ich auf die Fragen: Tourist? Yes. First time? No, geantwortet hatte. Ich ging hier zur Schule, in Hastings.

Welcome, Miss. Wo ich denn wohnen will?

Im Crane, überlegte ich schnell, ich wohne im Crane.

Er nickte anerkennend. Dann winkte er mich durch, draußen stieg ich in ein Taxi. Tourist? Yes. First time? No. Und fuhr über die Insel, das Land. Welcome, sagte der Taxifahrer, ich gab die Adresse an: ins Atlantis, ich wollte sofort dorthin. Der Mann fing zu erzählen an. Ich habe aber nur die Insel gesehen, das Zuckerrohr, die Palmen, die Hibiscusbüsche die Straßen entlang und die Schwarzen, die Neger. Damals, als ich klein war, hießen sie noch Neger. Plötzlich drehte sich der Fahrer um, aus der langen Rede, die er gehalten hatte, und grinste mich an, er fragte, ob ich fun haben wolle.

Ich komme zu einer Beerdigung, sagte ich. Woraufhin er den Kopf noch weiter nach hinten drehte, er fuhr quasi auswendig, die Augen aufriss, rot geäderte, entzündete Augen, als sähe er jetzt erst richtig hin, mich von oben bis unten musterte, wie ich da saß, eingeknickt mit weißer Haut und unrasierten Beinen, weißem T Shirt, rotem Rock und schwarzen Riemchensandaletten aus Lack, und dann lachte er, er lachte so laut, er kreischte regelrecht. Dad's de best, jaulte er, dad's de best I ever heard. For a funeral.

Ich hab das rote Kostüm dann kaum mehr ausgezogen, nur zwei, drei Mal. Es war eine Rüstung. Ich hatte es von meinem Freund, der gesagt hatte, ich hätte eine Kleiderfigur und ein Gesicht für kräftige Farben.

Ich hatte Sandalen an, die jetzt schon verstaubt waren, und fuhr auf schlechten Straßen über eine Karibikinsel hinweg mit einem Fahrer, der noch immer lachte, mich im Rückspiegel ansah, den Kopf schüttelte.

I'm not quiet sure, sagte ich. Und als ich das gesagt hatte, lachte ich auch. Lady, schlug er aufs Lenkrad, stop it, ich muss anhalten, wo hast du die Witze her? Was ist? Lebt er noch? Willst du ihn umbringen? Ist er fremdgegangen?

Er ist mein Vater.

Da wurde er ernst. Er versuchte es jedenfalls, grinste bloß noch in den Rückspiegel. Die Augen tiefrot, wässrig, eine Art Schauer überlief ihn noch einmal.

Er hatte einen Hut auf. Und sein Hemd war im Nacken verschwitzt.

Ich glaube, dass ich im Auto schon gestunken habe, unterm Arm. Es war Angst. In Wahrheit hatte ich Angst, riesige Angst.

Er fragte dann, was mein Vater gemacht hätte.

Chef.

Er sah sich noch einmal um: ich kenne ihn. Und dann redete er nicht mehr.

Wir fuhren durch St. Philip, St. John, rauf nach St. Joseph und sahen hinab auf das, was die Engländer den Scotland District genannt hatten, auf der Insel in der Karibik, hörten den Atlantik donnern, der Wind strich den Palmen die Köpfe rauf. Vor uns lag die Cattlewash-Bay, Sand, Strand, Palmen, ein paar Wiesen und sonst nichts. Dann kam Bathsheba mit den singenden Felsen im Meer.

Da ging mal eine Eisenbahn hin vor ungefähr 150 Jahren, man fuhr in Bridgetown los zu einem Ausflug ins Atlantis. Man, das waren die upper whites und ein paar gut gestellte Kreolen mit ihren schwarzen Mägden und Dienern.

Ob er warten solle, fragte er noch während er fuhr ...

Ich verneinte.

Er gab mir das Kärtchen mit seiner Handynummer, hielt, ich zahlte und stieg aus vor einem alten, einfachen, weißen Kasten am Meer, ein Haus, das aussah, als ob es gerade noch seinen Standard hielt, kurz vor dem Verfall also. Den Hang hinauf standen ein paar Hütten. Es war niemand zu sehen. Auch war kein Schild dran. Das hab ich erst später entdeckt, es hing unterhalb der Veranda, die den Blick aufs Meer raus hat, Atlantis. Ein paar Fischerboote standen hochkant an die Wand gelehnt, auf der Straße, die zum Wasser ging, war ein riesiger frischer Teerfleck.

Ich ging über die Terrasse rein. Der Speisesaal war sauber und leer. Obwohl niemand zu sehen war, waren die Tische alle eingedeckt. Wachsdecken lagen drauf, das Geschirr war grau und angeschlagen, kleine Vasen mit Plastikblumen standen in der Mitte, drum herum waren Stühle mit eierfarbenen Schalensitzen gruppiert. Es sah aus wie in einem Mitropa-Restaurant von früher. Nur die Blackbirds passten nicht, sie saßen auf der Verandabrüstung und keckerten frech herein. Aus der Küche kam ein Mann, er sah mich an, offensichtlich leicht erschrocken, und wies sofort mit dem Arm nach draußen. Da, sagte er, da, auf Deutsch, ging mit mir auf die Terrasse zurück und zeigte auf ein kleines Holzhaus. Ich wand mich ab, um loszugehen, da packte er meinen Arm und zog mich heftig an sich ran, be faithful Miss. It already happened. Dann nahm er seine schwarze Hand von mir, die rot noch kurz als Abdruck auf meiner Haut lag, während ich zu der Hütte rüberging.

Es war ein Chattelhouse, bunt mit dreigeteilten Fenstern, unten längs und oben quer, deren Läden man in den Wind stellen kann, mit und gegen das Licht, je nachdem, wie man es braucht.

Hintendran war angebaut, noch eins und noch eins. Alt sah es aus, ein verblasstes Lila platzte ab. Auf der Terrasse lag ein kleiner Hund, ein Welpe, auf der Wiese davor fraß ein Schaf, das wie eine Ziege aussah, Gras.

Ich habe vergessen, wie die Rasse heißt, es gibt sie nur auf Barbados.

Es war niemand zu sehen. Ich hatte meine Reisetasche in der Hand, in der linken, in der linken Hand hatte ich sie.

Die Tür war oben rechts zur Seite geklappt. Ich hätte reinsehen können, tat es aber nicht. Als ich die Tasche auf die Schwelle stellen wollte, lag dort etwas Weißes. Es sah wie Puder aus. Ich sog die Luft ein, ob ich etwas zu riechen hätte, aber die Luft roch nach Meer. Der Welpe kam und drückte sich an meine Beine, er war kurzhaarig, dick und gelb. Ich wusste plötzlich nicht, ob ich auf das Puder treten darf oder nicht. Es nahm die gesamte Schwelle ein. Ich schaute mich kurz um, stieß die untere Hälfte der Tür auf, dann stieg ich drüber.

Es war dunkel in dem Raum, und er lag in der Mitte. Ich erschrak, wenn man Leichen sieht, erschrickt man immer. Ich weiß auch nicht, was ich erwartet hatte, jedenfalls lag er anders da. Im Korbstuhl. Links vor mir der Kopf und rechts die Beine, hingestreckt, mit dem Nacken auf der Lehne. Der Mund stand ihm leicht offen.

Es musste erst vor kurzem geschehen sein, er sah so frisch aus. Und eigentlich wie früher.

Er hatte Shorts an und ein kurzärmliges Hemd. Die Füße steckten in Krokodillederslippern, die Socken sahen dreckig aus. Auf seinem rechten Bein saß ein Gecko. Wie in Zeitlupe drehte das Tier den Kopf zu mir, krabbelte dann langsam herab.

Die Beine waren weiß und wenig behaart, er hatte kaum Krampfadern, die Kochkrankheit. Sein Kopf war kahl, ich sah deutlich die Narbe – die hab ich vom Moulin Rouge, hatte er immer gesagt –, die Lippen waren lila, die Augen zu. Er glänzte merkwürdig. Ich hatte so etwas noch nie gesehen. Er sah aus wie lackiert. In der Mitte seines Körpers stand die Hose hoch, eine Erektion, er hatte fraglos eine Erektion. Oder ein Stock war eingeschoben, der die Hose aufrichtete wie ein Zelt. Vor ihm rauschte ein Fernsehapparat. Es war 16.32. Ich hab auf die Uhr geguckt aus irgendeinem mir nicht bekannten Grund. Vielleicht hab ich gedacht, ich sei in einem Krimi. Der Fernsehapparat war gar kein Fernsehapparat, sah ich dann, sondern ein Monitor. Er stand auf einem Computertisch vor ihm am Boden, dem man die Beine gestutzt haben musste, so niedrig war er. Die Tastatur lag an der Seite hinter dem Monitor. Mühevoll schritt der Gecko jetzt den Boden ab. Ich erkannte ein Sofa im Hintergrund und einen kleinen runden Loom Tisch. Der Boden war sauber.

Seine Arme waren beide in den Stuhl gerutscht, die Hände hingen herab. Und es rauschte sehr laut in dem Raum. Wieder dachte ich, der Fernseher. Aber es war ja kein Fernseher, ich schaute erneut hin, ich hatte bis dato auch noch keinen Computerschirm so flimmern sehen. Das Licht fiel schräg durch die Fensterläden ein, wenig Licht, sie standen nur leicht geöffnet und warfen parallele Sonnenstriche in den Schatten. Ein sanfter Wind wie draußen ging auch hier. Dann veränderte sich etwas. Die Stimmung. Aber auch der Grad der Helligkeit, er sank. Es wurde dunkler. Ich hörte das Rauschen lauter, ein Pochen im Ohr. Dann sah ich etwas, draußen, ein Gesicht, ein kleines, zartes, ein Augenpaar zwischen den Jalousien. Ich musste an Schokolade denken. Ich spürte etwas, es war hinter mir, direkt hinter mir, ich wurde sozusagen berührt. Ohne mich umzudrehen, streckte ich meine Hände vorsichtig tastend nach hinten aus, griff an Stoff.

Dann klingelte es, Schicksalsmelodie, es war ein Handy, ich drehte mich um: das gesamte Dorf stand da. Ich sah sie alle zugleich. Zwischen ihnen das Schaf, das wie eine Ziege aussah. Das das weiße Puder leckte, auf der Schwelle. Als sie es bemerkten, trieben sie das Tier sofort weg, beschimpften es und warfen sogar Steine. Wichen zurück auf die Veranda, wohin ich ihnen folgte. Dort stand ich dann, angestarrt, und irgendetwas tropfte von oben auf das weiße Puder – Zucker? Salz? Mehl? Gift? Oder Kalk? –, wahrscheinlich regnete es. Die Frau mit dem Handy redete dann mit mir, sie sagte, dass sie Margaret heiße und alles arrangiere.

Wie ich in das Hotel kam, weiß ich nicht mehr, mit dem Taxi, glaube ich. Sie sind clever. Er hat bestimmt gewartet.

Abends an der Bar betrinke ich mich mit Rum-Punch und Planters Punch und wieder Rum-Punch und Planters Punch. Ich esse Nüsse dazu, damit ich es verkrafte. Es ist noch Vorsaison, und nur wenig Gäste sind da.

Wenn Weihnachten ist, dann ist es hier anders, sagt der Barkeeper, aber morgen, am Sonntag, da kommt die Limbo Show, da reserviere ich Ihnen einen Platz, Mam.

Morgen, sage ich, yes, morgen ist Sonntag. Haben Sie ein Telefonbuch?

Yes, Mam, er gibt es mir.

Ich schlage es auf, ich kann schon nicht mehr richtig lesen. Ich suche unter f wie funeral.

Kann ich Ihnen helfen? fragt ein Mann neben mir.

Nein, sage ich und schlag das Buch erschrocken zu.

Wo sind Sie her?

Ich bin aus Deutschland, und Sie?

Aus England, dem Mutterland, er lacht.

Sie können mir einen Punch ausgeben.

Er nickt, Sie werden Kopfweh kriegen.

Er hat hervortretende Augen, ist sehr dünn und trägt einen hellgrauen Anzug. Guter Stoff, Kaschmir/Seide, der Mann sieht reich aus. Warum nehme ich mir nie Männer, die Geld haben, denke ich. Du machst alles falsch, sagt mein Freund. Er hatte Recht, wahrscheinlich hatte er Recht.

Ist Ihnen nicht warm in diesem Anzug? frage ich.

Und was machen Sie hier? entgegnet er.

Ich nehme einen Schluck: ich suche einen Ring von Kinderschändern.

Er starrt mich an.

Ich lache, Entschuldigung, nein, nein. Ich schreibe an einem Kochbuch: Die Küche der Queen. Glauben Sie mir, ich kann das beweisen. Ich hab Rezepte dabei.

Er verzieht das Gesicht, den Mund, als wolle er lächeln. Ich muss mich an der Reling festhalten. Schauen Sie mal, sag ich, die Bar hat eine – aber jetzt fällt mir das englische Wort nicht ein für Reling. Ich guck ihn an, sein Gesicht, es kommt mir irgendwie bekannt vor, wie die Augen stehen mit den hohen Brauenbögen drüber. Ganz hübsch, wären darunter nicht diese hässlich grauen Augäpfel, die aussehen, als ob er sie gleich verliert. Der Kerl ärgert mich. Er hält sich so krumm, ich finde, er sollte gerader sitzen. Auch wenn Barhocker generell eine Zumutung sind, ein verlogenes Stück Möbel. Sie tun, als würde man abheben, und bewirken doch, dass man vorsichtig bleibt. Puritanisch, denke ich, Barhocker sind bestimmt puritanisch.

Gibt es eigentlich das »Beau Brommel« noch? frag ich den Schwarzen hinter der Bar.

Er staunt. Sie kennen es?

Ja, ich ging da früher meinen Gin-Fizz trinken.

Er lacht. Nein, nein Lady, Sie bestimmt nicht, das war wohl eher Ihre Ma.

Ja, meine Ma, die war auch da.

Wollen Sie noch einen? fragt der Mann.

Na klar doch. Einen Daiquiri, ich nehme jetzt einen Daiquiri. Ich habe plötzlich Wut auf den Kerl. Mit seinen Glubschaugen, was will er eigentlich von mir? Ich gucke an mir runter. Ich sehe hässlich aus. Ich weiß es. Ich fühle, dass ich grau bin im Gesicht und Falten habe. Und meine Mannequintaille schwindet auch. Und das weiße Kleid mit den Blümchen drauf, das ich jetzt trage – es ist egal, denn im Spiegel von der Bar sehe ich noch immer gut aus. Der Spiegel ist braun eingefärbt, ich habe rote Lippen und dunkles Haar.

Er sagt, ich zahle für Sie.

Bitte, wenn Sie wollen.

Er legt 100 Dollar hin, ich trinke, er ist weg. Irgendwie gehe ich auch.

Schlage erst aber das Buch noch einmal auf. Es ist ziemlich dick. Wohnen hier so viele Menschen?

Das ein oder andere Tier hat sich auch eintragen lassen, lacht der Barkeeper.

Ich nicke: Sehr gut. Und die Toten?

Ask him, er zeigt nach oben.

Good night, sage ich.

Sleep well.

In your Bettgestell.

Dann schwank ich in mein Zimmer. Warum? Warum?

Draußen steht noch immer der Bronzemann im Garten auf der Klippe. Auch die Farben stimmen noch. Rosa, Rosa mit Weiß. Und auch der Pool ist noch der alte. Und die Fensterläden. Und der Blick. Nur dass sie ein Apartmenthouse bauen nebenan.

»A refreshing approach to timeshare sales.« Für den »sophisticated traveller«.

Ich muss wieder an den Mann denken. Unverschämter Kerl.

Ich mache die Klimaanlage aus und die Fenster auf. Vom Meer kommt der Wind rein. In meinem Kopf dreht sich alles. Ich höre die Frösche und die Nacht. Ich bin heimgekehrt. Ich sehe den weißen Gischt auf den Wellen. Suche den Himmel nach Sternbildern ab. Mir fallen die dreckigen Socken ein. Ich will nicht an ihn denken. Bitte, bitte, lieber Gott, ich will nicht an ihn denken.

Morgen kaufe ich eine Kettensäge und mach ihn klein.

Was heißt Kettensäge? A saw, a chainsaw.

Yes Miss?

A chainsaw, please.

A chainsaw?

Yes.

Is it for you?

No, for my father!

Haha.

Der Kerl fällt mir ein. Ich schaue aufs Meer. Den massakrier ich gleich mit.

Aber er hat doch gar nichts getan.

Pech gehabt. Egal.

Ich glaube, es gibt nichts Schöneres, als hier nachts bei diesem Wind auf diesem Fels zu stehen, 30 Meter hoch, in einem Zimmer mit Blick auf das Meer. Am Strand unten läuft ein Hund entlang. Sicher ist er gelb. Die gelben Hunde, hier sind sie zu Haus. Die Wellen rollen.

Es ist die schönste Insel der Welt. Man muss sie fühlen.

Bitte, bitte. Jetzt tropft es wieder. Ist es Regen?

Wein ich etwa? Es läuft etwas herab.

Bevor ich einschlafe, weiß ich noch, dass links in der Ecke jemand gesessen hat.

Er war gar nicht allein, ich auch nicht. Jemand war da.

Als ich aufwachte, war ich unangenehm verschwitzt, ich hatte geträumt. Irgendjemand, irgendwas hatte mich abgeleckt mit nasser, schwabbeliger Zunge.

Es war noch früh. Ich lief die braunen Holztreppen am Fels herab, der Strand war leer. Was für eine Bucht, der Sand ist rosa. Rechts und links ragen Felsen ins Meer. Eine Insel aus Stein mit ein bisschen Zuckerrohr und ein paar lachenden Schwarzen verkleidet. Glasklares Wasser. Es ist flach, man kann weit hineinlaufen.

Beim Schwimmen fiel mir ein, dass ich außerdem von einer Kamera geträumt hatte. Einer Handkamera, lauter schnelle Schwenks. Schwarzweißbilder. Das Rauschen, dachte ich, was war das für ein Rauschen. Wellen kamen auf mich zu, ich tauchte ab, wie gut ich das noch immer konnte, und plötzlich wusste ich, warum ich wirklich nach Barbados gekommen war. Wegen eines Schänders, eines Kinderschänders. Ich hatte es ja gestern selbst gesagt. Er war schon tot. Aber ich würde ihn jetzt zerhacken, ja zerhacken, das dachte ich und alle, alle, die dazugehörten, und wenn es die halbe Welt wäre. Ich schwamm zurück, was mich viel Kraft kostete. Ich war schon abgetrieben, und die Strömung war hier mächtig – Crane Beach, da war es gefährlich zu schwimmen, und wir taten es doch –, mein Kopf tat weh, außerdem musste ich weinen, plötzlich, mitten im Meer, Salz zu Salz, beim Schwimmen. Ich kraulte, schlug mit den Beinen, warf die Arme viel zu schnell und heulte dabei, schluchzte, verschluckte mich, warf weiter die Arme im Kreis und kam zurück auf flachen Grund mit einer Welle. Lief die letzten Meter raus, ich torkelte, schwankte.

Hier hatte ich einen Hurrikan überlebt als Kind, hier an diesem Strand war es gewesen, wo die toten Fische lagen am Tag danach, als wir die Fliegen eimerweise in den Zimmern zusammenkehrten. Ich dachte an die Kamera, den Hurrikan und schmiss mich auf mein Handtuch.

You have some trouble? sagte ein Mann hinter mir.

Yes. Es war ein Schwarzer. E r hatte eine Mütze auf, die auf seinem Kopf saß wie ein Kaffeekannenwärmer. Sie war gehäkelt, Ringeln, in Gelb, Grün, Rot und Schwarz. Ein riesiges T-Shirt umflatterte ihn, auch die Hosen waren weit, beigefarbene Baggies, an den Füßen trug er Wanderschuhe. Eine Umhängetasche hing von der rechten Schulter quer hinab zur linken Seite.

Where are you from? Germany?

Yes.

I've been there. Snow, Bavaria, Munique, Bier, Cologne, Dom. Fußball.

Ich nickte, kenn ich.

Glaubst du nicht? Er bückte sich, griff in die Tasche, holte ein Mäppchen raus, ein Fotoalbum, das er aufklappen ließ zu einer langen Strecke, hier, sagte er, ich.

Man sah einen Schwarzen, dick vermummt im Schnee, das Gesicht konnte man nicht erkennen. Er zeigte drauf und sagte Zugspitze!, was sich komisch anhörte, dann war er in München zu sehen, das war tatsächlich er, dann in Venedig, in Rom und dann, da, guck mal, er tippte mit dem Finger auf das Foto: Kennst du den?

Ich schaute verblüfft auf das Bild, Wasser tropfte von meinen Haaren herab, er hatte sich jetzt dicht neben mich gehockt. Ich setzte mich auf, ja doch, sagte ich, ja, das ist Mick, Mick Jagger.

Und der da? fragte er strahlend.

Du.

Yeah! Er schrie. Ich bin der Masseur von Mick Jagger. Er hat hier ein Haus, ein paar Inseln weiter, weißt du das nicht. Alle deutschen Ladies wissen das. Du nicht.

Nein, ich nicht, ich rang noch mal kräftig nach Luft.

Er lachte. I'm a rasta. My name is Carlton. Next time I meet you, I give you a massage.

O. K., sagte ich.

You want some ganya?

No, ich schüttelte den Kopf.

Da richtete er sich auf und ging weiter.

Hey, rief ich, wo gehst du hin?

Er sei busy rief er, machte das Peace-Zeichen und schlenderte geradeaus in Richtung Felsen.

Dann hab ich mir einen Mog gemietet; wenn ich selbst fahre, dachte ich, ist es am besten. Jetzt musste ich ja handeln.

Lefthand drive, mahnte der Mann an der Rezeption. Remember.

Es war leicht. Ich bin Linkshänder.

Überhaupt waren alle Tätigkeiten leicht.

Ich glaube sogar, dass, wenn sie nicht so leicht gewesen wären, ich ertrunken wäre.

Hören Sie die Stimmen? flüstert der Mann.

Ein kurzer Regenschauer traf mich im offenen Wagen von rechts. Auf der Uhr am Empfang war es acht gewesen, ich beschloss, doch andersrum hinzufahren, nicht den direkten Weg.

Ich hatte den Fotoapparat dabei, meine Handtasche und mein Kostüm an. Ich wollte erst die Karibik sehen. Freshwater Bay, Batts Rock Bay, Paynes Bay, Treasure Beach, Sandy Lane Beach. Ein bisschen ist die Strecke, als ob man durch das Italien von früher fährt. Überall blüht es. Die Straße windet sich schmal an kleinen Häuschen vorbei, die liegen versteckt hinter Mauern oder Hecken aus Hibiskus und Weihnachtssternen. Immer wieder blitzt das blaue Meer durch. Metallschildchen, die mit Gliederketten an Pfählen hängen, zeigen schaukelnd den Weg zu den Hotelanlagen. Die Palmenauffahrten waren mit Weihnachtsschmuck dekoriert. Sternenketten unter Kokosnüssen. Ein gelber Bus fuhr vorbei, überholte mich hupend. Ich würde ihn fotografieren, das hatte ich mir fest vorgenommen.

Aber jetzt wollte ich erst aussteigen, am Sandy Lane.

Es war merkwürdig dort, weil auf der Straße das gleiche Tor, das links stand und durch das es zu dem Luxushotel hinunterging, ein großes schmiedeeisernes Tor, auf der rechten Seite noch mal stand. Genau das gleiche. Und der gleiche Park, das gleiche Rondell, das links war hinter dem hohen Tor, durch das man hindurchsehen, das Hotel aber nur erahnen konnte, das gleiche Rondell war auch rechts. Dahinter sah man allerdings eine Baustelle. Ich drehte und fuhr einen Seitenweg zum Strand hinab. Auch hier war es noch leer, noch kein Mensch, nur ein einzelner Mann stand am Wasser. Auf den weißen Liegen waren schon die blauen Polster, die Schirme waren aufgespannt. Jede Liege hatte einen passenden Tisch. Das Meer lag hier still, die Sonne ließ es silbern schimmern. Noch. Bald würde es blau aussehen. Im Sand lagen Steine, die sahen aus wie Hirn. Ich ging auf den Mann zu. Er hatte einen Anzug an und stand barfuß mit hochgekrempelten Hosen im Meer, seine nackten Fesseln waren zu erkennen. In der Hand hielt er ein Glas. Als ich näher kam, erkannte ich ihn.

Was machen Sie hier? fragte ich.

Er drehte seinen Kopf zu mir, ohne den Körper zu bewegen. Dem Gecko ähnlich von gestern.

Gehen Sie nicht hin, sagte er. Sie sind zu schwach dafür. Ich drehte mich um und lief weg, aber der Rock war zu eng. Es war schrecklich, ich wollte laufen, aber konnte nicht, ich zog ihn hoch, stolperte, als plötzlich eine Welle kam, der Sand nachgab und ich einsackte, konnte mich aber doch noch mit den Händen abfangen, richtete mich auf, schlug den Sand ab und ging dann langsam und beherrscht – schließlich konnte er mich sehen – zu meinem Auto.

Als ich einstieg, fiel mir auf, dass ich keine Spuren gesehen hatte. Am ganzen Strand waren keine Spuren. Unverschämter Kerl, dachte ich.

Ich musste jetzt quer durchs Land fahren. Noch immer war kein Mensch auf der Straße. Ich schaute auf die Uhr. Ich hatte sie vergessen. Dann kam mir ein Auto entgegen, es raste direkt auf mich zu, hupte, im letzten Moment merkte ich, dass ich auf der falschen Seite fuhr, riss das Lenkrad nach links, bremste, hielt aber nicht, sondern gab doch gleich wieder Gas und fuhr weiter. Wieder fing es zu regnen an.

Rastas gab es früher nicht, dachte ich. Ich zog die Jacke aus während der Fahrt. Der Fahrtwind war angenehm kühl. Mir fiel ein, dass ich einmal einen Freund mit einem Buggy gehabt hatte, der so ähnlich ausgesehen hatte wie dieses Auto hier. Es ging leicht bergan durch die Zuckerrohrfelder. Ich dachte an meine Kinder, die Wolken rissen auf. In der Mitte des Landes war ich plötzlich, ganz unvermittelt, für einen kurzen Moment glücklich. Wie Licht streifte es mich.

Diesmal sah ich gleich in die Ecke. Und natürlich: da saß sie.

Now you are back, Little, sagte sie.

Sie saß in einem Lehnstuhl. Und streckte die Hand nach mir aus.

Come!

Ich ging zu ihr, nahm ihre Hand, die alte, weiche schwarze Lederhand, ich drehte sie um wie früher. Sie lachte kurz. Ich hab mich hingekniet und hab geweint, der einzige Mensch, der mir je Schutz geboten hatte, da saß sie. Wie siehst du aus, Little, sagte sie, zu dünn, viel zu dünn, eine Frau muss was auf den Hüften haben.

I tell you what you have to do, sagte sie.

Ich nickte dankbar, wischte mir die Tränen mit dem Handrücken ab.

Sie sah aus wie damals. Sie trug ein weißes Spitzenkleid, es war aus Baumwolle. Ihr Haar war auf dem Kopf geflochten. Wie ein Gitter lag es auf. Ihr Gesicht, eine Mischung aus frischgeboren und Stein.

First of all, sagte sie und hob den Zeigefinger, you have to eat. Go to the hotel. I'll keep de wake.

Ich nickte, yes, wandte meinen Blick ab, ich guckte ihn nicht an, so gut es ging, wollte ich nicht hinsehen.

Als ich zur Tür raustrat, vorsichtig über das Puder, stand dort die Frau mit dem Handy:

Nach dem Frühstück gehen wir in die Kirche. Sie warten schon alle auf dich.

Das Essen war auch wie früher. Und alles sah jetzt anders aus. Wo gestern Plastikdecken gelegen und Plastikblumen gestanden hatten, lag jetzt Damast, und Hibiskussträuße standen drauf, aber echte. Sie bauten gerade ein Bankett auf.

Ich kam an einen Extratisch, und dann defilierten wie im Schlaraffenland die Speisen vorbei.

For you, Miss, your father was de best cook we ever had. And our house is twohundred years old.

And you, too?

She's like him, always joking.

Mein Vater war ein Schwein, denke ich. Mach den Rockbund auf und esse. Flying fish Clipper, ham and egg, maccaroni pie, black pudding, sweet sweet chocolate cake, trinke Nescafé mit Milch, ein Schlückchen Rum, dann gehen wir.

Moment mal, sage ich zu der Frau mit dem Handy, die Margaret heißt. Ich habe was vergessen. Einen Moment. Ich renne zu der Hütte rüber und stürme rein.

Aiiy! schreit Emily in der Ecke, aber ich bin schneller, ich hole den Fotoapparat raus und knipse. Alles, den Raum, den Tisch, den Stuhl, ihn, den Kopf, das Gesicht, den Bauch, die

Beine, die Hose, die noch immer hochsteht, bei jedem Blitz leuchtet auf der Haut der Lack auf. Doch schon werde ich gepackt. Margaret schreit, Emily winselt, don't, don't, don't do that!

Sie krakeelen, jaulen, schlagen die Hände über den Köpfen zusammen: Little, what's on? Stop it!

Ich stoße sie weg, ich fotografiere den Computer, die Tastatur, den Tower, die Marke, die draufsteht, dann wieder ihn, die Socken, den Kopf, den Bildschirm noch mal. Don't! schreit Margaret, sie schlägt nach meinem Fotoapparat, aber ich schlag zurück, da kommt Emily, sie sollen mich in Ruhe lassen, er ist mein Vater, ich treffe ihr Gesicht versehentlich, der Apparat fällt hin, ich hebe ihn auf und drücke – ich weiß nicht warum – auf den Power-Knopf vom Tower, ich will ihn anmachen, stattdessen mache ich ihn aus. Emily schüttelt den Kopf: De white, de stupid white, stöhnt sie. Aber ich halte den Apparat fest, presse ihn gegen mein Herz. Sorry, Mam, sorry, ich richte mich wieder auf, verneige mich. Es musste sein, sorry.

Sie geht zurück zu ihrem Lehnstuhl, lässt sich fallen, wischt mich mit der rechten Hand weg, go out of here. Ich sage nochmals: Sorry. Sie schüttelt den Kopf, wehrt ab.

Wie kannst du nur so was tun? fragt Margaret. Man darf doch keine Bilder machen von einem Toten, bist du verrückt? Ich aber fühle, dass es richtig war. So kommt er mir nicht davon, denke ich. So nicht. Aber warum hab ich auf den Knopf gedrückt? Jetzt ist alles weg. Ich muss an den Tower, ich muss da ran. Die Polizei muss kommen. Ich muss handeln.

Stattdessen fahren wir mit Margarets Wagen in die Stadt. Er ist klimatisiert, ich friere.

Das hättest du nicht tun sollen, sagt sie erneut. Sie sieht sehr besorgt aus: was wird jetzt aus ihm?

Ich verstehe sie nicht, das ist doch nur Aberglaube, sie ist eine junge Frau, so schlimm ist es wiederum auch nicht. Sie schaltet das Radio ein, es läuft grad irgendein Reggae-Weihnachtslied, sie fängt zu singen an und hat schon wieder gute Laune.

I love de pastor. And you will love him, too.

Ich überlege, wie lange die Leichenstarre geht, irgendwann klappt er doch zusammen.

Die Kirche ist aus weiß gestrichenem Holz und liegt an einem Hang in Eagle Hall, dem Schwarzenghetto von Bridgetown. Sie ist schon voll, als wir kommen.

Ich sage, wir sind zu spät. Nein, nein, meint sie, das ist noch die Bibelstunde. Komm mit.

An den Büschen vor der Kirche schwirren Unmengen von Kolibris. Wir gehen durch die Seitentür. Sie geben mir eine Bibel, ein Gesangbuch und ein Blatt Papier. Es ist ein Formular, obendrauf steht »Power in the Blood Assembly«, untendrunter sind die Kästchen zum Ausfüllen. Ich muss aufschreiben, wie ich heiße, wo ich herkomme, wo ich wohne, ob ich schon mal da war, wer mich eingeladen hat. Es ist wie bei der Einreise. Dann nehmen sie mir das Papier ab. Ich darf mich setzen.

Vorn steht ein Tisch, hinter dem zwei Männer und zwei Frauen sitzen, davor ein Pult, rechts an der Seite ein Schlagzeug, Standmikrophone sind aufgebaut. Ein junger Mann, circa 20, groß und schlaksig, geht an das Pult, die Kanzel. Er hat einen riesigen Mund, die Lippen aber sind schmal, ungewöhnlich für einen Farbigen; wenn er spricht, sieht der Mund aus wie ein Kasten. Er spricht aber gar nicht. Er schreit. Er schreit ein Gebet. Er brüllt es regelrecht, wirft sich dabei vor und zurück. Eine Frau setzt sich neben mich, sie schubst mich mit dem dicken Hintern an, ich soll rutschen. Noch eine setzt sich zu uns in die Reihe, noch eine. Am Fenster hängt ein Ventilator. Ich muss etwas tun, denke ich, werde aber langsam eingekeilt. Der junge Mann rast inzwischen, bricht aber plötzlich mittendrin ab, jetzt kommt der Pastor. Margaret zeigt auf ihn und grinst, als ob er ihr Auserkorener wäre.

Der Pastor geht ans Pult und sagt:

Heute reden wir über uns!

Er hat keinen Talar, sondern einen braunen Anzug an, über uns, sagt er, wie wir alle hier sitzen. Wir haben es allesamt verdammt nicht leicht gehabt, nicht wahr?

Es ist jetzt ein Summen in dem weißen Raum, ich sehe die schwarzen Köpfe nicken.

Einige von uns kommen von dort hinten, aus den Hütten am Hang.

Das Summen, sie nicken.

Menschen, die aus Europa kommen, aus Deutschland zum Beispiel, können sich manchmal gar nicht vorstellen, womit das zu tun hat.

Ich zucke zusammen, Summen, sie nicken.

Mit ein paar Pigmenten, nicht wahr?

Alle nicken. Hey man! rufen einige, du hast Recht. Sie sind sofort sehr aufgebracht.

Ich sage euch, für uns alle, alle hier …

Yeah! krächzt eine Frau hinter mir, yeah man Jesus!

… für uns alle kommt es darauf aber gar nicht an, es ist egal, wo wir herkommen, es ist ganz egal.

Summen, ein paar stehen auf, setzen sich aber doch gleich wieder.

… Wir alle haben Leid, wir kennen Leid, wir alle wollen Glück, ist es nicht so?

Yeah! schreien sie, springen auf, winken mit der rechten Hand.

… Wir alle wollen Glück und Reichtum und Frieden und eine nette Frau, die nicht mit uns schimpft, wenn wir das Geld wieder in den Rumshop gebracht haben …

Lachen. Wieder stehen welche auf, andere setzen sich. Hey man! rufen sie.

… und wir alle, wir alle dürfen das. Wir alle sind gleich. Man, you are right!

… Und wisst ihr, wer euch das sagt? He?

Sie erheben sich, wiegen sich mit den Armen hoch, winken. Der Pastor wartet

…. Das sagt euch: Jesus!

Oh yeah! rufen sie. Jesus! Jesus!

… Wir lesen Kolosser 3.2.

Sie schlagen die Bibeln auf. Ich kenne solche Bibeln nicht, groß wie Telefonbücher. Sie sind mit Erklärungen. Margaret hilft mir: »Der alte und der neue Mensch«, lese ich. Warum sagt er das, denke ich, drehe mein Gesicht zum Ventilator. Draußen stehen jetzt auch Menschen, sie drängen sich am Fenster.

»Trachtet nach dem, was droben ist«, liest der Pastor, »nicht nach dem, was auf Erden ist. Denn ihr seid gestorben, und euer Leben ist verborgen mit Christus in Gott. Wenn aber Christus, euer Leben, sich offenbaren wird, dann werdet ihr auch offenbar werden mit ihm in Herrlichkeit.«

Die von draußen drängen langsam rein, ich spüre es, das Gefühl kenne ich schon, dasselbe wie gestern. Ich drehe mich vorsichtig nach hinten um. Menschen, überall Menschen, alles Schwarze, hier ist niemand weiß. Nur ich. Sie stehen, sitzen, sie lesen oder sehen nach vorn.

»So tötet nun die Glieder, die auf Erden sind«, liest er. Hinter ihm hängt eine Karte von Barbados mit den Gemeindegrenzen drauf, jede Gemeinde steht für etwas: St. Lucy für Love, St. Peter für Goodness, St. Andrew für Jesus, St. James für Faith und St. Joseph, dort wo Bathsheba liegt, steht für Blood.

»Unzucht, Unreinheit, schändliche Leidenschaft, böse Begierde und die Habsucht, die Götzendienst ist. Um solcher Dinge willen kommt der Zorn Gottes über die Kinder des Ungehorsams. In dem allen seid auch ihr einst gewandelt, als ihr noch darin lebtet. Nun aber legt alles ab von euch …« –

oh Lord, Jesus, murmelt die Frau hinter mir – … »Zorn, Grimm, Bosheit, Lästerung, schandbare Worte aus eurem Munde; belügt einander nicht; denn ihr habt den alten Menschen mit seinen Werken ausgezogen und den neuen angezogen, der erneuert wird zur Erkenntnis nach dem Ebenbild dessen, der ihn geschaffen hat.«

Ich sehe zur Seite und merke jetzt erst, dass Margaret ihr Handy rausgeholt hat, sie wählt gerade eine Nummer, sie telefoniert. Ich guck mich blitzschnell um, ob das peinlich ist, aber niemand nimmt Anstoß.

»Da ist nicht mehr Grieche oder Jude, Beschnittener oder Unbeschnittener, Nichtgrieche, Skythe, Sklave, Freier, sondern alles in allen Christus.«

… Was heißt denn das? fragt der Pastor.

Margaret nimmt das Handy ans Ohr und flüstert.

…. Heißt das morgen? Heißt das übermorgen? Heißt das später?

No, no, no! rufen sie.

… Das heißt … – ich versuche Margaret zu verstehen, das geht aber nicht – … was heißt das?

Sie stehen auf. Jesus! Die Frau hinter mir ist außer sich, Jesus! Jesus!

… Jetzt! Jetzt! heißt es.

Denn, denn, denn, sagt er: Nächstes Kommando: … Philipper 3.13.

Jetzt blättern wieder alle.

… Haben wir das nicht gelernt? Das heißt, ihr Lieben, da steht es: »Eins aber sage ich: Ich vergesse, was dahinten ist« – er zeigt nach hinten – »und strecke mich aus nach dem, was da vorne ist, und jage nach dem vorgesteckten Ziel.«

… Ich vergesse, was dahinten ist, wiederholt er. Sollen wir das wirklich vergessen? Dahinten, die Hütten, die Armut, der Hunger? Und dass wir uns schon wieder kein neues Auto kaufen konnten dieses Jahr?

Sie lachen.

Er nickt und lacht auch.

... Wir dürfen glücklich sein, Brüder und Schwestern, wir alle, egal, wo wir herkommen, ob von da oder von dort. Gott will es. Aber wer führt uns zu diesem Ziel, und worauf kommt es an?

Margaret steckt das Handy weg, jetzt hängt sie mit offenem Mund an seinen Lippen.

Ich schau mich erneut um. Lauter schön gemachte Menschen. Alle sehen gepflegt aus und chic. Ich streich an meinem roten Rock herab, er ist dreckig.

... Na, worauf kommt es an? ruft der Pastor.

Viele machen Notizen, die Frau neben mir hat ein Buch auf dem Schoß und schreibt Stichwörter auf.

»Depends?«, darüber »Philipper«. »Attitude« schreibt sie gerade. Er sagt, es hängt von der »attitude« ab.

Das Haar der Frau vor mir ist ein Kunstwerk. Ein Turmaufbau aus schwarzem Lack. Sie hat Perlen um den Hals und ein knallenges Minikleid an. Auf dem Schoß wiegt sie ein Baby in einem Matrosenanzug.

Ich denke an ihn. Ich denke fortwährend an ihn, wie er aussah. Sein Körper, sein Leib. Warum, denke ich, warum?

Ein großes grenzenloses unfassbares Warum.

... ihr müsst lernen, das Alte zu verlassen! schreit der Pastor, und ich sage euch, es wird euch gelingen, ab heute, ab jetzt.

Dann macht er eine Pause, es wird still: Aber nun wollen wir hören, ob jemand Neues in unserer Kirche ist.

Ich recke mich erschrocken. Margaret rempelt mich an. Erst hat sie fortwährend telefoniert, jetzt schubst sie mich und schüttelt an mir, als wär ich ein Sack. Auf ihrem Schoß liegt ein Terminkalender. Sie stößt mich noch mal heftig an. Die Leute drehen sich um.

... Nun? Sagt der Pastor, wir haben einen Gast, und sie war schon einmal hier auf unserer Insel. Emily hat sie uns beschert, und Margaret hat sie hergebracht.

Stand up! tuscheln sie, die Frau an meiner Rechten drückt mich hoch, nun los! Mach schon.

Ich stehe auf, das soll ich wohl, da klatschen sie. Ich drehe mich um, sie klatschen. Jetzt erst sehe ich, wie voll die Kirche wirklich ist, und tatsächlich, keiner hier ist weiß.

Sie klatschen wie besessen, ich verneige mich, da spricht er weiter:

... Unser Land soll dein Land sein, sagt er, und du sollst immer wiederkommen.

Wieder klatschen alle, ich fang zu weinen an, ich bin gerührt, es ist mir peinlich.

Siehst du, haut mir Margaret in die Rippen, als ich mich wieder hinsetze, er ist wirklich gut.

Ich wische die Tränen weg, sodass die Tusche nicht verläuft, aber ich habe gar keine Tusche drauf und auch kein Taschentuch, ich nehm die Hände.

»Der alte und der neue Mensch«, wiederholt der Pastor und fährt mit der Predigt fort.

Am Ende, am Ausgang, gibt er mir die Hand. Er sieht von nahem ganz alt aus, wie ein Schauspieler wirkt er, eben war er noch dynamisch und jung. Ich will sagen, dass ich ihn bitte zu kommen, da nickt er schon: bis morgen, 11 Uhr.

Ich werde weitergeschoben, denn jeder will dem Pastor die Hand geben, und sage zu Margaret: Morgen, wieso?

Aber Margaret ist nicht mehr neben mir. Ich sehe sie auch nicht. Ich sehe nur Kinder, Frauen und Männer, alle lachen, reden, drängen sich um den Pastor, er heißt Vibert Lowe, er ist mitten unter ihnen, unter seiner Gemeinde.

Da hupt es. Sie sitzt schon im Auto, die Tür steht offen. Ich steige ein. Sie muss jetzt zum Supermarkt, sagt sie, und fährt los, zum Roxy.

Margaret, bitte, wir müssen jetzt über das Begräbnis reden. Ich muss zu einem Unternehmer.

Deshalb ja, sagt sie. Ich kauf uns Handschuhe. Ich habe

keine Handschuhe mehr. Und ein bisschen was zu trinken, irgendeinen Saft, was willst du? Ananas, Papaya? Oder willst du ihn ohne Handschuhe waschen?

Als wir zurückkommen, liegt er auf einem Tisch. Die Fenster sind offen. Man sieht auf die Palmen am Hang. Ein kleines silbernes Transistorradio ist an. Es läuft wieder Weihnachtsmusik als Reggae. Vor dem Tisch steht ein schwarzer Sarg, geschlossen. Wir müssen uns an ihm vorbeiquetschen, es ist kaum mehr Platz in dem kleinen Raum.

Emily macht sich schon zu schaffen.

De wake is over, sagt sie. Normalerweise sei die Reihenfolge anders, aber wegen dir machen wir es jetzt so.

Margaret wirft die Gummihandschuhe auf den Sessel, auf dem er zuvor gelegen hat.

Wie findest du unseren Pastor, Little? fragt Emily.

Gut.

Er sieht wirklich absurd aus, seine Shorts steht in der Mitte noch immer hoch. Vielleicht ist er ja beim Onanieren gestorben, denke ich. Und hat es gerade noch geschafft, die Hose zuzumachen. Alt ist er, im Licht sieht man es. Die Arme ziemlich blass, leicht fleckig. Trotzdem ist sein Gesicht außergewöhnlich straff. Die Augen sind zu, auch der Mund ist jetzt geschlossen.

Unter der Zimmerdecke dreht sich langsam ein alter Ventilator. Gestern habe ich ihn gar nicht bemerkt. Der Computer ist zur Seite gerückt, auf dem kleinen runden Tisch steht eine Schale mit Erdnüssen, eine Flasche Cockspur Rum und Salz, ein Päckchen Salz.

Emily fängt mit den Schuhen an. Sie zerrt dran, ächzt, die Füße sehen dick, geschwollen, aus.

Was hatte er eigentlich für eine Krankheit? frage ich.

Sie zieht die Schultern hoch, ich weiß nicht.

Aber du hast mir doch geschrieben!

Der linke Schuh ist ab. Der Strumpf ist dreckig. Mein Vater hatte nie solche Strümpfe an, denke ich.

Ja, ja, sagt sie, ich wusste, dass er stirbt.

Sie zieht am rechten Schuh. Margaret kommt mit einem Eimer Wasser rein, er ist blau und aus Plastik, sieht neu aus. Sie bringt Lappen mit und Handtücher, summt die Weihnachtslieder.

Wo hattest du denn meine Adresse her?

Na von ihm, antwortet Emily, von ihm natürlich.

Sie lässt den Schuh fallen.

Schmeißen wir das weg? Margaret zeigt auf die ausgebeulten braunen Slipper, dann mach ich's gleich in einen Sack.

Emily nickt.

Aber von ihm, sage ich, das geht nicht.

Little, sie ist empört, von wem denn sonst?

Schicken Sie Licht drauf! Schicken Sie ganz viel Licht drauf!

Plötzlich sind die Seile gekappt. Ich steh alleine da in meinem roten Panzer. Allein und ohne Halt.

Wie meinem Kindertraum. Oder einem Comic. Der böse Kater sägt von unten das Loch im Boden aus, wusch, geht der Deckel weg, und das Vögelehen verschwindet.

Was hab ich denn gedacht? Dass nur ich ihn suche! Ja, ich gebe es zu. Das hab ich getan. Eine Zeit lang. Ich hab ihn suchen lassen. Durch befreundete Asienkorrespondenten, durch Konsulate, durch Interpol. Einmal meinte eine Freundin von mir, eine Filmemacherin, ihn in Phnom Penh gesehen zu haben. Sie rief extra aus Kambodscha an. Er habe im Dschungel durch einen Vorhang geguckt, und zwar genau dort, wo eine unsagbar alte Tänzerin das berühmte Ballett des Kaisers wieder trainiert, kleinen Mädchen zeigt, wie man die Finger biegt, sodass sie Geschichten erzählen. Sie habe ihn sofort erkannt, sagte sie, er habe eine Kochmütze aufgehabt. Aber Alice, erwiderte ich, das beweist nichts. Doch, sagte sie, er sah genauso aus wie du.

Und schließlich hatte er sich noch einmal bei meiner Mutter, seiner Frau, gemeldet, er gab an, er sei in Hongkong und besäße dort drei Hotels.

Du musst hinfahren, sagte mein Freund, ihn erschießen. Ich komm mit und filme dich. Da wirst du berühmt. Du musst auf der Welle reiten, das ist deine Chance.

Und jetzt? Jetzt liegt er da. Und hat meine Adresse gehabt, wie lange wohl schon? Hat mich herbestellt, und ich bin auch gekommen.

Ein Glas kommt auf mich zu.

Was willst du? Ananas oder Papaya? Mango ist auch da.

Ich sage Ananas.

Das Glas wird voll.

Warte, ich hol uns noch Eis. Du willst doch Eis, oder?

Ja, sag ich, ganz viel.

Emily zieht einen Socken ab.

Seine Zehen sind rosa. Sonst sind die Zehennägel von alten Männern doch immer gelb. Die Füße sind gepflegt. Mich beruhigt das.

Das Glas kommt wieder. Ich sage: Prost. Auf ihn.

Nicht jetzt, schimpft Emily, nicht jetzt, morgen trinken wir auf ihn.

Schon ist der andre Socken ab. Er hat meine Adresse gehabt, dieser Leichnam da. Nie, nie hab ich das gedacht.

Emily wackelt zu seinem Kopf hoch. Es läuft jetzt Jingle Bells.

Können wir das Radio ausmachen, bitte?

Wie schade. Stört es dich?

Ich steh im Internet, 1994 Besuche auf Ihrer Website. Wie

einfach das heute geht. Mein Vater, wahrscheinlich ist er kalt.

Emily knöpft das Hemd auf.

Ist er kalt?

Wer? Er? Dein Saft ist kälter, grinst sie. Du kannst mir mal helfen, Tote ausziehen ist schwer.

Was? Helfen?

Na klar.

Sie nimmt die Schere, schneidet die Ärmel auf und schaut dabei in sein Gesicht.

Eigentlich hat er viel gelacht, sagt sie, und er kannte gute Geschichten. Am liebsten hab ich die vom Bad der Königin gehört. Wir haben hier so was auch. Das gibt es: den Wiedergänger, das kenn ich.

Anscheinend ist die Schere stumpf, der Stoff geht nur schwer zu trennen.

Da fällt mir ein, sagt sie, nimm mal das Salz. Sie zeigt mit ihrer schwarzen Hand auf den kleinen, runden Tisch. Geh mal. Streu mal das Salz draußen aus.

Ich gucke sie an. Ja, einfach streuen auf die Terrasse. Was denkst du, die Geister sind alle da. Sie lauern, sie wollen ihn haben. Aber wenn sie das Salz in die Nase kriegen, dann müssen sie es lecken. Und können nicht rein, so einfach ist das, sie sind sehr stupide. Aber sie dürfen ihn auf keinen Fall kriegen.

Ich nehm das Salz, geh raus und streu es aus, jetzt ist alles egal, als ich zurückkomme, redet sie weiter, in den Händen bereits Teile von seinem Hemd, wie klein sie ist … und von anderen Ländern, sagt sie, da wusste er auch ganz viel. Von Hongkong, Singapur, China und von Amsterdam. Wo ist das? In Frankreich?

Ich schau sie an, sie müsste hundert sein inzwischen.

Ein Lügner, sagt sie, war er auch. Komm, wir machen weiter. Margaret kommt von hinten mit Anzügen auf Bügeln rein, hält sie hoch, was soll er denn anziehen? fragt sie, sie zeigt die Kochuniform, den?

Nein, nicht den. Als Koch soll er nicht in den Sarg. Jetzt zeigt sie einen beigen, Emily kriegt den Kragen nicht durch, verdammt noch mal, flucht sie und zerrt an seinem Hemd. Das reißt. Da ist er nackt. Die Brust, der Bauch, unbehaart, glatt, leicht speckig.

Ich hab dann angefasst, es war ganz einfach.

Ich hab die beiden einfach nachgemacht und mir vorgestellt, er sei ein Truthahn. Truthahn, dachte ich, das kenne ich ja, ausnehmen, waschen, füllen, würzen, wenn man will, kann man die Füllung auch weglassen. Dressieren, staffieren und dann ab in den Topf, ins Bratrohr.

Schwierig wurde es bei der Hose.

Emily ging sehr vorsichtig vor.

Muss das sein? fragte ich sie.

Aber natürlich. Auch wenn du ihn verbrennen lässt, du solltest es übrigens tun, die letzte Ölung muss er kriegen. Was er drauf hat, ist doch nur gegen die Insekten.

Ach so, sagte ich, gegen die Insekten, ach so.

Mit spitzen Fingern knöpfte sie ihm die Shorts auf, Margaret zog sich die Handschuhe an, sie waren rosa.

Lässt du ihn verbrennen?

Ich nickte, ja.

Das ist gut. Da sparen wir uns gleich die Unterwäsche. Leichen fertig machen ist schwer.

Sie griff in die Shorts, wie schön ihre Hände noch waren, ich sah die Unterhose, sie war gerippt, weiß gerippt, schlanke Hände, ihre Finger gar nicht krumm.

Ihr drückt ihn hoch, ich ziehe! kommandierte sie.

Jetzt war es, als stünden wir um einen OP-Tisch, und dann …

Es war entsetzlich, das Ding schnellte wie ein Gummiknüppel hoch. Margaret schrie und ließ los, aber Emily zog weiter, riss die Hose die Beine runter, warf sie weg in die Ecke, dann bekreuzigte sie sich.

Es war lila und niemals echt. Eine Attrappe, dachte ich, ein schlechter Witz, ich suchte sofort nach Nähten, beugte mich herab, zum Glück roch ich nichts, aber Nähte sah man nicht, was man sah war durchgehend lilabraune Haut, die wippte, es war geschwollen und schief. An der Seite, zu mir hin, bemerkte ich dann doch etwas, und zwar innen unter der Haut, es sah wie eine dicke Ader aus oder ein Schlauch? Und am Schaft, am Hodenansatz, da war ein Knoten, ein Punkt, oder eine kleine Kugel. Ich griff zum Sessel hinter mich, nahm ein Geschirrhandtuch und umwickelte damit meinen Zeigefinger. Als würde ich ein giftiges Insekt anfassen, so berührte ich ihn, drückte auf den Knopf – ja, es war ein Knopf, es war richtig, man konnte draufdrücken –, hielt kurz fest, zog dann den Finger weg, Karomuster, rot weiß, sein Vorstecker, durchschoss es mich, das ist sein Vorstecker, nein, er trug ja immer nur weiße, und da sah ich es, da schrumpfte das Ding. Als hätt' ich ihm die Luft rausgelassen. Der Knopf wurde langsam größer, der Knüppel zog sich zusammen, zum Schluss fiel alles ein.

Die beiden machten ihn dann allein fertig. Ich ließ mich in den Sessel fallen, um meinen Finger noch immer das Tuch. Ich glaube, dass ich ganz kurz schlief, ich war völlig erschöpft, zumindest hab ich eine Weile nichts gesehen, nur Weißes. Als ich die Augen öffnete, griff Emily grad in ihre Kleidertasche und zog ein Fläschchen raus …

Hey, das kenn ich, so eins hab ich auch.

Ich weiß, sagte sie und drehte es in ihrer Hand.

Er war jetzt schon gewaschen.

Komm! Steh auf! Du musst zugucken!

Ich stellte mich neben sie, Margaret stand uns gegenüber. Emily hob den Arm, langsam ließ sie von Kopf bis Fuß den Inhalt des Flakons auf seinen Körper tropfen. Dann rieb sie ihn ein. Was sie mir zeigte, war ein Akt der Gnade. Emily erlöste seinen Leib.

Kurz darauf kamen zwei Männer rein und hoben ihn in den Sarg.

Vor der Hütte stand ein Auto. Eine Limousine. Auf den Türen war ein Goldemblem »Paramount Funeral Home«. Und darunter klein: »for rent«.

Die Männer schoben den Sarg hinten rein, stiegen ein und fuhren vorsichtig über die Wiese zur Straße davon.

Auf der Rückseite vom Wagen prangten eine Taube, rechts und links zwei fliegende Fische, darunter das Wort »dignity«.

Jemand, ich glaube, Margaret, gab mir einen Rum.

Ich ging meine Hände waschen.

Du musst Hunger haben, rief mir Emily ins Bad hinterher.

Nein, antwortete ich in den Spiegel meines Vaters, nein.

Als ich rauskam, waren die beiden nicht mehr da. Eine Schachtel stand auf dem Tisch, ein Zettel lag drauf, »for you«. Ich ging zur Tür, auf die Veranda raus und sah sie zum Atlantis wackeln, Margaret schwenkte einen Plastiksack am Arm, da waren seine Sachen drin. Was sie wohl damit machten? Dann sah ich das Schaf, das wie eine Ziege aussah, und den Hund. Als er mich erkannte, kam er angerannt. Er konnte noch nicht richtig laufen, er war noch sehr jung. Es war ein Springen und Paddeln auf für den Körper unbotmäßig großen Pfoten. Ich bückte mich kurz, er kam aber nicht, er traute sich nicht auf das Salz. Im Hochkommen, als ich mich aufrichtete, hab ich auf die Brandung des Meeres gesehen. Was für einen Blick er hatte! Ich trat zurück ins Innere, setzte mich auf den Lehnstuhl, auf dem Emily gesessen hatte, und guckte auf den Tisch. Genauer gesagt, auf die Tische, es waren zwei, sie waren zusammengeschoben, und die Schachtel stand drauf. Sah wie eine Hutschachtel aus, wie das Haus in Lila. Und dann bin ich sitzen geblieben, vor der Veranda winselte der Hund, ich hab auf den Tisch geschaut, auf dem mein Vater gelegen hatte, die Leiche, was war das wohl für ein Knopf? Ich dachte an den Pastor und hörte den Hund, und dann dachte ich nichts mehr, ich saß nur noch da. Irgendwann fiel mir die Geschichte vom Fischer ein, es war einmal ein Fischer, der hatte eine Jacke, die war blau.

Ein Kind kam später rein, ein Junge, er nahm mich an der Hand und holte mich raus. Es war schon dunkel, die Frösche schrien. Singen, dachte ich, es ist Singen? Ich griff nach meiner Handtasche, fühlte den Fotoapparat, suchte nach dem Autoschlüssel, nahm die Hutschachtel und ging zum Wagen, der Junge begleitete mich.

Margaret kam von der Hotelterrasse, sie müsse nun nach Hause, sagte sie. Emily sei schon weg. Sie möchte, dass du morgen früh zu uns kommst. Ich nickte. Ich hol dich, sagte sie. Ruh dich aus. Morgen kommt der Pastor. Ich nickte.

Dann hab ich mich doch noch auf die Terrasse gesetzt. Der Mann aus der Küche brachte mir einen Punch, im Speisesaal räumten sie gerade wieder alles weg. Es saßen nur noch wenige da. Fünf oder sechs. Das Licht war grell. Hinten in der Ecke saß der Mann aus dem Hotel, der Engländer, es wunderte mich nicht. Er sah zu mir herüber. Ich grüßte stumm, er beantwortete das. Dann ging ich.

Im Hotel fing die Limbo Show an, der Barkeeper winkte.

Ich zeigte auf mein Kostüm; dass ich verschwitzt sei, bedeutete ich ihm, er lachte und schüttelte neckisch strafend den Kopf. Ich ging in mein Zimmer und erbrach mich über dem WC. Es kam aber gar nichts. Nur Würgen.

Als ich mich aufs Bett legte, habe ich auf die Schachtel geguckt, ich beschloss, sie zuzulassen.

Ich habe die Klimaanlage ausgemacht, die Fenster aufgemacht und den Himmel nach Sternbildern abgesucht. Ich wollte die Planeten finden. Jupiter, Venus, Mars.

Ich habe die Limbomusik gehört und mir vorgenommen, den Hund mit nach Deutschland zu nehmen. Das muss ich mir merken, dachte ich, das muss in den Kopf. Ich werde Valium kaufen, für die Reise, das gebe ich dem Hund. Wenn man in der Luft ist und er wach wird, passiert ja nichts. Er kommt höchstens in Quarantäne. Aber ich gebe ihm so viel, dass er zwölf Stunden schläft. Das alles dachte ich, und dann saß ich in Emilys Haus an ihrem Bett. Ich erkannte alles.

Sie hatte das weiße Kleid wieder an und lag damit auf vielen Kissen. Ein junges Mädchen brachte mir Schokoladenkuchen und Tee.

Ich kann nicht mitgehen, sagte sie, ich bin heute schwach. Weißt du, dass ich schon sehr alt bin?

Ich wusste es, hundert?

Ja, ich bin schon sehr alt.

Oben über dem Bett war ein kleines Bord. Darauf standen – ich zählte sie – elf blaue Flaschen. Sie sahen alle gleich aus, achteckig, mit ziseliertem Silberkragen.

Ich zog meine raus, heute hatte ich sie eingesteckt.

The oil, sie lächelte müde, es ist ein Geheimrezept. Ich kann viele solche Rezepte. Aber das, das ist sehr speziell.

Dann nahm ich mir ein Herz und fragte sie:

Hat er es wieder gemacht?

Sie nahm meine Hand und tätschelte sie. Was hat dir denn der Pastor gesagt, Little? Gestern?

Ich antwortete nicht. Sie war doch gar nicht da gewesen. Oder doch?

Gleich, um elf, wird er verbrannt, Little.

Ich drehte die Flasche in der anderen Hand.

Die ist von meiner Schwester, sie hieß Esther. Esther Radtzeville. Aber bei euch, da hieß sie Nune.

Ja, sagte ich, ich habe von ihr gehört.

Sie war wunderschön. Sie konnte keine Babys kriegen, weißt du. Das war wahrscheinlich von hier gewesen, von uns hier, wegen ihrem früheren Herrn. Die Mam war gut gewesen, ein echte Lady, aber der Sohn ... du weißt schon.

Sie hat deinen Vater geliebt, als er klein war. Und darum haben wir ihn auch geliebt, als er wiederkam.

Ich sah auf die Holzdielen. Auf den Stuhl, auf das Regal an der Wand, am Fenster hingen rosa Nylonvorhänge, im Garten stand ein Flamboyant, dessen Schoten rasselten im Wind. Der Mensch braucht nicht viel, dachte ich. Schau mich an, sagte Emily! Weißt du noch, wie du Tante Charlie gesagt hast?

Ich fing zu weinen an, yes.

Hey, das war lustig. Wir haben alle so gelacht.

Ich hebe den Kopf.

Willst du meine Familie sehen?

Ja.

Nachher lernst du sie ja kennen. Soweit sie da sind, beim Feiern, nachher.

Sie nahm ein Foto von dem Tischchen neben dem Bett, es war in einem Goldrahmen. Sie hielt es mir hin, setzte sich auf und sagte dann, während sie mit dem Finger auf die Menschen zeigte, die zum Gruppenbild angetreten waren, Jung und Alt mit Kindern und Kindeskindern:

Elisabeth, Philipp, Margaret, Anne, Charles, Edward, Diana ...

Ich lachte auf: die Royals!

Da brach auch sie in krächzendes Lachen aus, ... yes, de royals. Great he, de royals.

Wie lange wirst du bleiben? fragte sie.

Ich weiß nicht.

Sie beugte sich vor und sah in mein Gesicht, als suchte sie dort etwas.

Hör mal, Little, sagte sie und lehnte sich mit einem Seufzer zurück in die Kissen, es gibt vier Arten sich von einem Toten zu trennen:

Die erste ist – sie streckte den Daumen der rechten Hand –: du musst ihn betrachten. Guck die Leiche an. O. K., sie schüttelte den Kopf, damn it! Das haben wir gemacht. Wenn es geht, halte die Wache. Das habe ich für dich erledigt.

Die zweite ist – sie bog den Zeigefinger nach hinten –: du musst nachdenken, mein liebes Kind, über den Kreislauf von Leben und Tod. Über das Vergehen und die ewige Wiederkehr. Wenn der Hurrikan kommt, stehen danach immer noch ein paar Bäume.

Die dritte – der Mittelfinger –: du musst ihn begraben, verbrennen, ins Meer kippen, meinetwegen frier ihn ein, oder setz ihn in eine Rakete, was sie sich heute so alles einfallen lassen, sie schüttelte den Kopf.

Und du, du, Little, das ist die vierte – sie fasste den Ringfinger an –: du musst auch seine Geschichte erzählen, das ist sehr wichtig, hörst du, tell his story, his wiederholte sie. Und mach alle vier.

Morgen früh kommst du wieder, und dann gebe ich dir noch was, nun geh, ich bin jetzt müde, geh, sie klopfte mir noch mal die Hand. Dann rief sie etwas, das ich nicht verstand, das Mädchen kam, nahm mir den Kuchen weg und den Tee, zog die Fensterläden ran und ging mit mir raus.

Little, rief sie, als ich schon in der Tür stand, ich kann ein deutsches Lied. Sie setzte sich wieder, grinste, hob noch einmal die rechte Hand und brummte dann: Mariechen, Mariechen, du süßes Viehchen – dann wusste sie den Text nicht, machte hm hm hm –: dann kommt der deutsche Männerchor und singt dir mal ein Liedchen vor. Sie riss die Kugelaugen auf, schob feixend den Unterkiefer vor und lachte lauthals los. Dann schlug sie die Hände vors Gesicht, warf sich abrupt zurück, schloss die Augen und schnarchte.

Ich schaute das Mädchen an, sie hatte grellgrün lackierte Fingernägel mit silbernen Sternen drauf. Als sie die Tür schloss, wischte sie die Hand vor dem Gesicht hin und her und sagte Grandma dabei, plem plem. Plem plem, sagte ich, das ist auch Deutsch. Sie lächelte freundlich und schob mich raus.

Später bei der Feier hat mir Margaret erzählt, das Emilys Mutter eine »fast walking woman« gewesen war. Und deren Mutter auch. Das waren die Frauen, die früher von Dorf zu Dorf über die Insel liefen, um den Tod der Leute zu verkünden. Außerdem war sie ein bush-doctor gewesen, sagte Margaret, Emily auch.

Ich fragte, was heißt das? Ach, winkte Margaret ab, du kriegst Tees bei ihr und Kräuter, ich geh lieber in die Stadt zum Arzt.

Wir haben einen süßen Arzt, sagte sie.
Aber der Pastor ist süßer?
Sie lachte.

Sie hatten alles arrangiert.

Ich hatte schon wieder das rote Kostüm an, was nichts machte, denn es waren nur der Pastor und Margaret da. Niemand sonst, nur noch zwei Kinder, die dem Pastor halfen, ihm die Bibel gaben.

Man hörte Orgelmusik in einem kleinen Raum, in dem es keine Orgel gab, sie kam von einem Recorder. Sehr klein war der Raum mit ein paar Stühlen drin, an der Wand hing ein Kreuz, und der Sarg stand da.

Der Pastor sagte den Psalm 23 auf, »... and though I walk through the valley of the shadow of death I will fear no evil ...« Männer kamen rein und schoben den Sarg mitsamt dem Tisch, auf dem er stand, auf Rollen raus. Amen, sagte der Pastor, gab mir die Hand. Gab sie auch Margaret, wir verneigten uns. Dann ging er.

Sollen wir etwa warten? Margaret wirkte etwas genervt.

Worauf? fragte ich.

Auf die Urne. Hoffentlich gefällt sie dir.

Was kostet das eigentlich?

Er hat es bezahlt.

Wer?

Er.

Mein Vater, er?

Ja, sagte sie.

Wie lange dauert es denn?

Ach das geht mit Hochdruck, zwei Stunden vielleicht.

Ich überlegte, und danach?

Danach feiern wir. Der Gedanke freute sie, sie zupfte an ihrem Kleid. Wichtig ist, dass du nicht good night sagst heute. Weißt du das?

Ich schüttelte den Kopf.

Es ist wichtig, wenn wir feiern nachher: »Never say good night.« Wer es sagt, stirbt als Nächster. Wenn du gehen willst, gehst du einfach so. Ich freue mich schon auf das Essen, du auch? Ich schätze ganz Bathsheba wird da sein.

So, sagte ich. Was arbeitest du eigentlich?

Ich vermiete Apartments und alles mögliche Zeug.

Bist du verheiratet? fragte ich.

Nein, ich habe vier Kinder, aber ich habe noch keine Lust zu heiraten.

Kanntest du Nune, ich meine Esther?

Nein, ich war noch ganz klein, als sie verschwand. Aber sie war sehr schön.

Hm, machte ich.

Komm, lass uns rausgehen. Wir gehen ein wenig spazieren, bis er fertig ist, da vorn ist eine nette Bar.

Das ist gut, sagte ich, und dann spazierten wir in der Mittagshitze ein paar Schritte bis zur nächsten Bar, während mein Vater verbrannte. Ich sah auf die Uhr: Es war 11 Uhr 30, Montag, der 4. Dezember, in Deutschland wurde es schon Nacht.

Gefeiert wurde im Atlantis, und alle waren da.

Der Engländer auch. Wer ist das? fragte ich den Koch.

Na, sagte er, das ist doch Peter.

Ich nickte wieder, ach so, Peter.

Als alle aßen, nahm ich die Urne. Ich ließ mir eine Tasche geben und ging mit ihr davon. Der Koch sah mir nach. Als ich losging, hatte ich das Gefühl, es die Nacht zuvor geträumt zu haben, dass ich losgehen würde. Mir kam sogar die Urne bekannt vor, und ich wusste genau, wo ich hingehen würde. Den Strand entlang, an den Felsen vorbei, die wie hingeworfen in einer Reihe im Meer lagen und die angeblich sangen, bei bestimmten Winden und bevorzugt nachts, ging an der Hütte vorbei, seiner und den anderen, weiter und immer weiter, an ein paar Ferienhäusern am Strand vorbei, die leer standen, mit der Urne in der Hand um die der Stoffbeutel gewickelt war. Wenn ich bergan ging, würde ich sie mir umhängen müssen. Grün war sie, sah aus wie eine Teeurne aus dem Versand, der Deckel hatte einen Goldrand. Ich lief und lief und kletterte dann die Felsen rauf. Musste mir die Tasche über die Schulter hängen und aufpassen, dass sie nicht nach vorne schlug gegen die Felsen, die spitz waren, Kalk. Es war heiß, keine Wolke am Himmel, ich wollte zum Chalky Mount rauf, jetzt kam eine Wiese, dann Kakteen, Agaven, es war schwer, an ihnen vorbeizukommen, der Berg war nicht hoch, aber die Steine scharf, sie anzufassen schmerzte. Ich schaute hinauf, ich würde es schaffen, ich riss mir die Hände auf, sie bluteten leicht. Außerdem hatte ich Stacheln von den Kakteen drin, am schlimmsten aber war die Sonne auf dem Kopf. Ich hatte keinen Hut, als Kinder hatten wir immer einen Hut auf. Take your hat, hörte ich Emily sagen, und kletterte weiter. Zum Glück hatte ich die flachen Schuhe an. Dann zog ich den Rock aus, mich sah ja keiner. Keiner konnte mich sehen. Ich packte den Rock in die Tasche, wickelte ihn um die Urne, damit sie nicht zerschellte. Jetzt wurde der Wind stärker, da war ein Weg, es sah so aus, er war zwei Füße breit und ging am Abhang entlang, ich sah aufs Meer. Rechts lag Bathsheba, links der Strand, hinter mir die Hügel rauf ein paar Kühe und die Schafe, Palmen und ein paar Häuser versteckt. Man kann sie mieten, sie sind teuer. Ich sah das Atlantis, konnte aber niemanden mehr erkennen, alles war sehr weit weg. Lauter Menschen, die ich nicht kannte, die meinen Vater gekannt hatten.

Komm, sagte ich zärtlich zu der Urne, du gehst jetzt weg. Ich war oben, hier war der Berg flach, man musste nur aufpassen, dass einen der Wind nicht runterblies. Ich stellte die Tasche ab, dachte an seine Hütte, den Bildschirm, warum hatte ich ihn ausgemacht, an seinen Körper kurz, nahm die Urne raus, zog den Deckel ab, was schwer war, ein Plastikeinsatz war drin, der Verschluss saß fest. Ich zog die Jacke aus, damit ich ihn besser hochhalten konnte, stand mit Slip und T-Shirt da, hob die Arme, bekam Angst, dass er mir auf den Kopf rieseln würde, und dann müsste ich sicher sterben, aber da kam schon der Wind, schoss in das Gefäß, in dem es plötzlich brauste und dröhnte, ich streckte mich, wild drehte sich die Asche raus, sie war weiß, weiße Asche, kaum sah ich sie, da war sie auch schon weg. Ich ließ die Urne los, sie zerschellte krachend am Hang.

Das hab ich geträumt, dachte ich, zog die Jacke wieder an, nahm die Tasche und den Rock und ging. Auf ins Atlantis. Ich hatte augenblicklich Hunger.

Jetzt lief ich die Straße zurück. Ein paar Rastas verkauften Kokosnüsse. Eine bitte, sagte ich.

Er schlug sie auf, wo kommst du her? fragte er.

Er war jung, hatte eine Sonnenbrille auf, die Löckchen noch relativ kurz und einen durchtrainierten muskulösen Körper, ein schöner Mann. Ich sagte, ich bin aus Deutschland, und hielt die Nuss hoch, aus der das Wasser lief.

Oh, sagte er, Germany, is the war over?

Ich setzte die Nuss ab. Yes, lachte ich, the war is over. Eigentlich schon lange. Das Kokoswasser lief mir auf mein T-Shirt, ich hatte den Rock wieder an, ich sah nur noch schmutzig aus, sonst nichts.

Du siehst gut aus, meinte ein anderer dann.

Und du willst mich bestimmt massieren.

Ja, strahlte er, woher weißt du das?

Ich muss auf die Beerdigung da drüben.

Günther, kasperten sie, funny guy.

Ja, sagte ich. Ich habe kein Geld. Ich hab's vergessen.

Ich zeigte ihnen den leeren Beutel.

Next time, sagte der, der mir die Nuss gegeben hatte.

O. K.

Als ich schon ging, riefen sie mir nach, kanntest du ihn?

Ja, rief ich, ein bisschen.

Ich hab dann noch lange zwischen all den vielen Menschen gesessen. Bis auf Peter, mit dem ich nicht sprach, und mich waren alle schwarz. Dann ging ich, ohne gute Nacht zu sagen. Ich küsste Margaret, was wird eigentlich aus seinen Sachen und dem Haus?

Hast du ihn ausgekippt? fragte sie.

Ja.

Sie strahlte, schlug auf meine Schultern und umarmte mich, das hast du gut gemacht.

Ich rufe dich an, O. K.?

Ja, O. K.

Wir umarmten uns noch einmal und küssten uns, und ich

fuhr mit dem Mog durch die Nacht zum Crane, wo ich als Kind den Hurrikan überlebt hatte.

Meine Handtasche lag auf dem Beifahrersitz. Als ich sie im Hotelzimmer aufmachte und reinsah, waren alle Urkunden drin. Ein Foto vom Sarg und sogar eins von der Urne. Ich sah jetzt erst, dass seine Initialen drauf waren. G. A. J. D.

Und mein Fläschchen. Es hatte einen neuen Korken, ich schüttelte es, es war voll.

Am nächsten Tag fuhr ich zum Marine.

Es war abgerissen. Nur die Auffahrt war noch da. Sie lag vor einer Wiese, auf der drei Kühe weideten. Links stand noch das Waschhaus, ich erkannte es, rosa. Am Ende der Wiese fing ein dschungelartiges Dickicht an. Dahinter sah man auf Häuser. Das Rondell in der Mitte der Auffahrt, allerdings, war gepflegt, die Büsche beschnitten, der Rasen gemäht und die Royal Palms mit den weißen Stämmen mächtig. Ich sah erst jetzt, dass daneben ein neues Hotel stand. Ein klein bisschen ähnlich, zweigeschossig, weiß, im Kolonialstil, ein silbernes Schild stand davor: »PomMarine Hospitality Institute«. Eine junge Farbige in blauer Uniform kam auf mich zu.

Machen sie jetzt alles doppelt hier? fragte ich sie.

Kannten Sie es? Sie zeigte auf die Wiese.

Oh ja! lachte ich. Es hatte einen goldenen Fahrstuhl!

Und den berühmten Ballsaal, flachste sie und hob den Zeigefinger.

Mein Vater war hier Koch.

Sie zeigte mir dann das neue Hotel, eine Ausbildungsstätte für die Gastronomie. Alle waren Farbige. Der Roomservice, die Kellner und die Kellnerinnen, die Köche und die Köchinnen.

Wie alt sind Sie? fragte ich die junge Frau, sie war die Chefin. Eine schlanke ungeheuer schöne Person, keine Frage, eine Bajan, mit hellbrauner Samthaut und großen Augen, die erstaunlicherweise blau waren, hellblau.

Ich bin 30, antwortete sie. Zwei Jahre Frankreich, drei Jahre USA, und jetzt polier ich Barbados auf.

Sie lachte selbstbewusst, ein wenig frech.

Die ersten Awards haben unsere Köche schon.

Dann gab sie mir ihre Karte und einen Hotelprospekt. Ich trank noch einen Drink am Pool. Und fuhr einmal um die alte Auffahrt.

Am Sandy Lane traf ich Carlton noch mal. Ich ließ mich massieren mit Aloe.

The whole body? fragte er.

Of course, like Mick, the whole.

Dann fuhr ich wieder nach Bathsheba.

Ich brauchte gar nicht bis zur Hütte zu gehen, der Hund saß an der Straße und wartete. Ich lud ihn ein und drehte um.

Ich gab mein Auto ab. He, Miss, winkte der Barkeeper, Sie waren nur so kurz da, was haben Sie hier gemacht?

Urlaub! rief ich.

Sie müssen wiederkommen!

Ja, sagte ich, ich werde mir so ein Apartment kaufen, ich zeigte auf die Baustelle, wenn ich den Millionär jetzt endlich treffe, es wird höchste Zeit.

Always joking, lachte er.

Ein Taxi brachte mich zum Flughafen.

Sie hatten mir das Schlafmittel sogar im Hotel gegeben. Die Rückfahrt, hatte ich gesagt, es ist ja nur Nacht.

Ich hatte zwei Handtücher mitgehen lassen und den Hund darin eingewickelt, ich hatte ja nur Handgepäck.

Im Duty-free-Shop kaufte ich Rum, so viel es ging, und große Muscheln, die aussahen, als wären sie aus Taiwan, für meine Kinder. Draußen auf das Rollfeld kam eine große Limousine gefahren, irgendein Promi kam an, Prinz Charles oder Michael Jackson, der Nikolaus sagte bye-bye zu mir, ich stieg ins Flugzeug ein, dort lief schon die Beruhigungsmusik, es wurden Masken für die Augen verteilt, blaue Socken und Decken aus Kunststoff zum Schlafen.

Nachtrag.

Es wurde dann Weihnachten hier wie da.

Durch unseren Garten rennen inzwischen zwei Hunde, einer davon ein jetzt schon riesiges, gelbliches Wesen, das den Namen Paramount erhalten hat. Der Tierarzt sagt, noch ist er nicht ausgewachsen, er wird kalbsgroß.

Peter hat inzwischen geschrieben.

Das, was ich befürchtet hätte, hatte er auf der Festplatte nicht gefunden, auch auf den aufgerufenen Internetseiten nicht. Die zuletzt stattgefundene Suchaufgabe galt einem gewissen Coué, Émile Coué.

»Ich liebe mich. Mit jedem Tag geht es mir in jeder Hinsicht immer besser und besser.«

Ich bin übrigens Ihr Halbbruder, schrieb er, aber das ist eine andere Geschichte. Später mehr.

Über 15 Lebensjahre meines Vaters gibt es weiterhin keinerlei Informationen.

Und die Krankheit? Am Ende hatte er Prostatakrebs gehabt. Durch die implantierte Prothese kann man den Penis mittels einer Flüssigkeit versteifen, sodass man beischlaffähig bleibt. Mechanische Komplikationen, so heißt es in einem Lehrbuch, kommen vor.

Und was noch zu sagen ist: die Schachtel ist offen. Am Himmel ziehen Wolken vorbei, die Luft ist mild, es wird jetzt

Frühling. Paramount pflügt die Krokusse auf. Lila, gelbe Büschel fliegen durch die Luft. Meine Kinder stopfen sie in die tauende Erde zurück. Der alte Hund läuft dem jungen, neuen durch die Beine. Ich sehe ihnen von innen her zu. Mein Herz schlägt, ich fühle meinen Körper, aber manchmal schau ich verwundert das Leben an, was Menschen alles machen.

DANKSAGUNG

Dieses Buch konnte nur mit Hilfe vieler Menschen entstehen, ich danke ihnen allen.

Mein besonderer Dank gilt der »Power in the Blood Assembly«, Eagle Hall, Bridgetown, Barbados, und Pastor Vibert Lowe.

Die Widmung ist für Volker Geissler. Wir liebten uns.